Bibliografische Information der Deutschen Nationalbibliothek: Die Deutsche
Nationalbibliothek verzeichnet diese Publikation in der Deutschen Nationalbibliografie;
detaillierte bibliografische Daten sind im Internet über http://dnb.dnb.de abrufbar

Verlag: BoD · Books on Demand GmbH, In de Tarpen 42, 22848 Norderstedt,
bod@bod.de

Druck: Libri Plureos GmbH, Friedensallee 273, 22763 Hamburg

ISBN: 978-3-7693-2373-3

Prolog

Da sitze ich einsam an einem altbackenen Tisch, auf einem dieser typischen 70er Jahre Kneipenstühlen, vor mir meine Tasse, auf der mich der Elefant der Sendung mit der Maus mit strahlenden Augen ansieht und gute Laune zu verbreiten versucht. Wem auch immer es gelingen mag, beim Anblick dieses blauen Tieres nicht mit einem Lächeln beseelt zu sein, mir gelingt es seit Monaten zum ersten Mal, diesem Tier reaktionslos zu widerstehen und nicht mit einem milden Lächeln auf diese Tasse zu blicken. Der Kaffee ist mittlerweile kalt! Auch olfaktorisch ist die Umgebung nicht gerade einladend oder eine, in der man sich gerne aufzuhalten vermag. Aus dem Nebenraum, der Küche höre ich das Geräusch der Spülmaschine und Katharina, die dort zu Helene Fischer schief, wenige Töne treffend mitsummt und ihr mehr oder minder bekannte Textpassagen mitsingt. Vor der Türe zischt die Bremse des Überlandbusses, der hier dreimal täglich direkt vor dem Haus anhält, morgens Schüler und mittags Rentner befördert. Morgens Geschrei, Geschubse, lautes Gekreische, mittags Gemaule übers Wetter und die immer gleichen gegenseitigen Fragen über den aktuellen Gesundheitszustand des jeweils anderen.

Klopfen an der Tür. Der Bierlieferant. Wo ich bin? Eine lange Geschichte und aktuell auch, neben den exzessiven Erlebnissen der vergangenen Wochen, eine vielleicht traurige, mindestens aber eine nachdenklich stimmende.

Ich muss früher anfangen und ein wenig ausholen, um das gesamte Ausmaß des Ganzen zu erklären, bzw. begreiflich zu machen.

Eine Erzählung von kindischem Benehmen, Fehlentscheidungen, Rettungen und Freundschaft. Tiefer Freundschaft. Vielleicht lebensrettender Freundschaft.

1

Trier ist keine Stadt, in der man nicht wohnen möchte, sieht man von dem seltsam und vulgär anmutenden Dialekt und den Massen an Touristen einmal ab, meine Heimat. Nicht alleine meine Heimat, sondern auch die meiner Freundin Anke und unseren beiden Töchtern Lara und Sophie. Grundschule Ehrang die vormittägliche Beschäftigung von Lara, Sophie geht in den Montessori-Kindergarten, letzteres die Entscheidung von Anke, die ich Jahre vor unserem Umzug nach Trier anders kennenlernte, als sie es heute ist.

Muss ich noch früher anfangen? Vielleicht ein kurzer Abriss des Kennenlernens. Anke zog zum Architekturstudium nach Köln und suchte, gemeinsam mit ihrer Freundin Kristin, ein WG-Zimmer. Da mein Mitbewohner und ich in unserer WG aktuell den Auszug zweier Mitbewohner zu beklagen hatten, Jens hatte sein Studium beendet und Tina zog zu ihrer Freundin nach Bremen, gaben wir uns große Mühe, am schwarzen Brett der Uni einen Bierdeckel mit der kaum leserlich bekritzelten Aufschrift „2 WG-Zimmer frei! Gerne an schwedische Beachvolleyballerinnen oder spanische Ärztinnen zu vermieten" zu befestigen. Darunter die Handynummer von Tobias, meinem Mitbewohner. Ich wünschte mir die Schwedin, Tobi die Spanierin. Von mir eigentlich als Scherz verstanden, legte Tobi bei seiner Wunschmitbewohnerin vollkommen umfassendere und detaillierte Voraussetzungen als mögliche Einzugsmöglichkeit fest.

„Spanierinnen sind wunderbar und eine Ärztin in der Bude können wir aus gesundheitlichen und finanziellen Gründen gut brauchen. Außerdem ist es bei Ärzten immer sauber und aufgeräumt!", stellte Tobi unmissverständlich fest, so dass für ihn vollkommen klar war, wer in unsere WG einzuziehen hatte. Seine Anforderung blieb bis zum 28. des Monats bestehen, als wir gemeinsam feststellten, dass wir nun auch die Mietanteile von Tina und Jens zu übernehmen hatten. Wir einigten uns darauf, unsere Idee der vielleicht etwas zu genauen Beschreibung der Beschaffenheit unserer Mitbewohner über Bord zu werfen und nun zu nehmen, was kommt. Nachdem wir auf unseren Bierdeckel leider innerhalb von 4 Wochen keinen einzigen Anruf, stattdessen aber einige Beschimpfungen diverser offensichtlicher Feministinnen per WhatsApp auf Tobis Handy - Köln ist ja so humorvoll - erhalten hatten, druckten wir sauber und ordentlich eine wirkliche Beschreibung der Wohnung und, zugegebenermaßen ein wenig geschönt, die perfekte Organisation unserer WG auf ein DIN-A4-Blatt. Nun galt es, auf potenzielle Mitbewohnerinnen zu warten.

Unser großes Glück war, dass die Oma von Tobias in ihrem ehemaligen Gasthaus in einem kleinen Vorort in der Nähe unserer Wohnung lebte, jeden Donnerstag mit eingetupperten Nahrungsmitteln bei uns aufschlug und bei der Gelegenheit eine gründliche Reinigung der Wohnung übernahm. Wir freuten uns jedes Mal aufgesetzt überrascht über ihren Besuch und täuschten, kurz nach ihrem Eintreffen in unserer Wohnung vor, leider zur Uni zu müssen. Dorthin fuhren wir auch brav mit der

KVB, setzten uns dann aber auf ein, zwei Kölsch in die Mensa, bis Tobi festlegte, dass seine Oma nun mit der Reinigung fertige sein müsse und wir den Weg zurück in unsere Bude antreten könnten. Der Auszug unserer beiden Mitbewohner hatte auch für Oma Mathilda eine größere Arbeitserleichterung zur Folge, was sie dadurch kompensierte, dass sie nicht nur Tobis Wäsche, sondern auch meine gleich mit wusch.

Grandios!

In der Theorie hätten wir also beide definitiv genug Zeit gehabt, uns um das Vorantreiben unseres Studiums zu kümmern, fanden aber glücklicherweise immer wieder neue Dinge, die uns mindestens genauso sinnvoll vorkamen, wie das Lernen.

Mein Abitur reichte für Linguistik im Hauptfach, Tobi hatte sich für Philosophie eingeschrieben, weil das bei den „Schnallen" so unglaublich intellektuell wirke und er auf Partys und in öffentlichen Verkehrsmitteln so herrlich damit angeben könne.

Am Kühlschrank hatte er eine Strichliste mit besuchten Vorlesungen und war überaus stolz, in diesem Semester erst sieben Veranstaltungen besucht zu haben. Zwei davon waren Klausuren, von denen er eine bestanden hatte. Wir fragen uns immer noch, wie er dies geschafft hatte.

An einem Freitagnachmittag klingelte erst Tobis Handy und es dann kurzer Zeit später an der Tür.

Anke und Kristin. Anke nicht im Ansatz schwedisch anmutend, weil braunhaarig und 1,65m groß, Kristin optisch wenig an eine Frau erinnernd, mit Latzhose und kurzen roten Haaren. Sympathisch waren weder Anke noch Kristin auf den ersten Blick. Da unsere Konten aber wie immer am Anschlag waren, stellte der Einzug der Beiden keine Wunschehe dar, war aber schlicht unumgänglich, wollte ich nicht wieder von meiner Bankberaterin Monika Frenger vor allen ebenfalls in der Sparkasse Köln anwesenden Bankkunden lautstark darauf hingewiesen werden, dass der Entzug meiner Karte durch den Automaten im Foyer, den Regeln des Instituts folge.

„Sie können nicht einfach über das Geld der Stadtsparkasse verfügen!", grölte sie jedes Mal, nicht ohne eine gewisse Freude hierbei zu empfinden, über die Köpfe der übrigen Besucher hinweg in meine Richtung, wenn ich mein Konto wieder einmal um mehr als 400,-DM überzogen hatte. Mittlerweile hatte ich mich allerdings fast an diese Art der Bloßstellung gewöhnt und erinnerte mich an einen der ersten Sätze von Armin Rohde in einer der späteren Staffeln der Serie „Auf Achse", der lautete: „Ich bin mein ganzes Leben lang pleite, es hat mich nie gestört!"

So zogen Anke und Kampfterrier Kristin bei uns ein und die unkomplizierte Harmonie unter Jungs hatte schlagartig ein Ende. In unserem gemeinsamen Wohnzimmer durfte nun nicht mehr geraucht werden und Leergut musste entweder einmal in der Woche entfernt werden oder wurde im jeweiligen Zimmer des Verursachenden vor das Bett geräumt.

Nach einer längeren Nacht am Fühlinger See, einigen Kölsch und einem dementsprechend anstrengenden Heimweg wegen der nicht direkten Linie der KVB in Richtung Nippes, stieß ich mir erst den rechten Fuß an den frisch aufgestapelten Bierkästen vor meinem Bett an und ging danach in Ankes Zimmer, um mich über meinen schmerzenden kleinen Zeh zu beschweren. Sie saß damals weinend auf dem Bett, weil der Golden Retriever ihrer Mutter gestorben war, stand mit einem erschrockenen Ruck auf und vergrub ihr nasses Gesicht in meiner Schulter. Long Story Short: Wir landeten im Bett und waren am nächsten Tag nicht einmal peinlich berührt, sondern durchaus zufrieden mit den gegenseitigen sexuellen Fähigkeiten. Dies hatte zur Folge, dass wir nun nicht nur immer in ihrem Bett mit- und nebeneinander schliefen, sondern sich auch schlagartig die Problematik der Leergutlagerung erledigt hatte, denn mein Zimmer wechselte ab diesem Zeitpunkt vom Schlafzimmer zum Lagerraum.

Ich hatte mich zwischenzeitlich dazu entschieden, mein Studium hocherfolgreich abzubrechen, Tobi wurde exmatrikuliert, weil er schlicht seine Semesterbeiträge nicht mehr beglichen hatte. Einzig die Mädels verfolgten die jeweiligen Abschlüsse mit Nachdruck und Erfolg. Ich arbeitet voller Begeisterung bei einem Fastfoodladen im Management (als Qualifikation reichten meine Deutschkenntnisse und mein Durchsetzungsvermögen vollkommen aus), Tobi fuhr, völlig zufrieden und außerordentlich gerne Taxi.

Eine wirklich wunderbar unbeschwerte Zeit, außerdem eine Zeit, die man nicht mehr missen möchte.

Als Anke dann ihr Studium beendet hatte, beschlossen wir, dass wir eine Veränderung der Wohnsituation dringend vorantreiben sollten. Nicht nur, weil das Leergutlager überquoll, sondern weil sich die gemeinsame Wohnsituation mit Terrier Kristin mehr und mehr verschlechterte. Was mit einem Putzplan begann, steigerte sich zu einem unerträglichen Kontroll- und Ordnungswahn. Keiner von uns hatte weiterhin auf diese Art des Zusammenlebens Lust und nun standen verschiedene Veränderungen an:

Tobi beschloss aus Bequemlichkeits- und Kostengründen in eine neue WG mit seiner Oma zu ziehen. Denn mietfrei in direkter Nähe zu seiner Traumstadt in einem ehemaligen Gasthof mit seiner Großmutter als Köchin und Reinigungskraft, außerdem einer Zapfanlage und einem Kühlhaus leben zu können, war für ihn als Wohnsituation nicht zu überbieten. Anke hatte einen Job in Luxemburg in Aussicht, der finanziell, aber auch perspektivisch, eine große Karriere vermuten ließ. Mir war es de facto völlig egal, wo ich eine neue Aufgabe finden würde, und so wurde der Beschluss gefasst, nach Trier - Luxemburger Mietpreise sind um ein Vielfaches höher und kaum bezahlbar – zu ziehen.

Dies ist in Kürze das, was sich gefühlt in nur wenigen Wochen ereignete, obschon diese Zeit sich einige Semester hinstreckte.

2

„Ich bin dann weg! Denke gegen 17:00h bin ich wieder zu Hause", flötet Anke durch den Flur unseres Doppelhauses. Wir wohnten in Trier- Ehrang, einem Stadtteil, dessen Lage der Kölner als „schäl Sick" bezeichnen würde. Einfacher gesagt, dieser Stadtteil liegt auf der linken Moselseite, die Innenstadt auf der rechten. Findet das Leben in Köln überwiegend auf der linken Rheinseite statt, ist dies in Trier genau umgekehrt, denn die Innenstadt Triers liegt eben auf der rechten Moselseite. Neben den vielen Nachteilen, was jedweden Zugang zur Innenstadt und dem Stadtleben betrifft, hatte Ehrang zwei entscheidende Vorteile: Die Autobahn nach Luxemburg ist innerhalb von nur wenigen Minuten zu erreichen und Aldi sowie Rewe in fußläufiger Nähe. Nicht dass mir diese beiden letzten Dinge unendlich wichtig gewesen wären, aber für Anke gab es keinen schöneren Wohnort mit bequemerer Anreise zu ihrem Arbeitgeber.

„Tschüss, fahr langsam und lass Dich nicht zanken!", rufe ich ihr hinterher und hoffe noch ein paar Minuten an meinem PC hocken zu können, bevor die Kinder aufwachen und die Welle der akustischen Belästigung über mich hereinbrechen würde. Kaffee! Zuerst Kaffee und dann an den Rechner! Brummend wringt die uralte Nespresso-Maschine die Espresso-Kapsel in meine Elefantentasse und ein angenehmer Kaffeeduft legt sich über die Einsamkeit und Ruhe der eigens auf meine Höhe angepassten Küchenplatte. Nicht nur, dass ich es liebe zu kochen, Anke hasst es und, viel schlimmer noch: Sie kann das überhaupt nicht. Dies führte dazu, dass, als der Kauf einer Küche anstand, die Höhe der Arbeitsplatte auf meine Körpergröße von 1,95m angepasst wurde und es für Anke einer gewissen Mühe bedurfte, wenn sie die Küche zu ihren Nahrungsmittelzubereitungen missbrauchen wollte.

„Papa?", höre ich, begleitet vom Tapsen der blanken Füße auf dem Fliesenboden, meine Tochter Lara um die Ecke kommen. Der Schlafanzug in rosa, nichts anderes lassen die Mädels gelten, ist bestickt mit irgendeinem doofen Einhorn, dessen dämlicher Gesichtsausdruck mich immer schon zu einem Augenverdrehen hat hinreißen lassen.

„Gut geschlafen, Ziege?", flüstere ich, wie ich finde, rücksichtsvoll in ihre Richtung und dies wohl wissend, dass sie mir wohl kaum eine positive Antwort würde erwidern wollen.

„Nö, du hast geschnarcht!" Und dann dieser erboste Blick dieses halbhohen Menschen. Ausrasten? Keine Option! Deeskalieren!

„Was hältst du davon, wenn wir uns ab heute konsequent darauf einigen, dass du in deinem Bett schläfst und nicht mehr nachts zu Mama und mir umziehst?", suggeriere ich Verständnis und unterbreite hiermit einen Lösungsvorschlag.

„Nix! Gar nix halte ich vom komsequemtem Scheiß! Doof geträumt habe ich auch!"

„Vielleicht kannst du in Deinem Bett viel besser schlafen?", erscheint mir dieser Vorschlag die Sache zukünftig besser zu regeln. Wer würde meiner Logik hier widersprechen können, wenn nicht ein kleines, unausgeschlafenes und wenig kompromissbereites Mädchen?

„Nö!", muffelt Lara nun eindeutig und etwas lauter in meine Richtung.

Damit war dann für Lara alles gesagt! Ein „Nö" ist das, was Lara eins zu eins von ihrer Mutter übernommen hat und als eines ihrer Lieblingsworte gelten darf.

„Lass uns noch etwas leiser sein, denn Sophie schläft noch...", bitte ich devot, wohl wissend, dass ich vermutlich in der Lage sein würde ein einzelnes Kind zu bändigen, zum aktuellen Zeitpunkt nicht aber die Lust verspüre, das zweite morgens schlecht gelaunte Abbild ihrer Mutter zu ertragen.

„Warum?" Arme verschränkend und muffig dreinschauend erhebt sich nun auch die Lautstärke. Es ist so klar! Und als ob diese Diskussion nicht schon nervig genug wäre, erscheint Sophie, sich die Augen reibend, im Türrahmen.

„Guten Morgen Nasenbär! Schön, dass du wach bist und danke Lara!", teile ich meine Freude über nun zwei wache Kinder mit.

Lara dreht sich auf der Ferse um und verlässt theatralisch, nicht ohne noch ein: „Du bist so doof, Papa!", herauszubrüllen die frisch geschaffene Bühne.

„Ich bin müde und habe Hunger! Viel Hunger! Bäääärenhunger!", teilt Sophie unüberhörbar mit.

„OK, ich mache Frühstück! Ab ins Bad, Klamotten hat Mama irgendwo dahin gelegt und umziehen!", lege ich den Verlauf der nächsten Minuten fest.

„Einmal noch kurz auf die Couch zum Kuscheln, Papa?", bettelt Sophie mich an.

„Eine Minute, Sophie!", ergebe ich mich, denn ich weiß, dass ich chancenlos sein würde und jede Diskussion weitaus größeren zeitlichen Aufwand bedeutet. Sicher ist außerdem, dass es nach nur einer Minute mit dem soeben ausgesprochenen Hunger so unerträglich sein würde, dass unsere Kuschelsession sich innerhalb von Sekunden aufgelöst haben dürfte.

Ich falle auf diese hässliche braune Couch, die Anke zusammen mit ihrer Mutter vor erst wenigen Wochen gekauft hatte. Dies zu Ungunsten der wunderbar grünen, leider aber auch abgewetzten Couch aus Cord-Stoff, die ich nicht nur aufgrund der gemeinsamen Zeit mit diesem Möbel, vor allem aber wegen der Erlebnisse auf diesem, sehr ins Herz geschlossen hatte.

Wie man auf die Idee kommen kann braun als eine Farbe für ein Sitzmöbel, auf dem man sich gerne aufhalten sollte, zu wählen, ist mir nach wie vor ein Rätsel. Ich glaube immer noch, dass Silvia, Ankes Mutter, diese Farbe einzig aus dem Grund gewählt und Anke zu dieser überredet hatte, um mir Schmerzen zu bereiten.

Im Grunde fängt man mit mir keinen Streit an und ich bin ein verträglicher Zeitgenosse, einzig bei Ankes Mutter könnte ich...

Man möge mir jedenfalls keine Waffe in erreichbare Nähe legen, wenn sich Silvia zum Besuch angekündigt hat. Silvia kann alles, weiß alles, dies außerdem besser und tut so überschwänglich und aufgesetzt freundlich in meiner Nähe... Kurzum ist sie nicht meine Art Mensch. Und da gemeinsame Feindbilder stärken, bin ich mit Otto, Silvias Mann, eng befreundet und tausche mich sehr gerne mit ihm aus. Otto ist ein spinnerter Bauunternehmer im Ruhestand, macht alles selbst und besitzt einen etwas anstrengenden Charakter, mag aber seine Frau genauso wenig, wie ich. Wenn uns keine Gesprächsthemen einfallen, lästern wir gemeinsam über seine Frau und deren Kochkünste, die sie uneingeschränkt an ihre Tochter weitergegeben zu haben scheint.

Sophie wummert mir ihren Schädel auf die Brust, um nur wenige Augenblicke später aufzuspringen und „Jetzt frühstücken!" festzulegen.

Also wieder hoch vom exkrementefarbenen Sofa und in die Küche.

Mein Kaffee steht, mittlerweile kalt, unter dem Auslass der Kaffeemaschine.

Neuer Kaffee, neues Glück!

„Ich mache euch Brote, bitte zieh dich schon einmal um und überrede deine Schwester... Frag´ aber nett!", bitte ich Sophie um schwesterlich beschleunigende Unterstützung.

Als ob ich es geahnt hätte, brüllt die Große ihrer Schwester: „Du hast mir gar nichts zu sagen, blöde Kuh!", entgegen.

„Papa, Lara hat mich blöde Kuh genannt, die dumme Sau!", beschwert sich nun Sophie.

„Mädels, können wir uns auf einen anderen Umgangston einigen?! Ich glaube ihr spinnt! Und das am frühen Morgen!", erreicht mein pädagogisches Eingreifen die an diesem Morgen höchstmögliche Leistung.

Bevor mir nun auch noch gegenseitiges an den Haaren ziehen, die Arbeit mit dem Kamm am Kinde erschwert, renne ich ins Laras Zimmer und ziehe die beiden auseinander. Es ist doch schön stärker zu sein als kleine Kinder!

„Das Telefon klingelt!", bemerkt Sophie und ich ringe beiden das Versprechen ab, ans Telefon gehen zu können, ohne dass es zu weiteren Auseinandersetzungen kommt.

„Kaspar, Lara hat heute Sport und ich habe vergessen, ihren Turnbeutel zu packen!", sagt Anke knapp und ohne mich nach dem Verlauf des Morgenappells zu fragen. Wie immer, klingt es für mich mehr nach einer Art Befehl, als nach einem Hinweis auf Vollständigkeit der Schulutensilien.

„Ja, mache ich auch noch! Habe ja hier morgens nicht schon genug zu tun!", maule ich in mein Handy, noch hoffend, gleich mit einem verständnisvollen Lob für meine morgendlichen Tätigkeiten versehen zu werden.

Klick! Aufgelegt. Das macht sie immer so und ginge dann, so ich sie zu erreichen versuchen würde, ab jetzt nicht mehr an ihr Telefon.

„Blöde Kuh", sage ich leider hörbar und werde hierfür direkt mit dem Hinweis auf einen angemesseneren Ton von Lara getadelt, die nun unisono mit Sophie auf mir herumhackt.

„Wer war denn da am Telefon die blöde Kuh?", fragt Lara süffisant grinsend.

Sagen wollte ich eigentlich: „Eure Mutter Mädels und seid euch sicher, dass blöde Kuh nun wirklich die höflichste Form gewesen ist, die mir bei dem Gedanken an sie aktuell entfahren konnte."

Stattdessen lüge ich: „Kennt ihr nicht!"

Immerhin Hose und Pullover haben beide in der Zwischenzeit angezogen, Socken waren bisher nicht möglich.

„Socken, Lara! Socken, Sophie!"

„Jahaaa!", brüllen beide zeitgleich und entnervt!

Ich stelle mich an die Arbeitsplatte der Küche und beginne die Brote für Schule und Kindergarten zu schmieren, obwohl ich weiß, dass diese wieder unangetastet zurück zu mir kommen werden. Und ich bin mir ebenfalls jetzt schon sicher, dass ich die Brote dann nach Schul- und Kindergartenende auf der Fahrt nach Hause gegessen haben werde.
Die Müslischalen stelle ich an die jeweiligen Plätze der Mädchen, außerdem Milch und die beiden Müslipackungen. „Wie schön, dass genug Müsli in den Packungen ist!", denke ich, denn der nächste Zoff wäre schon in erreichbarer Nähe, wenn die eine der anderen... Man kennt das.

Wie wir den Weg zum Auto an diesem Morgen gefunden haben, kann ich gar nicht mehr genau sagen. Sicher ist nur, dass wir irgendwann eingestiegen und losgefahren sind.
Anke hat sich vor Jahren einen Kangoo gekauft, diesen dann zu meinem Auto erklärt und sich einen schicken BMW als Dienstwagen bestellt.
Nun fahre ich jeden Morgen in einem gelben Kangoo zu Schule und Kindergarten, stehe nach Schulende mit

diesem entwürdigenden Gefährt zeitversetzt vor beiden Einrichtungen und sammle die Kinder wieder ein. Das einzig Gute ist, dass ich im Gegensatz zu Jürgen, der mit seinem Porsche-SUV vor dem Kindergarten erscheint, nicht von alternativen Stillmüttern als Umweltsau angefeindet werde. Der Kindergartentante wäre es schon lieber, wenn die Kinder mit dem Fahrrad oder zu Fuß gebracht werden würden, aber ein Kangoo erscheint für sie ein probater Kompromiss zwischen Fahrrad und Fußgänger.

Ich schließe die Türe des gelben Autos, obwohl Auto eigentlich übertrieben zu sein scheint und es eigentlich einen weitaus realistischeren Begriff für diese Art Fortbewegungsmittel geben sollte. Ich erinnere mich an eine Mercedes-Werbung, in der ein Mann an einem orientalischen Flughafen ankommt, die Geräuschkulisse mit dem satten Schließen der Tür seines angemieteten Mercedes ausblendet und erleichtert aufatmet. Sonor brummt die Werbestimme: „Willkommen zu Hause!"
Der Klang der Türe meines „Zuhauses", erinnert eher an das schnöde Fallenlassen einer leeren Konservendose in einer Bahnhofsunterführung und ein Zurücklehnen mit erleichtertem Atmen will mir so gar nicht gelingen.
Ich drehe den Zündschlüssel um und der kleinvolumige Dieselmotor setzt sich widerwillig in Bewegung.
Während ich überlege, welchen Weg ich nach Hause nehmen solle - kann ich mich doch zwischen Baustellenampel und Rückstau der Autobahn entscheiden - bin ich völlig einverstanden damit, einfach loszufahren und zu schauen, wohin der Wagen mich

freiwillig bringen wird. Belastend ist jetzt schon, dass ich die erste Stunde nach dem Ankommen zu Hause bereits kenne, mich weder über diese Zeit des Haushaltmachens, noch über die Zeit am Schreibtisch danach freue.

Irgendwann war es dann sogar für mich an der Zeit, einen Job zu suchen und die Aufgaben zwischen Bettenmachen und Broteschmieren intellektuell nicht mehr ausfüllend. Geschweige denn dass diese ausreichend gewesen wären, damit einen ganzen Tag zu füllen. Ich beschloss mich als Freelancer einer Agentur anzuschließen, die Texter suchte und deren Chefin völlig freie Zeiteinteilung versprach. Seit der Geburt der Kinder war Anke vollkommen klar, dass sie den Part des sicheren, weil regelmäßigen Einkommens beschreiten würde und ich meine schreibende Tätigkeit, mit unkalkulierbaren Schwankungen des Geldflusses, nebenbei betreiben müssen würde.

So hatte ich also eine neue Aufgabe, immer aber noch die Kinder zu versorgen, den Haushalt – im Rahmen meiner beschränkten Möglichkeiten - zu organisieren, vor allem aber zu kochen. Ganz geschickt habe ich in meinen Augen den Part des Wäschewaschens aus meiner Aufgabenliste entfernen können, indem ich einen von Ankes flauschigen Lieblings-Kaschmirpullovern, offenbar entgegen eines „jeden logisch denkenden" Menschen, in der Waschmaschine auf die Größe eines Babystramplers habe einlaufen lassen. Die Dinger vertragen Schleudern oder generell Maschinenwäsche offenbar nicht. Somit war Anke klar, dass sie den Part der Bedienung der Waschmaschine zu übernehmen hatte. Beim Bügeln hatte ich mich in gleicher Manier aus der Affäre gezogen, denn auch hier habe ich offensichtlich nicht Bügelbares durch genau diese Tätigkeit zum Schmelzen gebracht.

Einzig für das lästige Wäscheaufhängen, habe ich noch keine dämliche Handhabung gefunden, die mir auch diese Aufgabe hätte entfallen lassen können.

Ankes Plan sah vor, dass ich mich, so ich meinen Haushaltsaufgaben nachgekommen bin, an meinen Schreibtisch setzen und „ein bisschen Schreiben" dürfe. Allein die Aussicht auf die Auszahlung des Geldbetrages, der mir nach Fertigstellung des aktuellen Projektes in Aussicht gestellt wurde, ließ mich diesen Auftrag annehmen. Ich wusste bereits bei Übernahme, dass dies nicht funktionieren würde.

„Es ischt ekschrem wischtisch, dass sie sisch mit dem Brodukt beschäftigen, bevor sie mit den Tekschten anfangen!", so die beschwörenden Worte des produktverantwortlichen Schwaben, der mir allen Ernstes hoch begeistert seine Erfindung zeigte und mir die Erstellung der Gebrauchsanleitung, eines Werbetextes und der internen Hinweise an den Help-Desk in Auftrag gab.

Für Kunden, Vertriebsaußendienst und Kundendienst sollten Texte erstellt werden. Wofür? Für eine Maschine, die Rechnungen einscannen und der Buchhaltung, bzw. dem Steuerberater zur Verfügung stellen kann. Automatisch! Und direkt in den jeweiligen digitalen Belegordner! Ein hochemotionales Produkt!

An diese Texte über die Steigerung der Langeweile würde ich mich also nach Sanierung der Küche, Aufhängen der Wäsche und Staubsaugen der Kinderzimmer setzen müssen.

Was für eine Aussicht auf einen spannenden und zufriedenstellenden Tagesablauf!

Das eigentlich Blöde ist aber, dass ich bereits ganz zu Anfang wusste, wer diesen Auftrag schon vor mir nicht haben wollte. Immerhin besteht die Agentur aus sieben Festangestellten und vier freien Mitarbeitern. Niemand in der gesamten Agentur hatte den Auftrag angefasst, geschweige denn Interesse an der Durchführung bekundet. Bis zu dem Tag, als man die Prämie zum dritten Mal erhöht hatte, kam niemand auf die Idee, diese Schreibtätigkeit zusagen zu wollen, zumal diese begleitend zur Entwicklung dieses Gerätes und über einen Zeitraum von 18 Monaten angesetzt wurde. Das Ganze im engen Austausch mit Entwicklern, Projektmanagern und Programmierern, also auch mit Mitarbeitern der IT! Cola Zero trinkende, sich von Pringles ernährende, kiffend in ihren ehemaligen abgedunkelten Kinderzimmern wohnende Menschen. Dies schreibe ich nur, um das gesamte Ausmaß dieser Aufgabe und einige der damit verbundenen Unwägbarkeiten klarzustellen.

Kurzum: Es zierten sich alle, bei diesem Auftrag eine Zusage zu treffen. Die Agenturchefin kam dann mit dem Hinweis auf mich zu, dass ich lange schon kein größeres Projekt mehr übernommen hatte und es an der Zeit sei, auch „unbequeme" Schreibaufgaben zu übernehmen.

„Werbetexte für den Optiker um die Ecke kann jeder schreiben, Kaspar! Wir brauchen Kollegen, die sich auch mal umfangreichen, vielleicht auch unkreativen Texten annehmen, um weiter bestehen zu können. Gut läuft es nicht, das weißt du!", so ihre, einer Abmahnung ähnelnde Aussage, mit der sie, jedenfalls meinen Einsatz betreffend, nicht ganz Unrecht hatte.

Finanziell interessant, aber sicher nicht mit Freude fertigzustellen oder innerhalb kurzer Zeit an den Kunden gebracht, war meine omnipräsente Gewissheit, als ich den Auftrag übernahm.

Also ließ ich mich, nicht ohne die Augen zu verdrehen, für die nächsten Monate zu dieser Aufgabe heranziehen und schreibe nun über die „Opti-Scan-Maschine". Allein der dämliche Name!

Gut und typisch für mich ist außerdem: Ich kann mich so richtig ins Elend reden und mir die Furchtbarkeit meiner Aufgaben immer und immer wieder vor Augen führen.

Selbstmitleid kann ich, da macht mir niemand etwas vor.

„Cherry-Picking braucht hier keiner zu betreiben, speziell bei dir ist es aber so, dass wir gerne einmal mehr als Dreiwortslogans zu erwarten hätten!", so eine der zahlreichen Überredungsversuche von Christa.

Eigentlich heißt Christa Vanessa. Wegen ihrer spießigen Erscheinung aber und dem Namen ihres Mannes Klaus Brinkmann, haben wir uns entschieden, sie hinter ihrem Rücken Christa zu nennen. Leider ist nicht allen jüngeren Kollegen die Schwarzwaldklinik ein Begriff, denn mit meinen 49 Jahren gehöre ich, neben unserem Buchhalter und der Reinigungskraft, zu den Ältesten in der Agentur. Angenommen haben aber auch die jungen Kollegen diese Namensgebung gerne. Das hat dann auch zur Folge, dass, wenn Christa ihr berühmt sorgenschweres Gesicht aufsetzt, immer mindestens ein Kollege das Smartphone zückt und leise, beinahe zufällig, die Melodie der Schwarzwaldklinik abspielt.

Ich mag das Büro! Kollegen, lachen und, ab 15:00h Wein trinken. Da wir kreativ arbeiten sollen, schaut dich in diesem Laden niemand erschrocken an, wenn du mit einem gut gefüllten Weinglas zur frühen Mittagszeit um die Ecke kommst. Leider bietet sich der Weg ins Saarland, wo unsere Agentur beheimatet ist, nicht täglich an und so sitze ich dann vermutlich auch heute wieder an meinem Schreibtisch der Doppelhaushälfte und schreibe mit Blick auf die Terrasse meiner Nachbarn. Dieser Freiluftbereich wird ab Frühling zum Wohnraum erklärt und, ab drohendem Sonnenuntergang, mit den buntesten außerdem geschmacklosesten LED-Lampen, die der hiesige Action-Markt zu bieten hat, beleuchtet.

Renate heißt die Nachbarin und neben der Tatsache, dass sie permanent den Blick auf die Nachbarschaft braucht, verkauft sie nachhaltige Reinigungsmittel und ökologisch wertvolle Reinigungstücher auf Partys. Und dies tut sie, sehr zu meiner Verwunderung, begeistert. Anke ließ sich einmal dazu hinreißen, eine solche Veranstaltung bei uns im Haus stattfinden zu lassen und ihre Freundinnen zu uns nach Hause einzuladen. Hier wurde an Döschen gerochen und die Wirkung des Inhalts an unserem Boden und den Möbeln getestet. Begeistert kaufte auch Anke hier in wilder Zusammenstellung, wie Renate sagte, „Ausschließlich nachhaltige Produkte!" ein.

Spätestens zu diesem Zeitpunkt, hätte mir klar sein müssen, dass sich etwas verändert hat in unserem Leben. Oder anders und treffender gesagt: Sie hatte sich verändert.

An den Schreibtisch, Laptop aufklappen und nun die Begeisterung des Entwicklers dieser „Steuerberaterunterstützungseinscanmaschine" in Worte fassen. Heute an den Werbetext! Nein, doch lieber die Bedienungsanleitung, kreativ kann ich heute nicht. Eigentlich kann ich heute gar nicht und die Überlegungen gehen in eine völlig andere Richtung.

Ist das eine Rotweinflasche, die da auf der Küchenarbeitsplatte steht?

Immerhin ist es halb 11 und der Tag nicht mehr allzu lang. Nein, das kann ich nicht bringen und sollte vielleicht doch zunächst einen Kaffee trinken.

Anke trinkt keinen Kaffee mehr, nur noch Tee, keinen Alkohol mehr, ausschließlich Wasser. Und wenn Tee, dann komische Teesorten mit dämlichen Namen wie „Innere Ruhe", „Gelassenheit" oder ähnlichen, tiefgründigen Bezeichnungen. In einer Bambuskiste mit Glasdeckel bewahrt sie ihren Tee auf und zelebriert die Zubereitung unglaublich theatralisch. Hätte man eine Kamera in unserer Küche, so könnte man problemlos einen Werbefilm für Tee drehen und sie in diesen einbinden.

Wenn sie nach Hause kommt, zieht sie ihre hochhackigen Schuhe aus, schlüpft in „was Bequemes" und macht sich „erst mal 'nen Tee". Ich kann diese Worte bereits mitsingen, denn das ist die allabendliche Konversation, die sie mit sich selbst, aber für alle hörbar, führt.

Der Weg von der coolen Frau, unglaublichem Sex und durchsoffenen Nächten, zur teetrinkenden Ökemöke war schleichend und unauffällig.

Umso auffälliger ist die aktuelle Situation und der männliche Teil unseres überschaubaren Freundeskreises reagiert mit Augenrollen, denn auch deren Freundinnen oder Frauen nehmen sich, wenn sie gemeinsam zum Besuch bei uns vorbeikommen, „erst mal 'nen Tee".

Die Begeisterung für Tee hatte zur Folge, dass der Großteil dieser Küchenplatte mit Utensilien, Becherchen und Tässchen belagert war, die man offensichtlich zur Zubereitung außergewöhnlich heilender und beruhigender Teesorten benötigt.

Die Winzigkeit meiner Kapselkaffeemaschine hingegen wurde jeden Abend von Anke genervt, nicht ohne theatralisches Aufstöhnen, auf den Küchentisch geräumt und mir unmissverständlich, aber nur per Blick und kurzem Aufstönen, die Entfernung des Gerätes aufgetragen.

Ich brachte die Nespressomaschine allabendlich vom Tisch, möglichst auffällig in den großen Sekretär, den mir meine Großmutter vererbt hatte, um diese dann am nächsten Morgen, nach Ankes Verlassen des Hauses, wieder auf der Abdeckplatte neben dem Waschbecken und der fröhlich-grauen Padmaschine zu positionieren.

Anke hatte vor einigen Wochen bereits die Umstellung auf eine Kaffeepadmaschine befohlen, da man die Pads der Fairetradekaffees aus dem Biosupermarkt auf dem hauseigenen Komposthaufen entsorgen könne, was mit den Aluminiumkapseln meines Discounters nicht möglich sei. War der Kapselkaffee noch erträglich, so stellte die Padmaschine für jeden Kaffeebegeisterten schlichtweg eine geschmackliche Beleidigung dar und wurde von mir von Beginn an ignoriert.

Für mich hatte dieses Herumtragen meiner Kapselkaffeemaschine zwei entscheidende und erfreuliche Vorteile: Besseren Kaffee und die genervte akustische Untermalung, wenn Anke abends die Küche betrat.
Für diese Kaffeemaschine war ich bereit, mich zu widersetzen und den Konflikt mit Anke auf mich zu nehmen.

Ich klappe meinen Laptop zu und beschließe, mich an der frischen Luft zu bewegen.
Nach den gemeinsamen Jahren mit Kindern, karriereorientierter Ökemökefrau im Doppelhaus und der Erwartung, dass jeden Abend warm gekocht wurde, hatte ich mir einen ordentlichen Bauch angefressen und statt dem für meine Größe angemessenen Gewicht von um die 90 kg, es auf stolze 134kg gebracht. Anke störte dies nur dann, wenn Besuch kam und sie neben den Bemerkungen über meine langen Haare, auch meine Körperfülle erwähnen und ins Lächerliche ziehen wollte.

Dem hatte ich vor entgegenzuwirken! Und so hatte ich mich zum Ausprobieren verschiedener Sportarten hinreißen lassen. Fußball „mit den Jungs" mag ich nicht. Badminton ist unglaublich anstrengend! Kegeln und Golf ist für alte Menschen! Volleyball wäre dann interessant, wenn auch die Nationalmannschaft der schwedischen Frauen... Lassen wir das!

Die Kombination aus meiner in den letzten Jahren erwachsenen Misanthropie und zeitlicher Unzuverlässigkeit, schiebt alle Sportarten, zu denen es eine Begleitung braucht, aufs Abstellgleich. So hatte ich nun beschlossen, jeden Tag eine, besser noch zwei Stunden zu gehen und meine Ernährung umzustellen. Essen nur noch abends gemeinsam mit der Familie, morgens Apfelessig trinken (ein Kollege hat mir das als Fettverbrenner empfohlen) und jeden Tag raus.

Entweder entschied ich mich vormittags eine Runde durch den benachbarten Wald zu gehen oder auch am späten Abend einige Kilometer an der Mosel entlang zu laufen. Anke war zwar aufgefallen, dass ich mich nun anders verhielt, schrieb dies aber meinem Aktionismus zu, der in den nächsten Wochen wohl wieder verflogen sein müsse.

Mein Ziel hingegen war tatsächlich die Hoffnung wieder ein wenig gesünder zu leben, hatte mir doch mein Hausarzt keine allzu gute Prognose gestellt, was die Kombination aus Gewicht und meinen Leberwerten mit meinem weiteren Leben und dessen Alterserwartung anstellen könne.

Spaß machte es außerdem, jedenfalls dann, wenn ich die Ergebnisse meiner Bewegung in meiner App ablesen

konnte und von dieser mit einem blauen Zeichen im Profil als Laufexperte ausgezeichnet wurde.
Einmal wieder zweistellig im Gewicht, das hehre Ziel.

Was ein schöner Wald, was eine schöne Runde, was ein schönes Wetter. Meine Wanderschuhe eng geschnürt und der Hoodie vom Nebel ein wenig weiß überzogen. Meine Kopfhörer habe ich vergessen und so höre ich alles: Den Wind, die Vögel und ein Krachen links von mir im Wald. Ruft da jemand?

„Hierher, du Mistvieh!", höre ich aus der Ferne eine Frauenstimme.

Aus dem Gebüsch springt freudestrahlend ein brauner Hund nicht definierbarer Rasse auf den Waldweg und nähert sich vollkommen unerschrocken mit wedelndem Schwanz.
„Wo kommst du denn her?", frage ich wohlwissend, dass mir das Vieh vermutlich keine Antwort geben würde.

„Aika, hiiiieeerher!", höre ich erneut die Frauenstimme, die sich uns zu nähern scheint.

„Wir sind hier!", brülle ich in die Richtung, aus der ich die Stimme zu hören vermute.
Hektisch, außer Atem und etwas unentspannt nähert sich im Nebel eine grün gekleidete, recht große Person, die nun erleichtert zu sein scheint. Aika hat offensichtlich kein Interesse daran, eingefangen und angeleint zu werden, sondern verzieht sich wieder ins Gebüsch.

„Halt die fest, die tut nichts!", hechelt mir die Frau entgegen. Zu spät. Der Hund ist bereits wieder im Wald und jagt für mich Unsichtbares.

„Arschlochhund! Ganz das Herrchen...", so die Aussage dieser schlanken, nun direkt vor mir stehenden Frau. Vielleicht 1,85m, mindestens aber 1,80m, denke ich und hoffe zu beschwichtigen, als ich sage: „Die kommt bestimmt gleich wieder!"

„Keine Ahnung von Hunden, aber mitsprechen wollen!", blafft sie in meine Richtung und verdreht entnervt die Augen, „Hierher jetzt!"

Zu unserem gemeinsamen Erstaunen raschelt es im Gebüsch und es nähert sich, mit gesenkten Ohren und nun ruhigem Schwanz: Aika.

Die über ihren Schultern getragene Hundeleine wird über den Kopf von den Schultern gehoben und Aika nun per Anleinen an weiteren Ausflügen ins Unterholz gehindert. „Was ein Mistvieh!", sagt sie voller Überzeugung.

„Kaspar!", antworte ich mit dem eigentlichen Versuch mich vorzustellen.

„Der Hund macht mich irre! Mein Freund, nein Ex-Freund, ist vor einer Woche ausgezogen und hat seinen Köter offensichtlich gemeinsam mit mir entsorgt", sagt sie immer noch außer Atem und wütend.

„Das tut mir leid!", glaube ich richtig zu antworten und werde ungläubig mit:

„Was kannst du denn dafür?", gefühlt zurechtgewiesen. „Was tut dir leid?"

„Das mit deinem Freund und deinem Hund!"

„Hörst du nicht zu? Es ist nicht mein Hund! Es war nie mein Hund! Und so, wie das Scheißvieh sich benimmt, ist es bald dem Tierheim sein Hund!", sagt sie und bringt mich so zum Augenverdrehen.

„Was???", raunzt sie mich wütend funkelnd an.

„Naja", sage ich, „das wäre dann eher ein Genitiv, als ein Dativ... Sorry, ich habe da vermutlich eine Macke", versuche ich mich sofort zu entschuldigen.

„Sag mal hast du sie noch alle? Klugscheißer!", schlägt mir nun offene Ablehnung entgegen.

„Entschuldige, war blöd!", entkommt mir der Versuch der Entschuldigung, „grammatikalisch falsch war es trotzdem."
Mit der Gewissheit es nicht besser gemacht zu haben, wende ich mich ab. Ich möchte nur nach Hause und nicht mehr über dieses Aufeinandertreffen nachdenken.

„Charlotte", höre ich hinter mir die Stimme von, ja vermutlich, Charlotte, „oder Lotte, wie Du magst."

„Charlotte" klingt doch toll, entgegne ich ehrlich.

„Versuchst du gerade freundlich zu sein? Das ist doch ein typische Oma-Name!", stellt sie fragend überrascht fest.

„Ich mag den Namen und finde er passt gut zu dir." Freundlich kann ich, da lege ich mich jetzt fest.

„Wie sieht denn eine Charlotte aus?", fragt sie nachdenklich.

So wie sie, auch da lege ich mich fest. Sie hat hellbraune, schulterlange Locken, grüne Augen und ist außerordentlich schlank, vielleicht ein wenig zu schlank. Unter dem grünen, geöffneten Parka trägt sie einen hellblauen Pullover. Sie stemmt die Hände in die Hüften, öffnet den Parker zu beiden Seiten und ich kann ihre Oberweite sehen. „Nicht viel, dann hängt da vermutlich auch nichts!", denke ich und bestrafe mich innerlich mit einem Nackenschlag.
Aika stolpert über die schlaff neben Charlotte hängende Leine und verfängt sich mit der vorderen Pfote. Charlotte dreht sich, damit sie den Hund aus den Fängen der Leine befreien kann, um und beugt sich mit dem Rücken zu mir nach vorne. Der Parka hebt sich, ich schweife mit dem Blick vom Bein den Hundes nach rechts ab und schaue ihr auf ihren Po.
Die enge Jeans lässt wenig Raum für Spekulationen und Tobi würde von „einem guten Rahmen" sprechen.

Was genau mache ich da? Ich schaue fremden Frauen auf Brüste und Hintern. Bin ich nun endlich auf dem Niveau der anderen schmierigen alten Säcke angekommen, die ich immer so widerlich fand?
Aika ist befreit und Charlottes Blick eindeutig. Sie hat definitiv mitbekommen, dass ich sie angeschaut, wenn nicht angestiert, habe.

„Hast du Urlaub oder warum läufst du vormittags durch den Wald?", nimmt sie das Gespräch zu meinem Erstaunen wieder auf.
„Ich arbeite heute im Homeoffice und mache gerade eine kurze Pause. Du?", entgegne ich.

„Ich habe heute frei, weil ich mich um einiges kümmern muss", sagt Charlotte und verdreht dabei die Augen.

„Was musst du denn machen?", zeige ich ernsthaftes Interesse an ihren Verpflichtungen.

„Mein Ex muss seinen Kram endlich aus der Bude räumen und ich muss mich mit dem Vermieter unterhalten, denn wir stehen beide im Mietvertrag... Alles Mist!"

„Und wie lange hast du Urlaub?", will ich wissen.

„Nur noch die nächsten zwei Tage, dann muss ich wieder ran", ergänzt sie gequält.

„Was machst du denn?", frage ich nach ihrem Job.

„Ich arbeite mit Hunden und trainiere die!", erwidert sie nicht ohne Stolz, wie ich zu bemerken glaube.

„Merkt man nicht!", entfährt es mir und ich grinse sie an.

„Idiot!", lacht sie mir entgegen. „Vielleicht kennst du meinen Chef, war schon im Fernsehen und erzieht angeblich die Hunde der Leute im Fernsehen. Eigentlich machen wir das und unser Chef grinst in die Kamera und verkauft alles als seinen Verdienst."

„Cooler Job! Wie kommt man denn daran?", frage ich interessiert.

„Mein Ex ist der Producer dieser Sendung und hat mich da reingebracht. Es wird Zeit für einen Jobwechsel. Jetzt laufe ich dem Trottel wieder täglich über die Füße, wenn der da mit seiner Bumse... EGAL!", wütet Charlotte.

„Nicht schön!", nicke ich bestätigend.

„Und du? Erzähl! Verheiratet? Kinder? Kombi? Reihenhaus?", liegt nun die Auskunftspflicht auf meiner Seite.

„Nein! Ja! Kangoo! Doppelhaushälfte!", und klinge für mich selbst hörbar bei dem Ausspruch meines Fahrzeugmodells ein wenig zu wehleidig.

„Kinder und nicht verheiratet?", scheint Charlotte überaus überrascht.

„Nein, die letzte Bastion meiner Jugendlichkeit!", entgegne ich und kann diesen schwachsinnigen Satz selbst schon nicht mehr hören.
„Abgesehen davon, braucht man zum Kinderzeugen keinen Trauschein...", verteidige ich mich nickend.

„Das ist mir auch klar", antwortet sie nun genervt und ergänzt, „Ich bin froh zu wissen, wie es geht keine Kinder zu bekommen!"

Auch eine Einstellung, die ich nachvollziehen kann! Hergeben würde ich meine Kinder niemals, aber ruft man den ganzen Stress und die permanente Geräuschbelästigung ins Gedächtnis, kann man durchaus ruhigeren, außerdem entspannteren Zeiten entgegenblicken, wenn man keine Kinder in seinem Umfeld beherbergt.

Aika schüttelt sich und Sabber spritzt in alle Richtungen und auf meine Hose.

„Wenn ich den Hund schon sehe, kommt mir die Galle hoch! Sorry!", wütet Charlotte und entschuldigt hiermit offensichtlich meine nun besabberte Hose.

„Er kann ja nichts dafür, dass dein Ex so bescheuert ist", unternehme ich den Versuch das braune Vieh zu verteidigen.

„Haste auch wieder recht! Kangoo? Ehrlich? Wie kommt man denn auf die Idee?", möchte Charlotte nun wissen.

„War nicht meine!", jammere ich.

„Wem seine Idee denn dann?", will sie offensichtlich ernsthaft interessiert erfahren, wessen Idee dieses Auto gewesen sein könne.
Spätestens jetzt ist die raus! Nicht, dass es mich in Ansätzen stören würde, wenn sie diese Hässlichkeit an Auto nicht mag, aber der Genitiv ist mir heilig! Ich entschließe mich zu einer geschickten Umschiffung des nun eigentlich fälligen direkten Angriffs:

„Wessen Idee das war? Ganz sicher nicht meine!", korrigiere ich Charlotte unauffällig.

„Ah, wessen...! Klugscheißer!", erkennt sie die Bedeutung hinter meiner Formulierung und reagiert beleidigt.

„Warum ist man ein Klugscheißer, wenn man richtiges Deutsch zu sprechen versucht?", verteidige ich meine Sprachverliebtheit.

„Egal! Wessen Idee war es denn?", fragt Charlotte nun durchaus interessiert und dem Willen folgend, mich weiterhin mit dem lästigen Thema des Fahrzeugs zu quälen.

„Die der Mutter meiner Kinder", schiebe ich den „schwarzen Peter" nun Anke zu.

„Mit dem Autogeschmack ist die zu 100% so bescheuert wie mein Ex!", konstatiert sie folgerichtig und für mich nachvollziehbar.

„Naja, wenn das alles wäre!", entgegne ich und fühle mich schlagartig schlecht.
Hatte ich nun wirklich alle Tore geöffnet mit einem wildfremden Menschen über Anke und deren Art herzuziehen? Und einen Schritt weitergedacht: Wäre es nicht sinnvoll, wenn ich bereits in dieser Intensität und alleine wegen eines Autos von Anke genervt zu sein schien, mit ihr ein klärendes Gespräch zu führen? Nein, nicht nur über den Kangoo! Über alles. Tee, Kaffeemaschine, Ökoansichten, keinen Sex, Anfeindungen vor Freunden. Alle diese Dinge hätte ich mit Anke längst besprechen sollen, wenn mich diese doch offensichtlich so stören.

„Was denn noch? Gibt es schlimmeres als diese Karre?", grinst Charlotte in eine Richtung.

„Du hast recht! Schlimmeres kann es nicht geben!", versuche ich weiteren Nachfragen zu entkommen und lächle gequält.

„Auf den Schrecken und zur Wiedergutmachung deiner versauten Hose sollten wir einen trinken!", behauptet Charlotte nun unerschrocken und voller Überzeugung, dass dies eine gute Idee sein müsse.

„Grundsätzlich eine gute Idee! Ich muss nur um eins meine Kinder abholen und sollte dort nicht mit einer Fahne auftauchen", versuche ich verzweifelt meine Vernunft in den Vordergrund zu stellen.

„Wir haben erst 11:30h. Egal, deine Entscheidung!", spricht sie völlig unbeeindruckt und sieht mir dabei in die Augen.

Ich sollte lernen Stille auszuhalten und einfach einmal nicht antworten. Die Betonung liegt hier klar auf dem „Sollte"! Was aber habe ich hier vor? Mit einer wildfremden Frau und dem stinkenden Köter ihres Ex-Freundes „einen trinken"? Nicht, dass es mich unter normalen Umständen stören würde, meine Kinder mit einer leichten Fahne aus den jeweiligen pädagogischen Einrichtungen abzuholen. Aktuell scheint mir aber diese Aussage eine perfekte Ausrede zu sein.

„Warte, ich telefoniere!", sage ich, mein Handy aus der Hosentasche nehmend. Überrascht schaut mich Charlotte an.

Warum auch immer ich diesen Schritt nun tätige und was auch immer mich dazu bewogen haben mag, Silvia anzurufen und sie in die Betreuung meiner Kinder einzubinden, ist mir zum aktuellen Zeitpunkt noch nicht klar.
Hilfe habe ich von Silvia nicht zu erwarten, immer aber die Möglichkeit, sie zu meinen Gunsten glauben zu lassen, dass sie einen Vorteil haben könne.

„Silvia, ich grüße dich! Hättest du Lust den Nachmittag mit deinen Enkeln zu verbringen? Du könntest sie von Schule und Kindergarten abholen und dann etwas Schönes unternehmen. Was hältst du davon?"

Ihr gekeifter Gesprächsanteil zusammengefasst: „Gerne!" „Aber warum?" „Was hast du denn vor?" „Weiß Anke, dass ich die Kinder nehme?"

„Ich sitze hier gerade an einem schwierigen Text, irgendwas mit Digitalisierung und Steuerberatergedöns. Da komme ich gerade ganz gut voran und würde hierzu eventuell noch ins Büro fahren wollen. ...Ja, Saarland... Mmmm, ...ja, ... Super!... Nein, sag´ du Anke gerne Bescheid, dann kann ich mich direkt wieder an den Text setzen und eben noch mit der Agentur telefonieren. Danke, tschüss!"

Das war einfach! Gefühlt aber auch so falsch!

„Wen hast du denn da gerade angelogen? Deine oder ihre Mutter?", die, wie ich finde undankbare Reaktion ob meiner Bemühungen, dem Wunsch des gemeinsamen Trinkens nachzukommen.

„Ihre Mutter! Meiner Mutter kannst du keine Kinder in die Hand drücken!", stellte ich bestimmt fest.

„Ok, dann los! Wo parkst du?", nimmt Charlotte schlagartig ein gewisses Tempo auf.

„Biewerwald-Parkplatz. Ich wohne zwar nur ein paar Meter von hier entfernt, hatte aber keine Lust an der Straße entlangzulaufen."

„Wir können ja gemeinsam zu meinem Auto laufen und dann irgendwo hinfahren. Aber nicht erschrecken, riecht nach Hund!", glaubt sie mir ernsthaft gestehen zu müssen.
Alles im Umfeld dieses Hundes wird mit Sicherheit den Geruch dieses Viehs angenommen haben und „nach Hund riechen".

Aika bleibt an der Leine und wir gehen in einer ungewohnten Stille nebeneinander her. Alle Versuche, ein Gespräch zu beginnen, scheitern an einsilbigen Antworten des jeweils anderen. Komisch!
Es beginnt zu regnen und mir kriecht die Feuchtigkeit in den Nacken. Urplötzlich wird mir kalt und eine gewisse Aufregung steigt, aus mir unerfindlichen Gründen, in mir hoch.
Kommt uns dort jemand entgegen? Ja. Eine Silhouette ist undeutlich, in einigen Metern Entfernung, im Nebel erkennbar.

„Ach, Herr Karst! Geht es Ihnen gut?", flötet mir die Nachbarin, mit der Terrasse und den so geschmacklosen LED-Lämpchen entgegen.

„Hallo Frau Hares, bei mir ist alles gut, ich hoffe, bei Ihnen auch!" Smalltalk, wie ich ihn hasse!

„Alles prima! Haben sie jetzt einen Hund?", fragt sie wohl wissend, dass wir keinen Hund haben. Anke würde dies niemals zulassen.

„Nein, das ist ihr Hund!", sage ich und deute mit einem Kinnheben in die Richtung von Charlotte.

„Ach das ist ja schön! Sind sie eine Verwandte von Herrn Karst?", lautet die neugierige und zu erwartende Frage der alten Zicke von gegenüber.

„Ja, ich bin die Mutter!", antwortet Charlotte während ich gerade nach einer Erklärung suche und überlege, wie ich hier noch in Ansätzen für eine einigermaßen logische Aussage sorgen könnte.
Unerwartet und für mich völlig unverständlich, zuckt Frau Hares nicht einmal nachdenklich zusammen und antwortet:
„Das ist ja schön, dass ich Sie kennenlerne!", stellt die Antwort Triers auf Ilse Kling zufrieden fest.

Charlotte ist maximal Anfang 30 und weit von der Möglichkeit entfernt, meine Mutter sein zu können.

„Dann kommen Sie mal gut nach Hause, Frau Hares!", versuche ich erfolgreich diese Konversation zu beenden.

Mit einem freundlichen „Tschüss!" macht sie sich wieder auf den Weg und ich bleibe nach wie vor mit der Überraschung alleine, dass keine Nachfragen nach dem wirklichen Verwandtschaftsverhältnis aufkommen.

Charlotte und ich sehen uns an und müssen beide lachen, als wir sicher sind, dass die alte Hares außer Hörweite ist.

Nach weiteren 10 Minuten über matschige Wege, vorbei unter tiefhängenden Ästen, erreichen wir eine kleine Einbuchtung in den Wald, abgehend von der Kreisstraße Richtung Kordel.
„Hier stehe ich!", stellt Charlotte fest und nimmt den Schlüssel ihres Seat Arosa aus der linken Hosentasche.
„Klein, alt und bezahlt", teilt sie mit und nickt zufrieden in Richtung ihres roten Kleinwagens.

„Aber über meinen Kangoo lästern!", versuche ich mein Fortbewegungsmittel, zugegeben halbherzig, zu verteidigen.

„Ey, mal ohne Scheiß: Welcher normal veranlagter Mann fährt denn freiwillig Kangoo?", fragt sie kratzig.

„Wer spricht von Freiwilligkeit?", so meine Entschuldigung.

„Hab´ doch mal ´nen Arsch in der Hose und sag´ deiner Alten, wenn dich was stört!", brummt es mir entgegen.
So richtig gut komme ich gerade nicht weg und ein wenig habe ich das Gefühl, als jammernder, unemanzipierter Waschlappen empfunden zu werden. Ich überlege, ob es nicht an der Zeit ist, Partei für Anke zu ergreifen und mir die Bezeichnung „Alte" zu verbitten. Aber hat Charlotte nicht auch recht mit ihren Worten und der Annahme, dass

Anke nicht nur alt, sondern auch noch herrschsüchtig sein könne? Unter anderem: Thema Kangoo!

Kurzum: Ich ergreife keine Partei für Anke. Zum einen hört sie meine Verteidigung nicht, zum anderen muss ich hier auch keine Diskussionen über mein desaströses Beziehungsleben führen. Im Grunde ist es doch bei allen Paaren das Gleiche: Eine vormals gute Beziehung mit gegenseitiger Wertschätzung, aufmerksamen Gesten und grandiosem Sex, verkommt zu einer WG mit Genervtheit, despektierlichem Verhalten und teilnahmslosem nebeneinander Einschlafen.

Offensichtlich ist dies aber nicht bei allen Weggefährten und Bekannten der Fall. Vielleicht siebt sich auch der Freundeskreis nach einer gewissen Zeit einfach aus und es bleiben auf der einen Seite diejenigen, die, jedenfalls vordergründig, eine glückliche Beziehung führen und diejenigen, die, wie vermutlich ich, die Anwesenheit der Partnerin zu ertragen versuchen. In jedem Fall hat die Zahl derer in meinem direkten Freundes- und Bekanntenkreis, die sich über die jeweils an der eigenen Seite befindlichen „Alten" aufregen, nicht abgenommen.

Nicht abgenommen, so wie auch die Partnerinnen. Jedenfalls wenn man den Worten der hierzu gehörenden Männern Glauben schenken darf. Komischerweise haben meine schwulen Freunde derartige Probleme nicht, sondern finden ihre Partner auch mit Bauch und Doppelkinn durchaus attraktiv und die Beziehung weiterhin aufrechterhaltenswürdig.

Ich bin kein Mann, der sich voller Begeisterung über die eigene Frau aufregt, die mit ihm durchs Leben geht, verteidige sie aber nicht in dem Maße, wie es diejenigen tun, die eben durch dieses Sieb gefallen sind und als direkte und enge Freunde komischerweise nicht mehr zu bezeichnen sind. Hier ist vermutlich wieder das Thema der gemeinsamen Feindbilder oder femininer Herausforderungen ausschlaggebend für gemeinsam verbrachte Abende und gerne geführte Gespräche. Wer erträgt schon dauerhaft das Elend oder die Zufriedenheit der anderen?

Wahrscheinlich stimmt die Aussage: Gemeinsame Feindbilder stärken! Immerhin fühlt man sich als Mann, der über seine Partnerin keine wirklich guten Worte verliert, vermutlich weniger schäbig, wenn dies alle tun.

„Vielleicht hast du recht und ich sollte mich wehren. Aber, Schätzelein: Ich habe zwei Kinder, die darunter leiden würden, wenn..." weiter komme ich nicht.

„Was für eine blöde Aussage! Entweder es ist der richtige Mensch an deiner Seite oder eben nicht. Naja, mir ist das egal und ich bewerte dich nicht, wie du deine Beziehung beschreibst oder eben nicht...!", kürzt Charlotte die aufzukeimen drohende Diskussion ab.

„Gut!", stelle ich zufrieden und knapp fest.

„Wie, gut? Bist du jetzt beleidigt?", fragt sie schnippisch.

„Nein, es ist alles gut! Ich freue mich darüber, dass du hier keinen Ansatz für Diskussionen siehst. Ich möchte auch nicht hierüber diskutieren. Am wenigsten über dieses doofe Auto!", bin auch ich bereit, dieses Thema zu beenden.

„Gut, dass Du zumindest dies einsiehst!", sagt Charlotte feixend in meine Richtung.

Sie nimmt ihren Schlüsselbund aus der Tasche ihrer grünen Jacke. Ein langes Lanyard in Regenbogenfarben bildet das Ende und sie schließt, das Schloss erst nach einigen Versuchen treffend, ihren Wagen am Kofferraum auf. Sie befiehlt Aika entnervt, in den für diese Art Hund viel zu kleinen Kofferraum zu springen. Sie wirft mit deutlich hörbarem Schwung die Klappe zu, nachdem der Hund nach langem Hin- und Herlaufen offensichtlich genug Anlauf genommen hat, um in den Wagen zu hüpfen.
Zentralverriegelung hat die Kiste offensichtlich nicht, denn nachdem sie die Fahrerseite aufschließt, greift sie auf die Beifahrerseite, um diese Verriegelung manuell zu öffnen.

„Ist kaputt! Nehmen wir meine Karre, ich bringe Dich später wieder hierhin.", ihre kurze Erklärung und ihr nicht zu diskutierender Vorschlag.

Zu der fulminanten Ausstattung meines Kangoo sage ich nichts. Zumindest kann ich dieses Gefährt mit einem Druck auf den Fhrzeugschlüssel öffnen. Dies hat den unschlagbaren Vorteil, dass ich den Wagen aus der Ferne aufschließen und so zum Beispiel dann schnell ins Auto steigen kann, wenn ich, ohne von Miteltern oder Betreuungspersonal angesprochen werden zu wollen, die Flucht nach Hause antreten möchte.

„Wohin fahren wir denn jetzt?", fragt Charlotte unentschlossen.

„Mir ist es egal! Sag´ du!", entgegne ich und weiß sofort um die Wirkung meiner Worte. Gelte ich doch seit ein paar Minuten als rückgratloser Lappen, der sich von Frauen alles gefallen lässt.

„Wenn du Kölsch magst, können wir zu mir fahren, bei allem anderen musst du mir sagen, wohin du willst!", sagt sie vollkommen neutral und das erste Mal habe ich das Gefühl, eine Entscheidung, ohne einen ihrer überheblichen Kommentare treffen zu können.

„Hallo? Kölsch ist wunderbar!", sage ich und dies voller Überzeugung.

„Gut, dann auf zu mir!", entgegnet sie vollkommen unerschrocken ob der Tatsache, gleich einen wildfremden Mann in ihrem Zuhause empfangen zu müssen.

Sie fährt schlecht Auto, schaltet viel zu früh, Schlangenlinien scheint sie zu lieben und die Bremse betätigt sie in der Sanftheit eines Mammuts. Nicht dass ich die Verhaltensweisen bei Autofahrten dieser Tiere einzuschätzen wüsste, aber genauso stelle ich mir dies vor.

Wir sprechen nicht. Komischerweise kein Wort. Bei jedem Schaltvorgang berührt sie mit ihrer Hand leicht mein Knie und nuschelt jedes Mal „Sorry!"

Erotisch ist es nicht so berührt zu werden, aufregend schon. Warum genau kann ich nicht einschätzen, fühle mich aber bei meiner Antwort „Kein Ding!" überaus wohl.

Nur wenige Minuten sind es bis nach Quint. Mit beherztem Schwung nutzt sie die Parkfläche zwischen einem Glascontainer links und dem Sammelsurium des Sperrmülls auf der rechten Seite des Parkplatzes.

„Wir sind da!", sagt sie freudig, den Handbremshebel beherzt nach oben reißend.

„Schlaue Aussage, du Nuss!", hätte ich sagen wollen, antworte aber aus Gründen der Höflichkeit mit: „Das ging ja schnell."

„Beim Autofahren bin ich gerne schnell, ansonsten lasse ich mir Zeit", spricht sie in meine Richtung und grinst mich an.

„Schön!", erwidere ich etwas unbeholfen aber der Gewissheit sicher, dass hier keine aufwändigeren Worte nötig gewesen wären.

Wir gehen einen schmalen Weg zwischen hässlicher Hecke auf der einen Seite und einer in die Jahre gekommenen Betonmauer auf der anderen Seite auf ein kleines Haus zu. An der hellgelben Hauswand hängen mehrere Briefkästen, die ungeordnet neben- und übereinander befestigt wurden.

Charlotte zieht mit voller Kraft am runden Knauf der Haustüre und drückt sie mit dem Hinweis, dass man etwas Kraft brauche um diese zu öffnen, schwungvoll mit ihrer Schulter nach innen.

„Ist eine alte Hütte hier, aber die Miete extrem günstig", erklärt sie die Wahl ihrer Unterkunft.

Eine seltsame Kombination aus dem Geruch des Hundes und vermutlich mehrerer Duftkerzen kommt mir entgegen, als sie die Türe der Wohnung im ersten Stock aufschließt. Im engen Flur steht in einer Nische ein blaues Billyregal, auf dem eine schmale und mit getrocknetem Gras gefüllte Blumenvase platziert ist. Offensichtlich ist dies der bescheidene Versuch der Dekoration dieses Bereichs. Am Ende des Ganges ist die Tür des Badezimmers angelehnt und man kann die typischen hellblauen Fliesen der 70er Jahre erkennen.

„Hier geht es ins Wohnzimmer oder willst du dich umschauen? Ich lege den Hund trocken und mache uns ein Bier auf", werde ich freundlich eingeladen, eine Begehung der Wohnung zu unternehmen mit dem Hinweis darauf, dass die Abbiegung rechts vom Bad zum Wohnzimmer führt.

„Klar, ich gucke. Ich beginne im Südflügel", schlage ich vor, wohl wissend, dass diese Wohnung nicht mehr als 3 Zimmer haben dürfte.

Die erste Türe auf der rechten Seite führt in eine kleine Kammer, in der mehrere Schuhregale übereinander Chucks, Turnschuhe und drei geschmacklos glitzernde Paare High-Heels beherbergen. Ich mag bunte Schuhe, wenn diese ein gewisses Niveau und erkennbaren Stil besitzen. Diese taten es nicht.
Ich ziehe die Tür hinter mir zu, drehe mich um und trete durch den Türrahmen ins Schlafzimmer. Ein weißes Ikea-Stahl-Prinzessinnen-Bett steht in der Mitte des Raumes, ein Fernseher auf einer ebenfalls weißen Anrichte am Fußende. Überall liegen Klamotten auf dem Boden und dem Bett. Ich hätte mich an ihrer Stelle nicht zu einer Besichtigung eingeladen, sondern die Türe verschlossen.
Achtlos ausgezogene und offensichtlich getragene Socken überall, unter einem Teil des Sammelsuriums aus Hosen, T-Shirts und eher langweiliger Unterwäsche: der Hundekorb.
„Trotz der Aversion gegen dieses Tier, darf es offensichtlich im Schlafzimmer pennen", stelle ich erstaunt fest.
Auf der Fensterbank stehen, neben der deutlich geruchlich wahrnehmbaren Duftkerze, drei Teelichter in ehemaligen Einmachgläsern und drapiert auf bunten Steinen.
Ein wandfüllender. verspiegelter Kleiderschrank ist gegenüber der Fensterbank aufgebaut und lässt den Raum deutlich größer und heller wirken.

Ich verlasse das Schlafzimmer und gehe in Richtung der Geräusche, die aus der Tür gegenüber des Wohnzimmers kommen.

Hier steht Charlotte mit zwei Flaschen Bier, grinst begeistert in meine Richtung, übergibt mir eine Flasche und hebt auffordernd ihre Bierflasche zum obligatorischen Zuprosten.

„So jung kommen wir nicht mehr zusammen!", sagt sie, sicher dass dies der richtige Spruch an dieser Stelle sein müsse. Sie schwingt sich auf die Küchenablage vor dem kleinen Fenster und mein Blick fällt auf ihre nun nackten Füße. Schöne und natürliche Füße, mit nicht lackierten Fußnägeln.

„Was?", fragt sie auffordernd in meine Richtung, als sie meinen Blick bemerkt.

„Du hast schöne Füße", entfährt es mir und ich bin selbst verwundert über meine Aussage.

„Fußfetischist oder was?", grinst sie mich an.

Peinlich berührt schaue ich ihr in die Augen und antworte: „Quatsch, aber das war gerade mein erster Gedanke."

„Ok! Hättest blöder antworten können!", werde ich für meine Äußerung gelobt.

So ganz falsch war also unser Start in dieses Gespräch nicht. Ich bin ganz zufrieden mit diesem Beginn und ein Stück weit auch mit mir.

Werde ich Anke erzählen, dass ich mit einer wildfremden Frau gemeinsam am Vormittag Bier getrunken habe oder irgendeine komische Ausrede erfinden, warum ich die Kinder abgeschoben und den Nachmittag offiziell in der Agentur verbracht habe? Sicher nicht! Was aber tue ich hier gerade? Klar, Bier trinken! Was aber ist das Ziel hinter meinen Handlungen? Was habe ich vor? Was wird passieren und wohin wird dies führen? Klar ist jedenfalls zum jetzigen Zeitpunkt bereits, dass es hier nicht um eine freundliche kurzzeitige Beherbergung und ein kühles Getränk geht, sondern aus diesem Aufeinandertreffen etwas erwachsen wird. Sicher keine Freundschaft.

„Noch ein Bier?", schaut sie fragend in meine Richtung.

„Klar! Wie du schon sagtest: So jung...", stimme ich diesem Vorschlag begeistert zu.

Charlotte steht auf, greift in den Kühlschrank und übergibt mir eine weitere eiskalte Flasche nun mit dem Etikett irgendeiner bayerischen Brauerei.
Nicht einen Moment kommt es zu einer peinlichen Stille. Stille findet statt, nie aber unangenehm. Schön, dass auch Charlotte sich offensichtlich nicht dazu genötigt fühlt, etwas zu sagen.
Ich setze mich auf den, vermutlich ebenfalls von Ikea vertriebenen, Klappstuhl und lehne mich tief durchatmend an die zierliche Rückenlehne. Der Stuhl quittiert meine bequeme Anlehnung mit einem deutlich hörbaren Knarzen.

„Pass´ auf, die Dinger sind nicht allzu stabil!", werde ich gewarnt.

Unsere Blicke treffen sich und wieder entsteht keine unangenehme, sondern eine spannende und damit aufregende stille Spannung zwischen uns.
Ihr linkes Bein ist angewinkelt unter ihrem rechten Knie, das rechte Bein, eben noch locker nach unten baumelnd, bewegt sich langsam aber bestimmt in meine Richtung und wie selbstverständlich, stellt Charlotte ihren für ihre Körpergröße bemerkenswert zierlichen Fuß auf mein Knie. Kein Wort der Erklärung, keine Unsicherheit in ihrem Handeln. Ich merke, wie mich eine aufgeregte Erregung durchfährt, mein Bier wechselt in die linke Hand und meine rechte Hand lege ich zärtlich und vorsichtig auf ihren Fuß.
Mit einem Schwung rutscht sie von der Küchenplatte und setzt sich frontal auf meinen Schoß.
Sie atmet mir in den Nacken, ihre Haare riechen angenehm, ihre Hüfte bewegt sich ruckartig an mich heran und noch näher an meine, ein schweres Atmen teilt mir, jedenfalls zu meinem Verständnis, ihre Erregung mit.
Sie greift hinter sich, nimmt einen kleinen Schluck aus ihrer Flasche nähert sich mit ihrem Mund meinen Lippen und lässt das kühle Bier in meinen Mund laufen.
Ekelhaft! Mit Wein wäre das erträglicher gewesen! Aber mit Bier? Egal! Es ist einfach egal und ich will sie!
Jetzt!
Und ich bekomme sie!

„Kannst duschen, wenn Du willst!" rollte sie sich von mir herunter.

Ich möchte und stehe nun nackt unter ihrer Dusche. Kleine Fläschchen, ein blauer Schwamm aus Netzstoff, zwei Gummienten und weiterer Deko-Nippes befinden sich in Duschkabine und Badezimmer. Dem braunen Rand und den Haaren am Rand und in der Duschwanne folgerichtig, scheint auch der Hund des Öfteren in selbiger Dusche zu stehen und diese nicht häufiger gereinigt zu werden, so eine Reinigung überhaupt jemals stattgefunden hat. Wären hier weniger Ausstellungsstücke im Raum, wäre eine Reinigung sicher einfacher, einmal ganz von der Notwendigkeit abgesehen. Was ist denn Conditioner? Egal, die Flasche sieht aus, wie die eines Duschgels. Schäumen tut es nicht, abwaschen lässt es sich ebenfalls nicht wirklich gut, aber geruchlich ist es OK.
Komisch! Noch meldet sich mein Gewissen nicht und ich bin mir aktuell sicher, dass es Anke, die mich so lange vor allem sexuell nicht beachtete, nicht anders verdient hat, als von mir betrogen zu werden.

Ein Stapel mit Handtüchern liegt auf der kleinen Ablage hinter der Toilette und ich nehme mir ein blassgrünes von oben.
Nackt gehe ich zurück ins Schlafzimmer, wo Charlotte, ebenfalls nackt, noch auf dem Bett liegt. Decke und Kissen befinden sich auf dem Boden und es ist deutlich erkennbar, dass wir geschwitzt haben. Ein nasser Kranz ist

um ihren Körper herum zu erkennen, die ausgestrahlte Zufriedenheit kann ihr Gesicht nicht verbergen.

„Was ist los, Kaspar? Schlechtes Gewissen?", fragt sie ketzerisch.

„Warum sollte ich?", entkommt es mir ehrlich überfragt.

„Naja. Kinder, Frau...", bemüht sie sich, mich aus der Reserve zu locken.

„Danke, dass Du mich zu erinnern versuchst!", sage ich leise und ein wenig nachdenklich.

„Nicht? Routine, was?", funkelt es etwas gereizt in meine Richtung.

Einmal ganz davon abgesehen, dass ich ihr sicher keiner Rechenschaft schuldig bin, kann ich die Reaktionen ein Stück weit nachvollziehen. Vielleicht empfinde ich dieses in ihr aufkeimende Exklusivitätsverlangen auch als ganz angenehm.

„Das ist mir noch nie passiert, bisher!", gebe ich nun doch ein wenig überlegend zu.

„Gut! Kommst du mir jetzt mit dem einmaligen Vorfall und dass sich das nicht wiederholen wird? Ich fand´s geil, wenn das deine Entscheidung beeinflusst", füllt sie den Raum mit Worten und dem Hinweis auf ihren Wunsch der Wiederholung.

Was eben noch so herrlich ungezwungen war, strengt mich gerade an, denn auf alles habe ich jetzt Lust, außer darauf, Dinge klären zu müssen.

„Ich fand´s auch schön!", stelle ich fest, mit dem eindeutigen Vorsatz, das gerade aufgekommene Thema hiermit übergangen bzw. beendet zu haben.

Das scheint sie verstanden zu haben, jedenfalls schweigt sie, während ich mich anziehe.
Und dann kommt er wieder durch, der Konfliktscheue, der Waschlappen, der Prokrastinator.

„Ich denke, wir sehen uns wieder." Hierfür ernte ich ein mildes, vielleicht sogar ein begeistertes Lächeln.

Ich beschließe, da ich ohnehin noch nicht aus der Agentur wieder zu Hause sein könnte, den Weg zurück zum Auto zu Fuß zu gehen und mich nicht von Charlotte fahren zu lassen. Ihr verkaufe ich dies als unabdingbaren Wunsch, mich bewegen und abnehmen zu wollen.
Dass ich nicht in der Lage sein würde das eben Geschehene zu verdrängen, wird mir schlagartig klar.
Auf dem Weg zum Auto denke ich unablässig über das soeben Vorgefallene nach, versuche immer wieder Anke als Schuldige für mich zu konstatieren, scheitere und habe es jetzt direkt hinter meiner Stirn: Das schlechte Gewissen.
Als ich mich auf den unschön gemusterten Sitz des Kangoo fallen lasse, bemerke ich, dass ich absolut

komisch rieche. Eine geruchliche Kombination aus Kokosnuss und Pfirsich, wie ich einzuschätzen versuche. Ich sollte also versuchen, wenn ich zu Hause angekommen bin, erneut unter die Dusche zu springen und mich dann mit dem von Anke in Massen eingekauften biologisch abbaubaren Duschgel einzuschäumen, um meinen Geruch loszuwerden.

Dass ich tagsüber in unsere Dusche springe, wundert meine Familie nicht. Der Plan steht also!

Vor dem Haus steht Silvias rote B-Klasse und ich freue mich nicht, gleich in eine ihrer unnötigen und von Vorwürfen gespickten Konversationen gezogen zu werden.
Ich schließe die Eingangstüre auf, werfe meine Schuhe auf das Schuhregal (welcher normal veranlagte Mann besitzt ein Schuhregal?) und trete auf Socken ins Wohnzimmer, wo sich Silvia, auf dem Boden hockend, mit Mensch-ärgere-Dich-nicht ausgebreitet hat.

„Hallo Kaspar! Heute mal produktiv gewesen?", blökt sie mich an.

Selten in meinem Leben ist mir meine Unbeliebtheit nonverbal dermaßen offensiv mitgeteilt worden. Von eigenen Schulhoferlebnissen einmal abgesehen, wenn meine Grundschulliebe Hannah in jeder Pause auf meine verliebten Blicke durch Wegsehen reagierte.

„Ja, war gut! Danke für deine Unterstützung! Wenn du los möchtest...", unternehme ich den Versuch, Silvia auf elegantem Wege aus dem Haus zu bekommen.

„Ich habe noch Zeit und warte auf Anke! Sie müsste ja auch bald kommen", kündigt sie einen längeren Aufenthalt an und setzt misstrauisch mit „War Schlamm in der Agentur?", nach.

Mein Blick wandert an meinen Beinen nach unten und tatsächlich: Meine Hosenbeine sind voller Erde, eine Erklärung ist aber schnell gefunden.

„Ich war noch eine kurze Runde im Wald, um den Kopf frei zu bekommen", erkläre ich mich und bin zum ersten Mal dankbar für die eingeschränkten kognitiven Fähigkeiten von Silvia. Denn man hätte mir schon die Frage stellen können wie es mir gelungen sein kann, in diesen wenigen Stunden zwischen meinem Anruf bei Silvia und meinem Wiedereintreffen im Zuhause, angeblich in die Agentur gefahren zu sein, dort gearbeitet und nach dem Rückweg außerdem noch eine Runde durch den Wald gedreht haben zu wollen.

„Du warst aber schnell! Lange hast Du es wohl nicht im Büro ausgehalten?", zerstört Silvia schlagartig meine Überzeugung ihrer Schlichtheit.

„Die Zeit hat gereicht. Es waren nur ein paar Dinge zu klären. Ich arbeite halt effektiv!", erkläre ich mein schnelles Wiedereintreffen und, um weiteren

Diskussionen aus dem Weg zu gehen, kündige ich an, mich nun noch einmal kurz an den Schreibtisch zu setzen, um einen soeben entstandenen Gedanken aufs Papier zu bringen.

Das Schöne an einer gegenseitigen Aversion ist, dass beide Parteien keinen gesteigerten Wert auf ausschweifende Konversation legen und ich so recht schnell meine Ruhe habe.

Ich verabschiede mich von dem Gedanken an die Dusche und wechsle im Schlafzimmer Hose sowie T-Shirt, um mich nun an den Schreibtisch zu setzen.

Kopfhörer rein, Avishai Cohen auf die Ohren und eines der vielen Word-Dokumente auf dem Desktop öffnen, damit, sollte jemand den Raum betreten, der Eindruck entsteht, dass ich intensiv arbeite.

In mir erscheinen die Bilder der vergangenen Stunden und verwundert aber beruhigt stelle ich fest, dass, obwohl wir beim Abschied noch die Handynummern ausgetauscht haben, noch keine Nachricht auf meinem Handy eingegangen ist.

Kein: Schön war es! Kein: Wir geht es dir? Kein: Danke für den fantastischen Nachmittag. Gut, Letzteres hätte ich tatsächlich, alleine um meinem Ego eine Streicheleinheit zu verpassen, gerne gelesen.

Wie selbstverständlich schiebe ich den kleinen Hebel an der Seite meines Telefons nach hinten, damit eventuell eingehende Nachrichten nicht per Glockenschlag angekündigt werden. Zum einen möchte ich mich tatsächlich noch einmal auf meinen Text konzentrieren, zum anderen aber auch eventuelle Rückfragen, wer mir denn schreibt, seitens der demnächst eintreffenden Anke vom Hals halten.

Tatsächlich fällt mir gerade auf, dass ich nicht eine Nachricht auf meinem Handy erhalten kann, ohne von Anke nach dem Absender gefragt zu werden. „Übergriffig und ein Grund mehr, kein schlechtes Gewissen haben zu müssen", beruhige ich das in mir aufkeimende Gefühl, eventuell doch einen Fehler gemacht zu haben.

Und tatsächlich schaffe ich noch zwei weitere Seiten des Projektes Steuerberater-Maschine. Halbherzig und mit wenig Anspruch auf klanglich perfekte Ausführung, aber dem Ende ein wenig näher. Läuft! Zufrieden blicke ich auf die Zeilen, die die Gesamtseitenzahl auf 86 hat anwachsen lassen.

Ich spüre, dass ich nicht mehr alleine im Raum bin, nehme die Kopfhörer aus den Ohren und werde von hinten umarmt.

„Wie war dein Tag?", fragt Anke und sofort wundere ich mich über ihre plötzliche Nähe.

„Ganz Ok. Es war anstrengend in der Agentur", nuschle ich und gebe vor, müde zu sein.

„Scan-Maschine?", fragt sie verständnisvoll.

„Genau! Es nervt mich jeden Tag mehr!", erkläre ich mich.

„Habt ihr wieder Duftspray oder Kerzen in der Agentur? Du riechst so komisch!", fragt Anke nicht so misstrauisch, wie ich es von ihr erwartet hätte.

Jetzt fällt mir der eigentliche Plan an mein Duschvorhaben wieder ein und statt diese Frage einfach zu bejahen – einfacher hätte ich es nicht haben können- zucke ich nur mit den Schultern und gebe Verwunderung vor.

„Kokos?", scheint das Misstrauen in Anke nun doch erweckt worden zu sein.

Ich fühle mich ertappt und mein Gesicht scheint diese Empfindung eindeutig zu transportieren. Ich spüre weiteres Misstrauen in Anke aufsteigen und glaube mindestens Angespanntheit, vielleicht auch Traurigkeit wahrnehmen zu können.

„Keine Ahnung! In dem ganzen Laden riecht immer irgendeiner komisch oder schleppt duftendes Gedöns an. Du kennst die ja!", glaube ich die Kuh elegant und überzeugend vom Eis geschoben zu haben.
Um nicht weiter aufzufallen, beschließe ich nicht zu duschen, auch um eventuelle Kratzspuren am Rücken nicht erklären zu müssen, sollte Anke, wie fast immer, unangekündigt ins Bad kommen. Ob es Spuren geben könnte, kann ich gar nicht sagen, da Charlotte und ich aber durchaus rustikaler miteinander geschlafen hatten, scheint die Wahrscheinlichkeit gegeben. Besser dürfte es also sein, auf Nummer sicher zu gehen und keinen weiteren Nährboden für Misstrauen zu bieten.

Der Rest des Tages läuft dann wie immer. Abendessen, Kinder ins Bett und ab vor den Fernseher.

Anke wird gleich wieder eines ihrer „Landlust"- Hefte auf dem Schoß haben und den Teil mit der neuen und vegetarischen Ernährung intensiv lesen, beurteilen und hörbar kommentieren.

„Hoffentlich lässt sie mich heute mit dem Blödsinn in Ruhe und führt nicht wieder Diskussionen über Kükenschreddern oder Schweinehaltung", fährt es mir durch den Kopf.

Anke, auf der Couch links neben mir sitzend, hält kein Heft in den Händen und ich kann ihre Blicke spüren. Sie lehnt sich über mich, greift nach der neben mir liegenden Fernbedienung und schaltet den Fernseher aus.
Mich durchfährt das sichere Gefühl, nun einer diskussionsreichen Nacht entgegen zu stehen und ich überlege schon, welche hervorragenden Antworten ich auf alle ihre Fragen hätte haben können, als sie sich mit ihrem Mund meinem Hals nähert und mich sanft küsst.
Ich bin mir gerade nicht sicher, vielleicht lieber Diskussionen geführt zu haben, als nun zum Geschlechtsakt überredet zu werden.
Einmal ganz davon abgesehen, dass ich nun doch noch Gefahr laufen könnte, eventuelle Kratzspuren erklären zu müssen, hatte ich meinen sexuellen Aktivitätsakku für heute entladen. War es zu Teenagerzeiten quasi durchgehend möglich, mich für sexuelle Beschäftigungen zu begeistern, hatte ich mich zwischenzeitlich mit meinem unfreiwilligen asexuellen Leben in eheähnlicher Beziehungsumgebung abgefunden.

„Warum fängt die jetzt damit an?", fährt es mir erstaunt durch den Kopf.

Mit Schwung klettert Anke auf meinen Schoß und mir ist nun völlig klar, dass ich aus dieser Situation nicht erklärungsfrei fliehen können würde. Schließlich hatte ich unser eingeschlafenes Sexleben immer wieder bemängelt und behauptete regelmäßig, vor allem im Beisein von Freunden und auf Familienfesten, dass ich mittlerweile gerne in Flip-Flops joggen würde, um das Geräusch des Koitus noch einmal zu hören.
Anke verdrehte immer die Augen und stellte fest, dass mein Humor mit fortschreitendem Alter immer mehr in die Richtung des „primitiven Herrenwitzes" entglitten sei und ich mich nicht wundern müsse, dass sie kein Interesse an „Sex mit einem Assi" habe.

Aber genau hierauf schien sie gerade große Lust zu haben. Jedenfalls wirkt es gerade eindeutig so, als sie ihre Bluse öffnet und sie nun nur noch mit einem ihrer hautfarbenen BHs und Jeans auf mir sitzt.
Ich merkte, dass sie mich erregte und Beruhigung, aber auch Begeisterung ob der in mir erwachsenden Potenz, steigt in mir auf. Als sie versucht mir mein T-Shirt auszuziehen, beschließe ich, da unser Wohnzimmer deutlich zu gut beleuchtet ist, um eventuelle Spuren des Nachmittags zu kaschieren, ins Schlafzimmer umzuziehen und eine romantische Ader vorzutäuschen, um zu gedämpftem Licht über Anke herzufallen.

Unser Sex verläuft immer nach klaren Regeln, fast drehbuchartig: Ausziehen, Eindringen, sie kommt, ich komme, ich rolle mich von ihr herunter, schwitze nach und wir gehen gemeinsam duschen.

Kein Vorspiel, keine außergewöhnlichen Ideen mehr, schlicht Durchführung war das, was wir die letzten Jahre quartalsweise im Bett erlebten.

Ich stehe auf, trage Anke auf meiner Hüfte ruhend an ihren Oberschenkeln festhaltend vor mir her und überlege jetzt schon, wie ich ihr Gewicht die Treppe zum Schlafzimmer unfallfrei hinaufbewegen soll, als aus dem Kinderzimmer Sophies Stimme erklingt:

„Papa? Bist Du da?"

„Ja, ich bin da", sage ich leise.

„Ich kann nicht schlafen!", erklärt sie ihre Nachfrage.

„Versuch es doch noch einmal!", unternehme ich den Versuch, mein Vorhaben, mit Anke intim zu werden, aufrecht zu erhalten.

Dieser Vorschlag findet logischer Weise keinen Anklang und meine Erregung weicht sofort der Gewissheit nun entweder eine halbe Stunde mit einem Kinderbuch am Bett meiner Tochter zu sitzen oder die Nacht von Kinderfersen und Ellenbogen malträtiert zu werden, wenn wir sie in unserem Bett schlafen lassen.

„Gehst du oder soll ich?", bietet Anke die Übernahme des Kinderdienstes an.

„Ich komme zu dir!", erkläre ich Sophie und Anke gemeinsam mein Vorhaben, nun Kapitel 3760 aus Band 7859 von Hanni und Nanni vorzulesen.

Enttäuschung kann ich in Ankes Gesicht nicht erkennen. Vielmehr sehe ich eine gewisse Zufriedenheit, Sex angeboten zu haben und mit dieser Offerte empfundener Verpflichtung nachgekommen zu sein.
Irgendwie ein gemeiner Gedanke. Ist dieser aber doch Gewissen beruhigend, denn habe ich mir am Nachmittag nur das genommen, was mir meine Partnerin nicht bzw. nur widerwillig entgegenbringen möchte. Wäre ich an dieser Stelle ehrlich zu mir, würde ich nicht versuchen, den Status „Schwein" von mir zu schieben, sondern würde ein wenig selbstkritischer mit meinem Verhalten und dem begangenen Vertrauensbruch umgehen.

Sophie schläft längst, als ich nun die 18. Seite vorlese und vorgebe, das Kind zum Schlafen bringen zu wollen. Ich kann hören, dass der Fernseher zwischenzeitlich eingeschaltet wurde und vermute, längeren Erfahrungswerten folgerichtig, dass Anke längst eingeschlafen sein und der gemeinsame erotische Ausflug damit Geschichte sein dürfte.
Leise schlage ich das Buch zu, lege es auf den Nachttisch und schaue verliebt in das Gesicht dieses kleinen Wesens, das, jedenfalls wenn es schläft, so liebenswürdig ist.

Als ich das Wohnzimmer betrete, sehe ich in das schlafende Gesicht von Anke, das auch im Schlaf eine gewisse Aggressivität ausstrahlt. Verstärkt wird dieser Eindruck um ein Vielfaches dann, wenn sie ihre Beißschiene trägt und sich das Gesicht um die Mundpartie affenähnlich vorwölbt. Sexy ist das nicht. Auch dann nicht, wenn dieses „hornhautumbrafarbene" Ding morgens auf ihrem Nachttisch liegt, so sie es in der Nacht nicht ausgespuckt, sondern bewusst ausgezogen hat. Oft bin ich morgens aufgewacht und hatte den Abdruck der Beißschiene an der Wange, weil sie das Ding nachts in meine Richtung ausgespuckt haben und ich, mindestens einen Teil der Nacht, auf diesem Ding geschlafen haben musste. Sie muss es dann entweder schwungvoll per intensivem Ausatmen aus ihrem Mund befördert oder mir unter das Gesicht geschoben haben, denn so eng nebeneinander, dass ich zufällig darauf gelegen haben könnte, schlafen wir seit der Geburt der Kinder nicht mehr.

Komischerweise verliert sie die Schiene nie, wenn eines der Kinder bei uns im Bett übernachtet, sondern ausschließlich dann, wenn wir alleine sind. Also habe ich bereits vor einiger Zeit für mich beschlossen, dass eine gewisse Boshaftigkeit vorliegen muss und mir ganz bewusst ein schlechter Schlaf auf diesem ekelhaften Ding zugemutet werden soll.

Ich beschließe noch ein paar Minuten neben Anke auf der Couch zu dem Programm von Arte auszuharren, um sicher sein zu können, dass die vorhin aufgekommen Lust nicht eine Renaissance erfährt und ich doch noch mit Anke schlafen muss.

Gut ist, dass morgen nicht das Wochenende beginnt und Anke wieder früh aufstehen muss. Ich erkläre 0:00h für eine gute Zeit, die Couch zu verlassen, Anke zu wecken und gemeinsam mit ihr den Umzug ins Bett zu vollziehen. Wenn ich Anke nicht wecke und schlafen lasse, werde ich irgendwann mitten in der Nacht von einer zeternden Furie geweckt, die es als eine Unverschämtheit empfindet, dass man sie nicht mit ins Bett genommen hat. Soviel habe ich in den letzten Jahren gelernt. Den Weg des geringsten Widerstandes zu gehen, kann in einer Beziehung nicht von Nachteil sein.

„Kommst du mit ins Bett?", frage ich deutlich und mit einem Rütteln ihrer linken Schulter.

Die Mühe zu flüstern oder den Akt des Weckens schonend zu gestalten, mache ich mir nicht mehr. Einfach weil Anke niemals bei der ersten Ansprache aufwacht und sollte sie einmal bemerkt haben, dass ich mit leicht aggressivem Ton zu wecken versuche, behaupte ich, dass ich zuvor mindestens fünf zuckersüße Versuche durchführte, die aber leider zu keinem Ergebnis geführt haben.

Ob sie mir das letztlich glaubt, ist mir egal. Hier müsste sie mir erst einmal das Gegenteil beweisen.

Keine Reaktion von Anke. Stattdessen schaltet sich das Display meines Telefons ein. Eine Nachricht. Nein vier Nachrichten! Ich habe das Telefon auf dem Wohnzimmertisch liegen lassen, und meine Nachrichten sind auch dann auf dem Display lesbar, wenn man keine

PIN eingegeben hat. Mir wird gerade heiß und meine Ohren fangen an zu piepsen. So geht es mir immer, wenn ich das Gefühl oder die Angst habe, erwischt worden zu sein. Das gilt im Job, wenn man mir nachvollziehbarer Weise Untätigkeit vorwirft, bei Elternabenden, wenn die doofe Montessori-Kindergarten-Tante mitteilt, dass sich fast (!!!) alle Eltern bereits zu Standdiensten beim Kindergartenfest eingetragen hätten, aber auch im Familienleben, wenn ich bei irgendwelchen Verfehlungen erwischt wurde.

Hatte Anke etwas mitbekommen oder sogar gelesen? Außer dem Brummen des Vibrationssignals machte das Telefon aufgrund meiner Stummschaltung keine Geräusche und ich beruhige mich mit der Festlegung darauf, dass Anke geschlafen habe und ohnehin nicht an mein Handy ginge, weil es ihr schlicht zu anstrengend sein würde, die Couch zu verlassen.

Anke streckt sich.

„Geh schonmal vor, ich komme gleich!", gähnt sie mir entgegen.

Ich schiebe mein Handy in die Hosentasche und beschließe, die Nachrichten gleich im Badezimmer während des Zähneputzens zu lesen.

Wie vermutet, sind alle Nachrichten von Charlotte:

„Typisch! Mit mir ins Bett und sich dann nicht mehr melden!"

„War trotzdem geil mit dir..."

„Sehen wir uns wieder?"

„Komm her wir vögeln!"

In Abständen von wenigen Minuten gingen die Nachrichten ein. Hoffentlich lag genug Zeit zwischen den Nachrichten, um Anke nicht doch mit dem kurz hintereinander stattgefundenen Brummen aufgeweckt zu haben.
Ich beantworte jede Antwort durch Markieren einzeln:

„Habe Kinder und hatte verschieden Dinge zu tun!"

„Ja, definitiv!"

„Sehr gerne!"

„Heute wird schwer, lass uns morgen telefonieren, bin ab 8:00h allein."

„Wem schreibst du?", höre ich die schlaftrunkene Anke um die Ecke kommen

„Frank hat wieder Tittenbilder geschickt!", erkläre ich überraschend routiniert und bin mir sicher, hier keine weiteren Erklärungen abgeben zu müssen, da Anke keinen gesteigerten Wert darauf legt, diese Art der primitiven Nachrichten gezeigt zu bekommen.

„Seit wann antwortest du dem Spinner?", ist eine absolut gerechtfertigte Antwort, mit der ich nicht im Ansatz gerechnet habe. Sie weiß Bescheid, bin ich mir jetzt sicher.

„Ab und zu mache ich das. Kann ich entscheiden, wann ich wem antworte?", sage ich motzig, gähne theatralisch und hoffe, ab jetzt bei diesem Thema meine Ruhe zu haben.

„Natürlich darfst du es frei entscheiden! Ich habe mich eben nur gewundert, dass du dein Handy im Wohnzimmer liegengelassen hast und es nur brummte, nicht aber einen Ton von sich gab. Egal, ich muss aufs Klo. Komme gleich nach", flüstert sie mir, als ich das Badezimmer verlasse, offensichtlich um die Kinder nicht zu wecken, hinterher.

Das imaginäre Aufschlagen ihrer flachen Hand auf meinem Nacken habe ich deutlich spüren können. Ich war mir so sicher, unauffällig genug geantwortet zu haben und keinen Anlass für Misstrauen gegeben zu haben. Aber: Mein Handy ist tatsächlich nie lautlos, außer bei Terminen in der Agentur. Auf vulgäre Nachrichten meines infantilen Freundeskreises antworte ich tatsächlich nie, sondern schiebe, oft vorübergehend, den gesamten Chat in die Lautlosigkeit der Archivierung.
 Bis vor wenigen Augenblicken, war ich sicher, dass man mir keine Veränderung angemerkt haben kann. Offensichtlich eine klare Fehleinschätzung.

Der Morgen beginnt, wie jeder andere auch. Anke hat sich nicht mehr geäußert und auch auf der Beißschiene habe ich heute morgen nicht aufwachen müssen.

Anke fährt zur Arbeit, die Kinder mosern traditionell bereits beim Frühstück, im Anschluss rumpelt der Kangoo uns zu Kita und Schule.

3

Mein Lieblingscafé öffnet um 9:00h. Da aber Hussein, der Besitzer und ich seit Jahren befreundet sind, nutze ich seinen Laden wann immer ich möchte zum Arbeiten und komme mit einem eigenen Schlüssel durch die schmale Glastür jederzeit in mein Außenbüro. Ein weiterer Vorteil dieses „Büros" ist, dass ich mitten in der Stadt eine Anlaufstelle habe. Die direkte Lage auf dem Kornmarkt bietet im Sommer wunderschöne Ausblicke auf die vorbeilaufenden sommerlich gekleideten Frauen und Ablenkungen sind somit garantiert. Der unschätzbare Vorteil meines Jobs ist der, dass ein Fortschritt für außenstehende Personen kaum zu erkennen ist und ich jederzeit die Möglichkeit habe, das Fernbleiben meiner Kreativität als Ursache zu nennen, sollte ich nicht ans Schreiben kommen.

Dass ich mich hier aufhalte weiß Anke, nicht aber dass ich hier 24 Stunden einen Rückzugsort nutzen könnte und dies mitunter auch tue, indem ich Termine vortäusche.

Ich starte die Kaffeemaschine, fülle den Siebträger mit gerade frisch gemahlenem Kaffee und warte auf das Zeichen der Maschine, dass die benötigte Temperatur erreicht ist. Ein wunderbares Geräusch, dieses Zischen, wenn der Kaffee in einem hellbraunen Rinnsal langsam aus beiden chromfarbenen Halbröhrchen fließt. Der Raum um die Kaffeemaschine füllt sich mit dem Duft des braunen Getränks, auf das ich mich seit Stunden freue.

Eine Art Zeremonie ist es, wenn ich den Kaffee auf die Theke stelle, mich um die dunkelbraune, belederte Abdeckung herum in Richtung der Barhocker bewege. Im

Vorbeigehen nehme ich mir, zum Ritual gehörend, die Packung Gauloises aus der Schublade unterhalb der Theke und diese mit zum auf dem Tresen dampfenden Pott. Die erste Zigarette des Tages ist die beste, finde ich! Als ich Anke kennenlernte, rauchten wir beide. Zu Sophies Geburt hat Anke beschlossen, dass wie gemeinsam aufhören würden.

Das taten wir auch. Jedenfalls offiziell.

Ich rauchte seit diesem Zeitpunkt heimlich und hatte das Glück, kaum nach Zigaretten zu riechen oder dies damit begründen zu können, dass in meinem Umfeld geraucht worden sei. Ob sie mir dies letztlich glaubt oder sich dies einfach erhofft und insgeheim weiß oder ahnt, dass ich mir diesen Genuss nicht habe nehmen lassen, ist mir egal. Ab und zu denk ich an dieses Geheimnis um meine Rauchleidenschaft und diese Verheimlichung, stelle aber gerade bei näherer Betrachtung fest, dass dies das vermutlich Harmloseste ist, was ich aktuell für mich behalte.

Dass ich Anke betrogen hatte, ist mir klar, erstaunlicher Weise hält sich mein schlechtes Gewissen aber überwiegend in einem deutlich erträglichen Rahmen. Es hilft ungemein, sich in Erinnerung zu rufen, wie unschön die gemeinsame Zeit sich im Moment darstellt. Einmal abgesehen davon, war es ein einmaliger Ausrutscher und damit nichts, wofür man sich ein schlechtes Gewissen einreden müsse.

Ein tiefer Zug an meiner Gauloises lässt mich jedweden Gedanken an mein Gewissen vergessen und die angenehme Atmosphäre in Erinnerung rufen, in der ich mich gerade aufhalten darf.

Ping! Mein Handy meldet sich und mein Blick fällt auf das Display. Charlotte? Nein! Anke! Seit wann meldet sie sich, während ihrer Arbeitszeit? Ich bin in der gesamten Zeit nur einmal von ihr angerufen worden, während sie arbeitete. Seinerzeit hatte sie die Kunststoffbehälter ihrer Milchpumpe vergessen und konnte daher nicht für das Abpumpen der Muttermilch sorgen. Meine Aufgabe war damals die, zusammen mit den Kindern nach Luxemburg zu fahren und drei Becher im Tupperstyle zu übergeben. Also setzte ich mich in den Kangoo, fuhr eine Stunde mit zwei nörgelnden Kindern über eine übervolle Autobahn und übergab auf dem Parkplatz vor dem Büro die Jutetasche, die Anke ein paar Stunden zuvor an unserer Garderobe vergessen hatte. BMW, Mercedes und ein paar Porsche auf dem Parkplatz, die vermutlich diese Dienstwagen fahrenden Kollegen am Fenster, während ich den Beutel zu übergeben versuchte. Anke kam im Kostümchen nach unten und ich habe mich danach nie wieder so fehl am Platz gefühlt. Ich in Leinenhose und FlipFlops, mit plärrenden Kindern im Auto und vor einem gelben Kangoo auf einem Parkplatz stehend, der an ein Luxusautohaus erinnerte. Dazu die Blicke von Ankes Kollegen, deren Gedanken und geheime Gespräche, die ich innerlich hören konnte.

Schau Dir mal die faule Sau an. Lockeres Leben, während unsere Anke (eine von uns) nicht nur das Geld nach Hause bringt, sondern auch noch quasi nebenbei die Nahrung für mindestens eines der beiden Kinder produziert.

So oder so ähnlich würde über mich gesprochen werden, da legte ich mich seinerzeit fest. Anzugtragende Arschlöcher!

Ich beschloss, Anke ab sofort jeden Morgen an die Vollständigkeit der mitzunehmenden Utensilien zu erinnern, um der Wiederholung eines derartigen Auftritts zu entgehen.

Ping! „Wie läuft es bei Dir?", steht auf dem Bildschirm unter Ankes Namen und lässt mich die Augenbrauen zusammenziehen.
Was soll das denn bitte? Wenn ich jetzt, wie selbstverständlich mit: „Gut! Bei dir?" antworte, ist es komisch. Ich entscheide mich für: „Was ist los?" und bin mir sicher meiner Verwunderung über ihre Kontaktaufnahme ausreichend Ausdruck verliehen zu haben.

„Nichts, was soll los sein? Ich wollte nur mal fragen, wie es bei dir läuft", lese ich und kann den beleidigten Unterton in meinem inneren Ohr hören.

„Ich sitze gerade am Text über diese bescheuerte Maschine. Gerade läuft´s!", lüge ich, überzeugt davon, dass dies die ideale Antwort gewesen sein müsse.

„Ok, dann viel Erfolg! Komme heute Abend später nach Hause. Meeting!", ihre knappe Antwort.
Eine weitere Reaktion hat sie von mir nicht zu erwarten. Auch ein eventuell späteres Eintreffen hat sie mir bisher nie mitgeteilt. Komisch, aber gut!
Das Telefon brummt und klingelt. „Charlotte" steht auf dem Display und ich beschließe abzuheben und zu hören, was sie mir zu sagen hat.

„Kaspar hier!?"

„Hey Kaspar, ich bin´s."

„Hallo!", sage ich und fordere damit zur Gesprächsaufnahme auf.

Sie schweigt. Ich kann Stille nicht gut ertragen und hasse es, wenn man mich anruft und nichts sagt. Ich hasse es!

„Du musst etwas sagen! So funktioniert ein Telefongespräch...", belehre ich und kritisiere damit auch direkt diese Art der Gesprächsführung.

„Wie bist du denn drauf?", fragt sie schnippisch.

„Alles gut! Bin gerade im Brassel", flunkere ich, denn eigentlich habe ich außer dem Heben der Kaffeetasse und dem gelegentlichen Abschlagen der Asche aktuell nichts zu tun.

„Zeit?", fragt Charlotte und sagt damit für beide Parteien alles.

„Wann?", frage ich ein wenig überrascht.

„Jetzt?", beantwortet sie meine Frage mit diesem Vorschlag.

„OK!", gebe ich ein wenig erfreut bereitwillig zurück.

„Dann komm her", lautet ihr Befehlt, vielleicht auch ihr Vorschlag.

„Zu dir?", frage ich.

„Wir können uns auch im Wald treffen und da vögeln", erwidert sie vollkommen entspannt.

„Zu gefährlich", gebe ich zu bedenken und merke, wie Erregung in mir aufkommt.

„Komm´ her, wir schauen", höre ich und direkt danach ihr Auflegen.

Ich fülle mir einen weiteren Kaffee in einen Pappbecher, stelle den Aschenbecher unter die Theke und verlasse das Café. Mein Kangoo steht auf dem Hinterhof und startet nagelnd seinen untermotorisierten Diesel.
Es sind nur 20 Minuten, bis ich den Wagen vor Charlottes Haus auf einem freien Parkplatz abstelle. Ein Nachbar grüßt mich musternd und wohlwissend, dass ich hier nicht wohne. Der drohenden Nachfrage, ob man mir helfen könne umgehe ich, indem ich, nach Erwidern des Grußes, schnellen Schrittes in Richtung der offenstehenden Hauseingangstür gehe.
Ich nehme jede zweite Stufe und sehe, dass die Wohnungstüre nur angelehnt ist. Ich schiebe die Türe auf und werfe eine halblautes „Hallo?" in den Raum.
Keine Reaktion.

Ich schließe die Türe hinter mir und gehe in die Küche. Unbeeindruckt von meinem Einbruch, schläft Aika, auf der Seite liegend, unter dem Küchentisch und lässt sich nur zu einem kurzen Heben des Kopfes hinreißen. Hier ist niemand, also beschließe ich im Schlafzimmer nachzusehen.

Ich öffne die Tür und mein Blick fällt auf das Bett. Charlotte liegt nackt auf dem Bett, die Beine angestellt und leicht gespreizt. Ihre rechte Hand liegt zwischen ihren Beinen und sie fasst sich zärtlich an. Ihre Augen sind geschlossen, die Lippen leicht geöffnet. Ich nehme die Situation als Einladung war und lege mich neben sie auf das Bett. Meine Hand berührt ihre Schulter und mit einem Finger wandere ich über ihre kleinen, festen Brüste hinunter zu ihrer Hüfte. Sie hebt ihre Hüften und atmet lustvoll und hörbar.

„Zieh´ dich aus, ich will dich spüren!", sagt sie ohne zu flüstern.

Das Ganze wirkt wenig erotisch, eher geplant, fast geschäftlich.

Ich folge ihrer Aufforderung, werfe meine Klamotten ungeordnet auf den Boden und wir haben Sex! Perfekten Sex!

Geschwitzt und außer Atem rolle ich sie dieses Mal von mir und wir liegen auf dem Rücken nebeneinander.

„Ich muss die Kinder um 13:00h abholen!", sage ich, sicher, nicht den richtigen Zeitpunkt getroffen zu haben.

„Klar! Mach! Was machst du am Freitag?", antwortet sie überhaupt nicht irritiert.

„Keine Ahnung! Wahrscheinlich wie immer herumsitzen, Kinder bespaßen und mich abends mit Anke streiten", lüge ich.
Denn eigentlich streiten wir nicht miteinander. Wir sprechen einfach nicht miteinander.

„Dann komm´ her, wenn du deine Kinder in Schule und Kindergarten hast!"
Ich nicke, setze mich auf und ziehe mich an.

Auf dem Weg zum Auto sieht mich der Nachbar musternd an und überlegt vermutlich, was ich in den vergangenen 45 Minuten getan habe.
Das alles ist schon etwas seltsam, zum Glück offensichtlich ungezwungen und entspannt. Vielleicht sollte ich mich das nächste Mal mit einer Latzhose und einer Werkzeugkiste ausstatten, um einen handwerklichen Einsatz als Begründung liefern zu können.

Ich mache mir nicht die Mühe vor dem Kindergarten einen Parkplatz zu suchen, sondern parke quer hinter den Fahrzeugen der Erzieher und ich verlasse den Wagen. Während ich in die Richtung der Eingangstüre laufe, kräftig am Seil der Klingel ziehe, sehe ich zurück auf den Parkplatz und finde, dass dies die artgerechte Umgebung für meinen Kangoo sein müsse. Ein Caddy, irgendein Dacia und ein Twingo stehen schief geparkt auf den Parkplätzen

des Kindergartens. Ökokarren, meine abfällige Meinung! Vernachlässigend, dass auch mein Gefährt keine höhere Einwertung würde erfahren können.
Bereits mit Rucksack bepackt schießt mir Lara entgegen und umarmt meine Hüften.

„War voll doof heute! Nadine ist eine saublöde Kuh!", beschwert sie sich, laut genug, dass es jeder in dieser Einrichtung gehört haben dürfte.

„Das glaube ich dir sofort. Ich hatte mal eine Nadine in meiner Klasse, die war auch blöd!", gebe ich pädagogisch vermutlich wenig richtig, aber zur Zufriedenheit meiner Tochter, bestätigend zurück.

„Könnte ich Sie einmal kurz sprechen?", höre ich die unsympathische Stimme der Kindergartentante aus der Kaffee-, nein sorry, Teeküche.

„Klar! Wir kommen!", rufe ich zurück, verdrehe die Augen und zwinkere meiner Tochter grinsend zu.
Dass ich die Kindergartenaffen nicht mag, wissen meine Kinder. Ähnlich geht es mir mit den Lehrern von Sophie. Die größte Auseinandersetzung gab es, als ich die Rektorin der Grundschule beim Elternabend darum bat, mein Bemühen um gutes und korrektes Hochdeutsch meiner Tochter, nicht mit ihrem Dialekt und schlechter Grammatik zu zerstören. Dieser Wunsch hatte zur Folge, dass die Rektorin erbost den Raum verließ und den Elternabend damit für beendet erklärte, denn schließlich habe sie das nicht nötig.

Statt, dass man mir Lob, Verständnis, vielleicht sogar Anerkennung entgegengebracht hätte, waren auch die übrigen Eltern der Meinung, dass man dies so nicht und schon gar nicht vor allen anwesenden Personen sagen könne. Auch mein Hinweis darauf, dass ich nur den Wunsch geäußert habe, meiner Tochter die Zukunft nicht zu zerstören, denn man wisse ja nicht, wo sie später einmal wohnen und arbeiten wolle, konnte den mir entgegenschlagenden Hass nicht mindern. Einen letzten Versuch unternahm ich mit der Feststellung, dass nun alle pünktlich zum Tatort kämen und konnte, sehr zu meinem Erstaunen, auch hierfür keine Bewunderung oder gar Zustimmung feststellen.

„Es wäre mir ganz recht, wenn wir uns alleine unterhalten könnten!", tönt es mir entgegen und der Blick über den Rand der Brille spricht eine eindeutige Sprache.
Wie in diesen Kreisen üblich legt Gabi ihre Hände zusammen und positioniert diese, während sie sich zu Sophie herunterbeugt, zwischen ihren Knien.

„Möchtest du noch kurz zu Nadine in die Gruppe gehen und der Papa holt dich dann gleich ab?", säuselt sie meiner entnervt dreinschauenden Tochter entgegen.

„Nö mag ich nicht! Ich warte einfach hier auf der Bank", gibt Sophie zurück und lässt keinen Zweifel daran, dass dies die einzige Vorgehensweise sein könne, die sie hier und jetzt zuzulassen bereit ist.
Sophie setzt sich auf die handbemalte, bunte Bank, neben der Tür des Büros von Gabi, deren Nachnamen vermutlich

nicht einmal sie selbst kennt. Gabi, der rothaarige Drachen mit der pädagogischen Klugscheißerbrille, schließt sanft und übertrieben langsam die Tür hinter mir.

„Nehmen Sie Platz!", befiehlt Gabi noch freundlich und weist mir per Geste einen der kleinen Stühle in ihrer Sitzecke zu. Brav folge ich ihrem Wunsch.

„Ich möchte es einmal ganz direkt sagen und mich hiermit auch ganz klar positionieren. Ich lasse nicht zu, dass Mitarbeiterinnen beleidigt werden. Das gilt auch für unsere Praktikantinnen", wirft sie mir in militantem und vorwurfsvollem Ton vor die Füße.
Ohne zu wissen, was bzw. wen sie in diesem Satz angesprochen hat, schaue ich sie bewundernd für diesen Teamgedanken an.

„Gabi, das ist eine wunderbare Idee und eine fantastische Aussage! Das sollten sie allen anderen Menschen auch erklären und die Welt damit ein Stück besser machen!", beende ich in Gedanken unser Gespräch und deute per Drehung an, den Raum verlassen zu wollen.

„Nadine ist ein Teil des Teams und es steht Ihnen nicht zu so über die Kollegin zu sprechen", entgegnet sie mir streng und für ihre sonst so unverbindliche und aufgesetzt sanfte Art bestimmend.

Es wird mir nun klar, dass es sich bei der „blöden Kuh" Nadine nicht um eine Kindergarteninsassin, sondern um eine Mitarbeiterin bzw. Praktikantin handeln müsse.

„Ich habe niemanden beleidigt oder dies gewollt!", sage ich und bin in Gedanken schon auf dem Weg zur Tür, als Gabi zu einem Nachschlag ansetzt.

„Für ihre Erziehung bin ich nicht mehr zuständig und sehe hier auch keine Chancen, eine Verbesserung herbeizuführen!" startet sie ihren Monolog, „Es geht um ihre Tochter, die sich Nadine gegenüber in unflätiger Art und Weise geäußert hat! Wir akzeptieren hier weder die Worte „ungeküsste Ziege", noch den Satz: „Wenn ich jemanden brauche, der überhaupt keine Ahnung hat, spreche ich dich an!"."
Beeindruckt von der Wortwahl meiner Tochter und deren Wiedergabegenauigkeit meiner Formulierungen, halte ich die Ruhe aus.

„Was sagen Sie dazu?", feindet mich Gabi entnervt an.

„Naja, ich kenne diese Nadine überhaupt nicht und kann hierzu wenig sagen", gebe ich aufgesetzt ehrlich zu bedenken.

„Wollen Sie mich auf den Arm nehmen?", kommt es nun leicht gebrüllt und zum ersten Mal, seit ich sie kenne, aggressiv zurück.

„Nein Gabi! Ich möchte das nicht tun müssen und auch niemand anderes, den ich kenne, hätte Interesse daran, geschweige denn den Mut dazu, Sie heben zu wollen", gebe ich, von mir selbst und meiner aktuell so ruhigen Art völlig beeindruckt, zum Besten.

Ich bin ein wenig stolz darauf, es geschafft zu haben, „Mut" statt „Kraft" in meinen Satz einzubauen, denn auf ihre Körpermaße anzuspielen, fand auch ich an dieser Stelle etwas unpassend.

Jetzt schnaubt sie, die Furie. Vermutlich wird sie mich gleich des Raumes verweisen.

„Wir finden nicht zusammen! Richten Sie Ihrer Frau aus, dass sie mich anrufen soll!", glaubt nun sie, das Gespräch beenden zu können.

„Ich habe keine Frau!" sage ich überzeugt und mit, der Wahrheit meiner Aussage, bestätigendem Blick. „Außerdem wüsste ich nicht, warum Sie meiner Frau, so ich denn eine hätte, Befehle zu erteilen haben!"

„Auf dem Niveau unterhalte ich mich nicht weiter mit Ihnen!", nuschelt sie jetzt definitiv beleidigt in ihren Damenbart und deutet mit ihrem Kinn in Richtung der Türe.

Ich erhebe mich vom viel zu kleinen Stuhl, gehe zur Tür und öffne sie langsam.

„Tschüss Gabi und danke für den Schnaps!", spreche ich lauter, als gewöhnlich in den Flur, in der Hoffnung gehört worden zu sein.

„Papa, du hast Schnaps bekommen?", wundert sich Sophie.

„Ja, für mich aus diesem kleinen Glas mit dem Henkel dran. Die Gabi trinkt ihren lieber aus der Teetasse", ergänze ich meine Äußerung und die übertriebene sowie gelogene Danksagung.

Aus dem Büro von Gabi kommt irgendein unverständliches Gebrabbel, das schlagartig verstummt, als ich die Bürotür mit Schwung und deutlich hörbar ins Schloss fallen lasse.

Der Weg vom Kindergarten zur Schule, nimmt nur etwa fünf Minuten in Anspruch. Glücklicherweise kann ich hier Kind 2 ohne Ansprache und Anfeindung des Lehrpersonals in Empfang nehmen.
Noch während ich ausparke vibriert mein Handy und Charlottes Name erscheint im Display.

„War schön mit Dir!", lese ich und lege das Handy zufrieden auf den Beifahrersitz.
„Eine Nachricht ohne blöde Fragen, auf die man antworten muss, ist eine gute Nachricht!" stelle ich, innerlich grinsend, zufrieden fest.
Auf dem Weg nach Hause stoppe ich kurz an der Tankstelle, halte den Tankrüssel in den Kangoo und kaufe den Kindern beim Bezahlen jeweils ein Eis. Bei der Kiste ist es wirklich egal, wie es drinnen aussieht und ob weitere Eis- oder Schokoladenflecken das bunte Muster der Sitze intensiver verunstalten.

„Kinder, keine Sauerei mit dem Eis auf den Klamotten! Mama erschlägt mich!"

„Hast du Angst vor Mama?" fragt mich Lara, während sie an ihrem Eis leckt.

„Nicht, wenn ihr beiden auf mich aufpasst und mich notfalls verteidigt", nehme ich die beiden in die Pflicht.

Zuhause angekommen, fällt mir zufrieden auf, dass wir ja heute einen ausgedehnteren freien Nachmittag haben, da Anke heute länger im Büro sein wird.
Ich beschließe, da keine direkten Sanktionen zu befürchten sind, Pizza zu bestellen und mir so eine Renovierung der Küche zu ersparen.
Essen, Kinder durch die Wanne ziehen, Schlafanzüge an und ab ins Bett.

„Mama kommt nachher noch zu euch und sagt gute Nacht. Ich erinnere sie daran!", nehme ich den beiden die Besorgnis, dass sie vergessen werden könnten und damit auch jeden Nährboden für ein Argument zum Aufbleiben.

Ich lehne mich in meinem Schreibtischstuhl zurück und beschließe nun doch noch ein paar Zeilen zu meinem Projekt beizutragen, nicht aber ohne ein Glas Rotwein auf dem Schreibtisch zu haben.
Auf dem Gang zur Küche fällt mir auf, wie wunderbar ungepflegt unser Garten ist. Kein Mähroboter, der ganze Arbeit leistet und keine zurechtgestutzte Hecke aus

Portugiesischem Lorbeer. Stattdessen wildwucherndes Unkraut und eine namenlose, hochgeschossene Baum-Heckenwand, die glücklicherweise zusehends zu einer blickdichten Abtrennung zum Grundstück der wachsamen Nachbarn Heinz und Uta heranwächst. Uta hinterfragt regelmäßig meine Arbeitszeiten und Wiederankünfte zu Hause. Ebenso regelmäßig werde ich gefragt, ob ich denn gestern wieder länger habe arbeiten müssen, denn es war noch so lange Licht an meinem Schreibtisch. Alternativ bedauert sie morgens, dass die Kinder offenbar wieder früh wach waren und man als Eltern nicht mehr ausschlafen könne.

Kurz gesagt, haben wir eine weitere Antwort Triers auf Ilse Kling aus der Lindenstraße in der Nachbarschaft, der es nicht peinlich ist, ihre Beobachtungen mitzuteilen.

Mein Blick fällt auf das kleine Tor neben dem Spielturm der Kinder. Haben die schon wieder ihre Pullover in der ersten Etage des Spielgerätes liegen lassen? In der Dämmerung kann ich etwas Buntes durch die Bretter des Geländers erkennen und beschließe, um nicht wieder Ankes Gejammer über die Unmenge an schmutziger Wäsche zum Opfer zu fallen, die Klamotten vom Turm zu entfernen.

Ich öffne die Terrassentür und trete in die kühle Frische des im Halbdunkel gelegenen Gartens.

Nur wenige Schritte trennen mich vom Turm. Bewegt sich da etwas?

„Ich bin´s!", höre ich flüsternd eine mir bekannte Stimme aus der Dunkelheit und in meiner Kopfhöhe.

Ich kann es nicht glauben, als sich langsam das Gesicht von Charlotte aus dem Dunkel und über das Geländer des oberen Geschosses unseres Spielturms bewegt.

„Was machst du denn hier?", flüstere ich entsetzt und nun leicht panisch. „Spinnst du und woher hast du meine Adresse?"

Eine Mischung aus der Angst davor, dass Charlotte entweder der Nachbarschaft aufgefallen sein könnte oder einer Kollision von Charlottes Anwesenheit und dem Eintreffen von Anke, steigt unvermittelt in mir auf und nach einer Lösung ringend zische ich: „Mach dich aus dem Garten und lass uns gleich telefonieren!"

Langsam verlässt Charlotte, offenbar traurig, den Spielturm und bewegt sich so unauffällig, wie möglich zum Gartentor, das sie gefühlvoll und unhörbar hinter sich zuzieht. Das Gute ist, dass unser Gartentor zu einem, mehr oder weniger, zugewucherten Weg führt, der ohne an den Häusern der Nachbarn vorbeizumüssen, direkt am Ufer eines kleinen Baches endet.

Fassungslos warte ich noch einige Minuten, bis ich langsam etwas beruhigter mein Telefon in die Hand nehme und Charlottes Nummer wähle.

„Ja?", klingt es als Mischung aus Trauer und Unverständnis auf meinem Telefon.

„Was war das denn bitte? Bist du irre? Wie kommst du an meine Adresse? Weißt du, was hier los gewesen wäre, wenn du erwischt worden wärst? Was hast du denn mit deinem Verhalten vor?", biete ich direkt einige Fragen an, auf deren Beantwortung ich tatsächlich gespannt bin.

„Ich wollte sehen, wie du wohnst! Bin nicht irre! War an der Tanke und Bier kaufen! Bin dir einfach von der Tankstelle aus hinterhergefahren! Außerdem kommt deine Alte erst später nach Hause!", entgegnet sie vollkommen selbstverständlich und alle Fragen beantwortend.
Einzig logisch an ihrer Antwort erscheint mir der Teil mit einer zufälligen Begegnung an der Tankstelle.

„Woher weißt du, dass Anke heute erst später nach Hause kommt? Und nenn´ Anke nicht Alte. Ich glaube du spinnst!", wüte ich in mein Telefon.

„Ich habe die Nachricht in deinem Handy gelesen. Geb´ deine PIN heimlich ein, wenn du nicht willst, dass man deine Nachrichten liest!" schiebt sie mir völlig logisch die Schuld für ihre detektivischen Aktivitäten in die Schuhe.

„Der Imperativ Singular von geben ist nicht geb!", sage ich, um Zeit zu gewinnen und muss fast über meine Idiotie lachen, da mir selbst in dieser Situationen derartige Dinge auffallen und für mich diese, auch in dieser Situation, korrekturwürdig sind.

„Klugscheißer!", ihre einzig richtige und für mich nachvollziehbare Antwort.

„Warum liest du Nachrichten in meinem Handy? Was soll das?", fluche ich erbost.

Ihr ist es nicht einmal peinlich, sondern schlicht egal, dass mich diese Übergriffigkeit stört.

„Denk´ dir eine neue PIN aus, wenn dich das stört!", erwidert sie unbeeindruckt.

„OK! Kannst du mir denn sagen, was du in unserem Garten machst?", frage ich hoffnungsvoll zumindest hier eine Antwort zu erhalten.

„Oh, unser Garten! Es gibt ein „Unser". Wenn das hier so eine Gemeinsamkeit ist, warum steigst du dann mit mir ins Bett?"

„Lenk´ nicht ab! Was soll das?", insistiere ich darauf, eine Antwort erhalten zu wollen.

„Mich interessiert, wie du lebst! Im Gegensatz zu dir ist es mir nicht egal, mit wem ich Sex habe!", versucht sie Verständnis für ihre Vorgehensweise zu erhalten.

Diese Unterstellung nervt mich! Natürlich hätte ich Zeit nach dem Akt investieren und vorgeben können, mich für Charlottes Belange oder ihr Leben zu interessieren. Höflich wäre es gewesen, nicht aber ehrlich. Ich empfand unseren Sex als grandios, ebenso ihren Körper. Gesehen werden oder gar gemeinsam mit dieser Frau in meinem Freundeskreis auftauchen müssen und eine Beziehung gestehen, würde ich allerdings nie wollen. Was auch immer mich vermuten ließ, dass sie nicht die Begleitung meines täglichen Lebens sein könne, sondern sie ihren Platz nackt neben, unter und auf mir als ausreichend zu empfinden hätte, kann ich gar nicht so genau sagen. Klar ist für mich nur, dass ich sie im Bett will, in meinem Leben aber maximal belanglos freundlich grüßen würde.

Irgendwann habe ich angefangen, den genauen Zeitpunkt kann ich gar nicht mehr nennen, mein Umfeld zu kategorisieren. Ich hatte einen Menschen für meine Steuererklärung, in gemeinsamer Runde fiel er aufgrund seiner wenig unterhaltenden Art aber aus. Mein Partykollege Sascha war bei jeder Veranstaltung einsetzbar, weil er einen unglaublich großen Unterhaltungswert sein Eigen nennen kann, meiner Familie würde ich offen diese Bekanntschaft niemals kundtun, denn nach Zuführung von alkoholischen Getränken, wird er zudringlich, laut und wirklich peinlich.

Meine Exfreundin Laura arbeitet bei einem Verlag und ist beste Ansprechpartnerin, wenn jemand meine Texte Korrektur lesen soll, kann aber leider überhaupt nicht mit Anke. Daher halte ich auch diesen Kontakt mehr oder weniger geheim, um nur einige Beispiele meines verqueren Menschenverständnisses zu nennen.
Und Charlotte hatte nun den Part der Geliebten übernommen. Nicht mehr!

„Nichts ist mir egal! Ich lasse mich von dir weder einschränken, noch kontrollieren!", entkommt es mir leicht aggressiv.

„Ok!"

„OK? Das ist alles?", frage ich überrascht.

„Ich habe verstanden! Ich bin die Bumse und habe sonst keinen Anteil an deinem Leben", wirft sie mir patzig entgegen.

Ich überlege ihre Äußerung abzumildern, entschließe mich aber, da ich mir sicher bin, dass sie es so einfacher versteht, für Zustimmung.

„Gut, dann haben wir das geklärt!", leite ich den Weg in das Ende des Gespräches ein und lege auf.

„Was hast du geklärt?", höre ich Ankes Stimme hinter mir und bin mir nicht sicher, wie lange sie schon hinter mir steht oder wie viele Teile des Gespräches sie mitbekommen hat.

„Ärger in der Agentur! Egal! Schön, dass du da bist!", versuche ich jedwede Rückfrage zu vermeiden.

„Du telefonierst um 22:00h mit der Agentur?", ist ein absolut richtiger Einwand, haben doch die Kollegen eine klare und beamtenähnliche Arbeitseinstellung.

Die Zeit habe ich vollkommen aus den Augen verloren. Mist! Das glaubt Anke mir niemals.

„Ärger wegen des Abgabetermins. Die E-Mail kam wohl offensichtlich gerade an. Egal! Wie war es bei dir? Anstrengend?", versuche ich einen, wie ich finde, geschickten Versuch der Ablenkung.

„Ja, es war anstrengend. Wir hatten Abteilungsleitertreffen, weil wir offenbar eine undichte Stelle in der IT haben und Projektdaten per CD den Weg zum deutschen Mitbewerber gefunden haben sollen", startet Anke einen Vortrag über die unmögliche Stimmung in ihrem Laden.
So sehr mich dieses ausladende Wehklagen auch anstrengt und im Normalfall wahnsinnig macht, so sehr freue ich mich gerade darüber, eine gelungene Ablenkung unseres vorangegangenen Themas, per Zufall und ohne Zutun, gefunden zu haben.

Eine gute halbe Stunde höre ich mir die Einzelheiten über Sicherheitslücken an, die ich aber niemals irgendwem verraten dürfe. Stimme dem Hass der Projektierungs-Abteilung der IT gegenüber zu und fand nun auch Hannes, den Chef der IT, ohne diesen jemals kennengelernt zu haben, immer schon unsympathisch.
Verstehen kann ich außerdem, dass sie quasi völlig alleine, als einzige in ihrer Abteilung, arbeitet und den Laden am Laufen hält. Ich verstehe ihr Engagement im Betriebsrat zum ersten Mal und hoffe, mit ihr gemeinsam, dass das Ruder noch herumzureißen sein würde.

Als der Monolog sich dem Ende nähert und eventuell nicht auszuhalten Stille droht, weise ich geschickt darauf hin, dass die Kinder darauf bestanden hätten, noch einen Gute-Nacht-Kuss zu erhalten und beachtet zu werden.

Anke verlässt die Küche mit dem Hinweis, nun kurz zu den Kindern und dann „unter die Dusche" springen zu wollen.

Ich atme erleichtert ein, entferne mit den Zähnen den Korken aus der Flasche Rotwein und gieße mir das Glas weitaus voller, als man dies mit Weingläsern im Allgemeinen tut. Den Gedanken, mir auf der Terrasse außerdem noch eine Gauloises zu entzünden, verwerfe ich aus Gründen der Stressvermeidung. Schließlich bin ich offiziell Nichtraucher.

Was ein Tag! Was eine anstrengende Zeit! Was eine komplizierte, weil gefährliche, Konversation.

Ein weiteres Glas Rotwein muss es sein und ich beende den Abend mit einem großen, das Glas leerenden, Schluck.

Auf dem Weg ins Badezimmer ziehe ich mich aus, lasse Socken auf der Couch, die Hose auf dem Rand der Badewanne und mein T-Shirt auf dem Toilettendeckel liegen. Natürlich weiß ich, dass dies mit mindestens unschönen Blicken geahndet werden würde, verfolge nun aber, vielleicht ein Stück weit unterbewusst, eine neue Taktik. Wenn sich Anke permanent aufregt und mein Verhalten mit ihren Kommentaren zu tadeln versucht, habe ich einen guten Grund, sie zu betrügen. Außerdem bieten Diskussionen über Belanglosigkeiten ausreichende Ablenkung. Es bleibt zu hoffen, dass sie meine achtlos herumliegende Kleidung umfangreich aufregt und die von ihr attestierte Wesensveränderung in den Hintergrund rückt.

Meine Taktik der nächsten Monate!

4

„Wir vögeln uns heute seit einem Jahr das Hirn raus!",
werde ich an der Tür feierlich begrüßt und bin mit dem
fragenden und außerdem eine Antwort fordernden Blick
überfordert.

Dass ich, durch unseren intensiven Beischlaf, einen Anteil
an ihrem eventuell in Mitleidenschaft gezogenem Hirn
tragen könnte, war mir nicht bewusst. Da ich aber die
Stimmung nicht zu Ungunsten meiner Ideen der
Vormittagsplanung zerstören möchte, schlucke ich das,
was ich eigentlich hierauf antworten wollte, einfach
herunter.

„Echt? Ein Jahr schon?", antworte ich ehrlich überrascht.

„Ja! Ich habe mir das gemerkt, als wir uns damals...",
versucht sie offensichtlich Bedeutung in unsere
bisherigen Treffen zu bringen.

„Dann wollen wir hoffen, dass wir dies auch die nächsten
Jahre so entspannt und zufriedenstellend weitermachen
können", bemühe ich mich die aufkommende festliche
Stimmung zu kippen und dort zu landen, wo ich heute
morgen hinmöchte. In ihr Bett.

„Ich finde das sehr schön mit uns!", erklärt Charlotte mit
glänzenden Augen.

„Ja, ich auch. Ich muss nachher früher los, weil ich mit Sophie noch einen Termin beim Kiefernorthopäden habe", unterbinde ich die gerade aufkommende und komische Stimmung.

„Wir könnten ja auch mal miteinander sprechen?", schlägt sie vor und zerstört damit meine Hoffnung, aber auch die Lust auf ihr Bett.

„Worüber möchtest du denn sprechen? Haben wir Klärungsbedarf?", teile ich mein Unverständnis mit.

„Wie klingt denn Klärungsbedarf? Ich möchte mich gerne auch mal mit dir unterhalten und nicht nur mit dir ins Bett." Der leichte Vorwurf ist deutlich zu hören.

„Im Bett verstehen wir uns doch hervorragend!", unternehme ich einen weiteren Versuch mich diesem seltsamen Gespräch und der angespannten Stimmung zu entziehen.

„Ja, das tun wir ja auch. Trotzdem wäre es doch auch einmal nett, miteinander zu sprechen. Ich weiß doch nicht viel über dich, außer dass es mit der Alten nicht mehr läuft!", täuscht sie Verständnis vor.

„Nenn´ sie nicht Alte!", belle ich ungehalten zurück.

„Ich verstehe nicht, warum du die immer in Schutz nimmst. Du beschwerst dich über die, bei euch läuft nichts außer Ärger und vögeln tust Du mit mir."

Autsch! Recht hat sie! In der letzten Zeit habe ich tatsächlich, weil ich merkte, dass es der gemeinsamen Zeit und meinem Gewissen guttut, das ein oder andere abschätzige Wort über Anke, deren Erziehungsmethoden und ihr Abgleiten in die Welt der militanten Ökos verloren.

„Ja, wir haben unsere Probleme, aber…", bemühe ich mich um Relativierung.

„Du hast gesagt ein „Wir" gibt es schon lange nicht mehr und es sind die Kinder, die dich bei ihr bleiben lassen.", stellt sie absolut wahrheitsgetreu fest.

„Was habe ich im Anflug meiner hormonellen Abarbeitung denn noch alles von mir gegeben? Und warum merkt die sich so genau, was ich gesagt habe?", fährt es mir durch den Kopf und meine Befürchtungen, was den weiteren Verlauf dieses Gespräches angeht, bestätigen sich sofort.

„Ich kann gut mit Kindern und könnte dich da unterstützen, wenn du willst.", nimmt unser Gespräch urplötzlich eine angsteinflößende Wendung.

„Jetzt wird es richtig unangenehm!", durchfährt es mich.

„Ich habe alles im Griff, aber vielen Dank!", glaube ich meine Position hierzu ausreichend umschrieben und jedes Aufkeimen einer eventuellen Mitbetreuung meiner Kinder durch sie erstickt zu haben.

„Ich will dich!", höre ich und freue mich auf den jetzt offensichtlich anstehenden Weg ins Bett.

„Ja, ich will dich auch", grinse ich und versuche den Weg ins Schlafzimmer anzutreten.

„Du verstehst mich nicht! Ich will dich richtig! Für mich! Eine gemeinsame Zukunft mit dir! Mit dir möchte ich gerne mein Leben verbringen, deine Freunde kennenlernen und auch draußen unterwegs sein.", schlägt es mir wir ein Tritt in die Magengrube entgegen.

„Das war nie unser Thema!", entfährt es mir etwas ungelenk und auch unpassend.

„Wir können es auch langsam angehen lassen!", ihr hoffender Vorschlag.

„Wir können es auch lassen..", motze ich und beschließe, gleich den Rückzug antreten zu wollen.
Vermutlich habe ich mit meinen Bemerkungen über meine Beziehung, Raum für aufkeimende Hoffnung geboten. Nichts liegt mir ferner, als eine Beziehung mit Charlotte eingehen zu wollen. Anke ist in der Öffentlichkeit schon schwer zu ertragen, Charlotte setzt dem Ganzen aber noch die Krone auf. Nicht nur, dass ihre Ausdrucksweise in meinem Freundeskreis und Umfeld unangenehm auffallen würde, viele andere Dinge an ihr

würden mich peinlich berühren. Ich habe mehrfach Essen vom Italiener zu unseren Treffen mitgebracht und mit Entsetzen feststellen müssen, dass Charlotte Messer und Gabel im Stile eines Bauwerkzeuges benutzt, mit offenem Mund kaut und dabei viel und zu laut spricht. Gern genommen sind in Phasen ihrer Redseligkeit Füllworte der Art „ähm", „und ähhh" oder „im Endeffekt", vermutlich um intellektuell zu wirken.
So streitlustig und mitunter gemein Anke auch sein mag, mitnehmen kann man sie die meiste Zeit.

„Was möchtest du lassen?", fragt sie mit funkelnden Augen.

„Eine Beziehung zu führen, können wir lassen", ist das, was mit ehrlich und direkt einfällt, um den dann einzig übrigbleibenden Weg zu skizzieren.

„Ich bin dir also nur gut genug fürs Bett? Weißt du was: Hau ab, du Arschloch!", sagt sie so laut, dass ihre Worte vor dem Haus gut zu hören gewesen sein dürften.

Wortlos und schnell stehe ich auf, ziehe mir meine Schuhe wieder an, verlasse wortlos und irritiert die Wohnung.

Als ich das Haus verlasse, schaut mich ihr Nachbar verärgert an. Ok, er hat es gehört und es war ihm offenbar zu laut.

„Können Sie Ihren Streit in normaler Lautstärke führen?", blökt er mich an.

„Dann müssten Sie sich beim Belauschen Ihrer Nachbarn doch so anstrengen. Wir wollten Ihre Neugierde einfacher befriedigen", sage ich laut und erklärend. Seinem Blick weiche ich nicht aus und er scheint in seinem Kopf zu überlegen, ob er als 80jähriger Rentner gegen einen fast zwei Meter großen Endvierziger in der körperlichen Auseinandersetzung eine Chance hätte.

„Kein Respekt vor dem Alter! Unmöglich!", zetert der alte Mann in meine Richtung.

„Sie wissen doch: Alter ist keine Leistung, Alter ist ein Zustand. In ihrem Fall außerdem ein außerordentlich nerviger Zustand!", gebe ich zu bedenken und ärgere mich im gleichen Augenblick darüber, meinen Frust an diesem Spinner auszulassen. Hätte ich ihn nicht beachtet, hätte er sich vermutlich wesentlich intensiver und länger geärgert.

Ich drücke auf den Knopf auf dem Schlüssel des Kangoo und lasse mich ein wenig zu hektisch auf den Fahrersitz fallen, sodass ich mir den Nacken am Türrahmen der kantigen Kiste anschlage.

„Scheiße!", entfährt es mir deutlich hörbar.

Ich lege meine Hand auf meinen Nacken, hebe den Blick und sehe den alten Sack von Nachbarn mit einem breiten und zufriedenen Grinsen vor dem Haus stehen. Immerhin verlässt einer in diesem direkten Umfeld den Vormittag mit einer gewissen Befriedigung.

Was ein bescheidener Tag!
Drei Stunden wären es noch, bis ich die Kinder einsammeln und nach Hause fahren könnte.

Ich beschließe, an einer Tankstelle zwei Dosen Bier zu kaufen und diese am Hafenbecken in Ruhe zu trinken, um nachzudenken.

„Schon Feierabend?", grinst mir die sympathische Tankstellenmitarbeiterin entgegen, deren Namen ich mir trotz mehrfacher Nennung einfach nicht merken kann.

„Ungefähr! Außerdem ein Päckchen blaue Gauloises", bitte ich sie.

„16,80€ bitte. Haben Sie eine Paybackkarte? Mit Karte?"

„Keine Paybackkarte, aber gerne mit Karte. Und könnte ich ein anderes Päckchen bekommen?"
Auf dem Päckchen Zigaretten steht in schwarzen Lettern der Hinweis darauf, dass Rauchen meine Potenz bedroht.

„Ernsthaft jetzt?", fragt sie vollkommen verständnislos.

„Wenn möglich gerne! Ich habe nicht vor vielen Dingen Angst, aber Potenzprobleme brauche ich nicht auch noch", gebe ich offen zu.

„Ist das in Ihrem Alter nicht egal?", gibt sie zurück und scheint diese Äußerung vollkommen ernst zu meinen.

„Äh, nein!", bemerke ich ein wenig entsetzt und stelle fest, dass sich der Kassenraum mittlerweile mit Menschen gefüllt hat, die ihre Zapfsäulen bezahlen möchten.

Sie legt mir ein alternatives Päckchen auf die Theke und zufrieden stelle ich fest, dass ich mit Erblinden deutlich besser zurechtzukommen scheine als mit dem Ableben meiner Potenz.

Ich verlasse die Tankstelle und fahre in den Ehranger Hafen.

Auf einem der vielen Metallpfosten, an denen Schiffe befestigt werden, nehme ich Platz, öffne eine Dose Bier und nehme einen großen Schluck. Eiskalt und lecker! Ich öffne das Päckchen Gauloises und suche in meinen Taschen nach einem Feuerzeug! Vergebens! Ich hätte also auch mit der Packung der Potenzbedrohung leben können, denn ein pures Saugen an einer nicht brennenden Zigarette, scheint nicht gefährlich.

In einiger Entfernung steht ein Arbeiter an einem Gabelstapler und zündet sich eine Zigarette an. Schnell erhebe ich mich von meiner Sitzgelegenheit und laufe in die Richtung des Mannes.

„Habe sie Feuer für mich?", frage ich bittend.

„Klar, kost´ dich nix!", antwortet mir der braungebrannte Mann in Latzhose.

„Vielen lieben Dank!", sage ich überzeugt dankbar, nachdem ich zufrieden meine nun brennende Zigarette zwischen Zeige- und Mittelfinger meiner linken Hand halte.

„Was guckst du denn so traurig?", fragt er mich offensichtlich ehrlich besorgt.

„Weiber! Nicht drüber nachdenken", erwidere ich überrascht ob seiner Empathie und meiner Mitteilungsbereitschaft zu diesem Thema.

„Deine Frau?", zeigt er offenbar aus eigener Erfahrung Verständnis.

„Eine der Frauen...", gebe ich einen Teil der aktuellen Situation zu.

„Warte mal!", befielt er mir, während er sich nach rechts umdreht und hinter den Sitz seines Gabelstaplers greift. In seinen Händen hält er einen kleinen Beutel, in dem sich eine grüne Ansammlung an behaarten Drähten befindet. Pfeifenreiniger, zu einer Figur verknotet und verdreht.

„Das ist ein Sorgenmännchen und hört sich deine Sorgen an!", wirbt er nun für diese kleine Figur. „Meine Frau macht die selber und verschenkt die Dinger an Menschen, denen es offensichtlich nicht gut geht."

„Woher weiß deine Frau, dass es den Menschen nicht gut geht?", frage ich interessiert.

„Die merkt das genauso wie ich, wenn es so ist!"

Fasziniert von den Äußerungen des Hafenbediensteten bleibe ich schweigend zurück und kann die gerade entstandene Stille auf einmal nicht mehr gut ertragen.

„Vielen lieben Dank! Dann werde ich mal meinem neuen Sorgenmännchen meine aktuellen Probleme erzählen", lege ich mich überzeugt fest.

Dies scheint die richtige Antwort gewesen zu sein, denn er besteigt geübt seinen Gabelstapler und nicht mir lächelnd zu.

Den Versuch, ihm sein Feuerzeig wiederzugeben, winkt er mit einer kurzen Handbewegung ab und zeigt per weiterer Handbewegung, dass ich nun den Bereich verlassen müsse, damit er ungestört und für mich gefahrlos weiterarbeiten könne.

Ich kehre in schnellen Schritten zurück zu meinem Metallpoller, inhaliere einen weiteren tiefen Zug des Rauchs aus meiner Zigarette und setzt mich nachdenklich hin.

Wie kommt der Typ darauf, dass es mir nicht gut gehen könne? Welche Signale habe ich ausgesendet? Komisches Aufeinandertreffen.

Mein Blick fällt auf mein Handy. Keine Nachrichten! Beruhigend aber auch ungewohnt zugleich.

Öfter als gewünscht kamen an den letzten Tagen Charlottes Nachrichten bei mir an. Inhalt des orthografisch und grammatikalisch bedenklichen Nachrichtenwahnsinns waren oft auch nur kurze Kommunikationsversuche, wie „Na?", „Und?", „Und Du?",

„Bei Dir?" oder ähnliche Höchstleistungen der Konversation.

Quasi als Gegenleistung zu dem auf Wunsch verfügbaren Beischlafs, war ich mit dieser Art der Belästigung einverstanden und bereit, diese zu ertragen.

Zwischenzeitlich hatte ich die Funktionen des Archivierens von Nachrichten begriffen und Charlottes Nachrichten schlicht in den Archivierungsordner geschoben. Die wunderbare und beziehungssichernde Nebenwirkung: Kein Klingeln und kein Erscheinen der Nachrichten im gesperrten Display und damit auch keine Gefahr des Aufliegens vor Anke.

Die erste Dose ist leer und ich öffne meine zweite.

„Wie immer schmecken die ersten beiden Schlucke hervorragend, ab dem zweiten Ansetzen der Dose wird es dann schal und abgestanden!", finde ich.

Mein Blick fällt auf das Hafenbecken und das kleine Schiff, das unterhalb des Getreidesilos an dicken Tauen angebunden ist. Wie schön muss es sein, sich mit einem kleinen Kahn über Mosel, Saar und Rhein zu bewegen und dem Wasser zuzuschauen? Ich hätte spontan große Lust an Bord zu fragen, ob man mich nicht mitnehmen könne. Niemanden mehr sehen, niemanden mehr hören. Einfach kurz oberhalb der Wasserlinie aus dem Fenster schauen und „den lieben Gott einen guten Mann sein lassen".

Unsanft werde ich aus den Gedanken gerissen, als mein Handy klingelt. Gabi ist auf der anderen Seite des Telefons und fragt, wann ich denn meine Tochter aus dem

Kindergarten abholen wolle, denn es wäre jetzt schon seit einer viertel Stunde Zeit zu erscheinen.

Mist! Wie lange habe ich denn hier gesessen und das Wasser die Mosel herunterfließen lassen?

„Ich bin auf dem Weg und in fünf Minuten da!", gebe ich demütig zurück.

Vermutlich hockt dann Lara auch schon vor der Schule und wartet darauf, abgeholt zu werden.

Ich schaffe es in fünf Minuten, denn der Kindergarten liegt tatsächlich in unmittelbarer Nähe zum Hafen. Noch strenger als üblich, schaut mich Gabi über ihre rote Brille hinweg an und erwartet augenscheinlich eine Erklärung.

„Ich bin in einem Telefonat hängengeblieben und bin gleich um die Ecke rechts rangefahren. Sorry!", entschuldige ich mich bei Gabi und meiner Tochter. Sophie lässt mein spätes Erscheinen komplett unbeeindruckt.

„Kommt häufiger vor, dass das Abholen von Sophie sehr knapp stattfindet", mahnt Gabi und ist sichtbar glücklich, mich belehren zu können.

Tatsächlich bin ich in der letzten Zeit sehr knapp bei Charlotte losgefahren und meine Tochter saß in der Vergangenheit öfter bereits - aber erstaunlicherweise unbekümmert - auf den Steintreppen vor dem Kindergarten.

Unbemerkt scheint diese zeitliche Veränderung jedenfalls nicht geblieben zu sein. Eigentlich bin ich immer der erste im Kindergarten, der sein Kind abholt, damit ich mich nicht mit den ganzen verzweifelten Muttis über die Verdauungsprobleme und das schlechte Benehmen ihrer Blagen unterhalten muss. Wenn der Pulk an Lastenfahrrädern und Kangoo-ähnlichen Gefährten in einer großen Staubwolke, wie in alten Westernfilmen, auftaucht, bin ich gerne wieder unterwegs und erspare mir schwachsinnige Unterhaltungen.

„Keine Ahnung, ist mir nicht aufgefallen. Sorry, ich muss los und Lara einsammeln. Komm Sophie, wir müssen!", sage ich, als ich mich bereits umdrehe und Gabis weiteren Redeschwall gekonnt ignoriere.

„Ab ins Auto, Ziege!", lotse ich Sophie auf ihren Kindersitz und schnalle sie hektischer als üblich an.

„Aua Papa, mein Bein!", beschwert sich Sophie zu Recht, denn ich habe in der Nervosität auf der Flucht vor Gabi, ihren Oberschenkel beim Anschnallen mit dem Gurt eingequetscht.

„Entschuldige, ich bin ein wenig im Stress!", versuche ich meine grobe Art zu entschuldigen.
Tränen laufen Sophie über das Gesicht und auch ich merke, wie meine Augen feucht werden. Nicht mein Ernst, dass ich mich jetzt von meiner derart sentimentalen Art einholen oder dominieren lasse. Sicher ist der Grund meiner aufkeimenden Traurigkeit nicht ausschließlich das leidende Bein meiner Tochter, sondern sicherlich an früherer Stelle des Tages verursacht.

Ich küsse Sophie auf die linke Wange, schließe die Schiebetür des Autos und setze mich in einer nicht einzuordnenden, komischen Stimmung auf den Fahrersitz.

Die drei Minuten der Fahrt zur Grundschule werden von einem theatralischen Schluchzen aus der zweiten Reihe begleitet und ich erwähne gefühlt ununterbrochen, wie leid es mir tut, sie verletzt zu haben.

Vor der Schule ist Hochbetrieb und mir bleibt nur ein Parken in dritter Reihe, um nicht Gefahr zu laufen, Lara mit meinem zu spätem Erscheinen zu verärgern oder zu enttäuschen.

„Blöder kann man nicht parken!", grinst mich Björn an, dessen Kleinbus ich zugestellt habe.

„Sorry, ich war mir sicher, dass nur Du mir dies verzeihen würdest!", gebe ich sicher zurück, in der Hoffnung auf vollkommenes Verständnis zu treffen.

„Mach´ dir keinen Stress! Ich bin froh um jede Minute, die ich später nach Hause muss", gibt er glaubwürdig zurück.

„Willkommen in meiner Welt!", nuschele ich in meinen, wie mir immer öfter schmerzlich auffällt, grauen Dreitagebart.

„So schlimm? Ich gehe Ute einfach aus dem Weg und treibe offiziell täglich Sport. Dafür hat sie Verständnis und die Jungs aus der Kneipe verraten mich sicher nicht!", grinst er in der Gewissheit auf mein Verständnis zu treffen.

„Auch eine gute Idee! Sport nimmt mir Anke nicht ab, glaube ich...", gebe ich zu bedenken.

„Ute glaubt mir das auch nicht, ist aber ganz glücklich, dass sie Ruhe vor mir hat. Win-Win!", feiert Björn seinen Sieg über die in seinem Zuhause herrschende Ute.

Ute ist ein furchtbarer Mensch, bei der ich mich jedes Mal frage, wie die in den Genuss gekommen sein kann, überhaupt einen Partner gefunden zu haben. Alleine die Stimme von Ute müsste eigentlich ein verlässliches Verhütungsmittel gewesen sein. Dennoch hat es Björn sich nicht nehmen lassen, vier Kinder mit Triers Antwort auf Tine Wittler in die Welt zu setzen. Immerhin kann man Ute nicht vorwerfen, sich in der Beziehung verändert zu haben. Beim vierten Geburtstag von Ares (alle Kinder haben Namen, die sogar Ikea nicht als Möbelnamen akzeptiert hätte) war ich das erste Mal bei Björn, Ute und den anderen Namensentgleisungen zu Besuch. Die ganze Bude hängt voll mit Bildern der beiden und man kann Ute nicht unterstellen, sich in den letzten Jahren verändert zu haben. Sie war einfach immer so, wie sie sie aktuell auch ist. Furchtbar! Mit dieser Meinung bin ich nicht alleine und alle Menschen, die sich jemals über Ute, für mich hörbar, geäußert haben, hatten grundsätzlich die identische Meinung: Furchtbar! Furchtbar laut, furchtbar nervig, furchtbar lästig, furchtbar übergriffig... einfach furchtbar! Der einzige Mensch, der es mit ihr, jedenfalls augenscheinlich, auszuhalten schien: Björn.

„Ich arbeite dann mal an einem guten Konzept, mir eine gewisse Freiheit zu organisieren", leite ich meine Verabschiedung ein.

Björn quittiert diese mit einem verständnisvollen Kopfnicken, schwingt sich in den mit schreienden Kindern befüllten Kleinbus und startet den Motor. Während ich ins Auto steige und den Versuch unternehme, den Wagen in der kleinen Sackgasse vor der Schule zu wenden, unterhalten sich meine Zwerge über deren anstrengende Vormittage. Wie schön! Ich kann Autofahren und brauche nicht den Clown oder Alleinunterhalter zu geben...

Außer dem Hafenmenschen scheinen auch meine Kinder zu bemerken, dass ich weder ansprechbar, noch besonders lustig unterwegs bin und lassen mich in Ruhe. Lara setzt sich freiwillig an den Schreibtisch und Sophie beschließt in ihrem Zimmer zu spielen. Ich setze mich an meinen Tisch und öffne meinen Laptop, um mich ein wenig meiner Arbeit zu widmen, die in den letzten Tagen nicht wirklich große Fortschritte gemacht hat. Nur einmal schauen, ob es eine neue Nachricht gibt. Ich öffne per PIN mein Telefon, den Nachrichtendienst und sehe, dass im Ordner der archivieren Nachrichten, durch Zahlen gekennzeichnet, offenbar neue Nachrichten eingegangen sein müssen.
Charlotte schreibt. Und wie.

Es ist von Nachricht zu Nachricht eine Steigerung zu erkennen.

Mit einem harmlosen: „Hallo, wie geht es dir?", startet der nun einseitige Austausch.

„Geht es dir so besser?"

„Mir geht es nicht gut!"

„Schön, dass du mir nicht antwortest!"

„Danke für nichts!" Dies ist die blödeste Äußerung, die man tätigen kann! Nichts anderes habe ich von ihr erwartet.

„Wie geht es denn jetzt weiter?"

„Geht es mit uns weiter?"

„Kannst du mal antworten?"

„Hallo"?

„Haaallooooo?"

„Ich habe keinen Bock mehr! Mir reicht es!!!"

„Melde dich mal!"

Weitere derartige Äußerungen folgen und ich lege mich jetzt fest: Sie hat es geschafft, ich bin genervt! Völlig genervt. Was habe ich mir mit dieser Person angetan?

„Du wolltest Deine Ruhe, jetzt hast Du sie!" scheint mir die richtige Antwort zu sein. Außerdem denke ich hiermit für Ruhe zu sorgen.

An zwei blauen Haken kann ich erkennen, dass diese Nachricht sofort gelesen wurde. An dem Hinweis „...schreibt" wird mir klar, dass meine Nachricht offenbar gerade beantwortet wird. Mir ist zuvor nie aufgefallen, dass man Hinweise auf die Aktivitäten des Chatpartners erhält.

„Ruf an!"

Wie ich es hasse, wenn man mir Befehle erteilt, und um mir Zeit zu verschaffen, antworte ich schlicht mit: „Später! Bin beschäftigt!"

Oh Mann, ist das so anstrengend. Dabei war doch die Absprache ursprünglich eine ganz andere: Spaß im Bett und ansonsten keine Verpflichtungen.
Zufrieden mir mit meiner Nachricht eine gewisse Luft verschafft zu haben, widme ich mich halbherzig meinen Aufgaben und stelle nach zwei Stunden der intensiven Arbeit fest, dass ich tatsächlich einen gewissen Fortschritt verzeichnen kann. Um meiner eigenen Zufriedenheit eine weitere Krone zu verpassen, beschließe ich in der Agentur anzurufen und meinen Etappenerfolg mitzuteilen.

Ich bin mir sicher, gleich mit Lob überschüttet zu werden, als Christa ans Telefon geht und, wie immer, zunächst noch das angeblich vorhandene Gespräch mit einem Menschen in ihrer Umgebung fortzuführen. Das macht sie immer und glaubt damit offensichtlich als besonders beschäftigt zu gelten.

„...die Ausarbeitung brauche ich bis morgen früh, damit es hier voran geht!" höre ich sie offensichtlich mit einem meiner Kollegen in gewohnt herrschendem Ton sprechen, „Vanessa Brinkmann?"

„Hallo Vanessa, Kaspar hier. Alles gut im Laden?", leite ich den Wunsch nach Lob ein.

„Kaspar, du meldest dich freiwillig? Was ist los? Bist Du endlich fertig geworden?", nimmt sie mir die Möglichkeit, die, in meinen Augen grandiose Leistung, feierlich zu verkünden. Außerdem wird auch ihr klar sein, dass ich diesen Auftrag nicht fertig gestellt haben kann.

„Ich habe nur noch Reste zu schreiben und bin ein großes Stück vorangekommen", erkläre ich meinen Fortschritt ein wenig übertrieben. „Du kannst dir schon einmal ein neues und dann schönes Projekt überlegen, mit dem du mich belohnen möchtest!", grinse ich in gewohnt polemischem Ton in mein Telefon und ergänze: „Die Datei sende ich dir gleich zu, sodass du schon einmal drüber schauen kannst!"

„Wieviel fehlt denn noch zum Abschluss?"

„Ich denke ich stelle das bis zum Quartalsende fertig und dann kann alles ins Lektorat und zum Kunden!", sage ich überzeugt selbstsicher und weiß genau, um die nun wutschnaubende Reaktion.

„Lektorat? Ich habe den Seitenhieb verstanden und immer noch keine Lust, geschweige denn die Kohle, euren großspurigen Wünschen nach einem Lektorat nachzukommen. Ich darf doch erwarten, dass ihr diese Texte ohne Unterstützung fehlerfrei auf den Weg bringen könnt. Dieser permanente Lektoratsblödsinn ist auch nur ein weiteres Zeichen eurer Faulheit und zeigt ganz klar, dass ihr keine Lust habt, eure Arbeiten korrekt abzuliefern!", flucht es aus meinem Telefon.

Laune versaut und dies auf beiden Seiten. Das war es mir allerdings wert, ich lehne mich entspannt zurück und strecke mich in meinem Schreibtischstuhl nach hinten.

„Ich bin mir sicher, dich mit meinen emotionalen Texten über diese wunderbare Maschine vollkommen zufriedenstellen zu können, liebste Vanessa. Ich wünsche dir einen wunderbaren Tag und hoffe, dich zu deiner Aussprache meines Lobes persönlich zu treffen. Wenn du nichts mehr zu sagen hast, können wir uns wieder an die Arbeit machen", versuche ich das Gespräch gekonnt und möglichst deeskalierend zu beenden.

„Das hier ist für mich Arbeit, Kaspar! So anstrengend, wie du am Telefon bist, ist dies sogar harte Arbeit", schlägt es mir fast ein wenig mild und versöhnlich entgegen. „Ich habe aber noch einen spezielleren Auftrag für dich! Du könntest unsere Firma vertreten! Was hältst du davon, nächste Woche, ganz entspannt, im Schlosshotel Friedewald ein paar Tage unser Unternehmen zu präsentieren? Nichts Aufwändiges, 30 Minuten erzählen, was wir können und dann zum gemütlichen Teil ein wenig mit eventuell neuen Auftraggebern klüngeln. Drei Tage Ruhe vor Frau und Kindern. Was denkst du?", unterbreitet Christa mir ihr Angebot.

„Ich müsste das wegen der Kinderbetreuung klären, denke aber, dass dies klappen könnte. Ich spreche nachher mit Anke und melde mich später noch einmal bei Dir", schlage ich vor.

„Klingt gut! Wenn ich es bis morgen früh weiß, reicht mir dies. Alles Weitere klären wir dann morgen. Dir einen schönen Abend, grüß´ deine Familie!", höre ich und kurz danach das Klicken des Auflegens.

„Ein cooles Angebot!", denke ich begeistert. Einmal davon abgesehen, dass mir momentan ein paar Tage Auszeit gefallen würden und mir dies aktuell guttäte, ist es auch finanziell interessant. Aufträge erhalten wir nach diesen gemeinsamen Besäufnissen mit potenziellen Kunden von alleine. Auf die Fahne schreiben würde ich mir diese neuen Aufträge aber in jedem Fall können. Ich beschließe heute Abend mit Anke zu sprechen und dann hoffentlich ein paar Tage Ruhe haben zu können. Die letzten Veranstaltungen habe ich immer um ein, zwei Tage verlängert und die Agenturkollegen zur Verschwiegenheit verdonnert. Nicht, dass ich großen Spaß an diesen Saunalandschaften habe. Am Pool herumlungern und Wein trinken zu können ist aber eine wirklich tolle und entspannte Sache. Um ein Vielfaches mehr ist es dies, wenn man hierfür auch noch bezahlt wird, denn die Agentur zahlt nicht nur Anreise und Hotel, sondern auch eine Pauschale für den Einsatz.

In meinem Handy finde ich keine neuen Nachrichten, was mich nicht beunruhigt, aber doch wundert. Ich fasse eine, mein Gewissen beruhigende und in meinen Augen sinnvolle Entscheidung. Ich werde das mit Charlotte final beenden! Ich werde Charlotte meine Entscheidung mitteilen und den Ausflug nach Friedewald nutzen, um „Wasser den Rhein herunterfließen" zu lassen.
„Am besten noch heute und am besten kurz und schmerzlos!", beschließe ich.
Um in Ruhe und nicht zu auffällig mit Charlotte kommunizieren zu können, warte ich auf Anke und beschließe zum ungestörten Telefonieren, eine Runde durch den Wald zu gehen.
Ich schreibe eine Nachricht mit dem Hinweis mich später bei Charlotte zu melden und hoffe, auf ein „OK!" ohne Rückfragen von ihr.

Als Anke die Türe öffnet, sehe ich in ihrem Gesicht, dass sie offenbar einen anstrengenden und wenig zufriedenstellenden Tag hinter sich gebracht haben muss.

„Hey, anstrengenden Tag gehabt?", frage ich gekonnt verständnisvoll.

„Frag' mich nicht! Was ein Saftladen. Ich muss jetzt erst einmal unter die Dusche und dann die Füße hochlegen", beendet Anke vorerst das Gespräch, zieht ihre Schuhe im Gehen aus und schleicht kraftlos in Richtung des Badezimmers.

Lara und Sophie kommen unter lautem „MAMA"-Gebrüll die Trepper herunter und erwarten sofortige Aufmerksamkeit ihrer Mutter. Der aufregende Alltag des Kindergartens und der Grundschule möchte erzählt werden und Mama hat sich gefälligst in gleichen Teilen ihren Töchtern zu widmen.

„Lasst Mama erst einmal unter die Dusche gehen. Wir können doch schon einmal den Tisch decken und das Abendessen vorbereiten", schlage ich rücksichtsvoll und pädagogisch wertvoll vor.

Zu meinem Erstaunen erfährt mein Vorschlag Zustimmung und meine Töchter räumen begeistert den gesamten Inhalt des Kühlschranks auf den Esstisch. Kurz bevor die Butter auf meinem Laptop einschlägt, gelingt es mir, diesen in Sicherheit zu bringen.
Nach einer Viertelstunde kommt Anke in Schlabberhose und einem meiner T-Shirts an den Esstisch und lässt sich entnervt fallen.
Nun beginnt die maschinengewehrartige Mitteilungsfreude unserer Töchter - ungebremst und erbarmungslos. Vom doofen Linus, der blöden Saskia und der neuen Praktikantin, die ganz furchtbar stinkt, wird

ebenso erzählt, wie vom Fahrsicherheitstraining auf dem Fahrradübungsplatz. Ich höre nicht wirklich zu, kaue desinteressiert an meinem Käsebrot und stopfe mich mit sauren Gurken voll.

Ich kann mir sicher sein, dass Anke gleich das Ruder und die Kinderbändigung übernehmen wird. Dies ist dann auch der ideale Zeitpunkt, meine Waldwanderung anzutreten und dem Familientreiben, jedenfalls kurzzeitig, zu entfliehen.

„Ich haue mal für eine Stunde ab in den Wald, wenn das für dich Ok ist?", spreche ich fragend in Ankes Richtung.

„Natürlich, ich komme klar. Räumst du vorher noch schnell die Spülmaschine ein?" befiehlt Anke vorgetäuscht fragend.

Um drohendem Ärger zu entgehen, räume ich schweigend Teller, Gläser und Besteck in die ein wenig muffig riechende Spülmaschine, befülle sie mit einem bunten Spülmaschinentab, schalte sie ein und ziehe mir meine Waldschuhe auf dem Flurboden sitzend an.

„Viel Spaß!", ruft mir Anke hinterher und ich schließe aufatmend die Eingangstür hinter mir.

Auch wenn ich mich an der Mosel hätte bewegen können, beschließe ich, mit dem Auto in den Wald zu fahren, um Kontakten mit Fahrradfahrern und Inlineskatern zu entgehen.

Auto an, ab in den Wald. Noch auf der Fahrt zum Wald zücke ich mein Handy, öffne WhatsApp, hier den Chat mit Charlotte und tippe.

„Kurz Zeit?"

„Schön, dass du dich meldest!", erscheint sofort im Display.

„Ich möchte das mit uns nicht mehr.", scheint mir die unverblümteste und schmerzloseste Methode, meinem Anliegen Ausdruck zu verleihen.

„Per Whatsapp? Hast du sie nicht mehr alle? Wo bist du?"

„Ich bin gleich im Wald und versuche den Kopf frei zu bekommen."

„Ich bin in fünf Minuten da! Parkplatz?"

Obwohl ich überhaupt keine Lust auf eine persönliche Aussprache habe, verstehe ich den Wunsch nach einem „in die Augen blicken" und stimme zu.
Ich parke den Wagen, steige aus und schließe ihn ab. Im gleichen Augenblick biegt Charlotte in ihrem Auto auf den Parkplatz ein und steigt, gefühlt noch während der Wagen rollt, aus ihrem Auto.
Sie trägt ein knielanges, rotes Kleid. Ihre nackten Füße stecken in grünen Chucks. Ihre Haare hat sie zu einem Zopf nach hinten verarbeitet und ihr

sommersprossengepunktetes Gesicht grinst mir, für mich überraschend, entgegen.

„Na, wie geht es dir?", fragt sie mich so, als hätte ich mein Vorhaben den heutigen Tage als den letzten meiner Seitensprünge zu manifestieren, nie geäußert.

„OK soweit", werfe ich verdutzt ein und möchte gerade zur Ausführung meines Vorhabens kommen, als mich Charlotte unterbricht.

„Wo genau ist denn das Problem? Nur, weil ich mir mehr erhofft habe macht du jetzt Schluss? Wollten wir das beim Gehen besprechen?", spricht sie und schlägt schon den Weg in Richtung des Waldes ein.

„Sieh´ mal: Eine komplizierte Beziehung führe ich bereits, ich habe Kinder und möchte nicht, dass mein Leben von weiteren Komplikationen belastet wird. Außerdem möchte ich nicht, dass es dir schlecht geht und du keinen Spaß an unserer gemeinsamen Zeit hast. Ich denke, es ist für alle Beteiligten besser, wenn wir hier einen Cut machen und das mit uns beenden", versuche ich möglichst verständnisvoll zu wirken und in einem guten Licht da zu stehen.

„Gut, ich habe mir die Sache mit der Beziehung aus dem Kopf geschlagen. Sex will ich trotzdem mit dir!", schaut sie mich fordernd an.

„Das wird nicht funktionieren!" Gerade bewundere ich meine Standhaftigkeit in diesem Punkt.

Wie haben den kleinen Waldweg erreicht, der, weil er so schmal ist, maximal Platz bietet hintereinander her zu laufen. Sie biegt vor mir in den Weg ein und ich beschließe die Stille auszuhalten. Ich werde nicht der Erste sein, der nun spricht. Ich erinnere mich in dieser Situation an Piggeldi und Frederik, die in ähnlicher Manier hintereinanderher laufend, Dinge zu (er-)klären versuchen.
Sie sagt einfach nichts, läuft in ruhigem Tempo vor mir her und ich habe überhaupt keine Idee, was gerade in ihrem Kopf vor sich geht.

„Ich habe eine Idee und du brauchst nichts sagen!", bricht Charlotte das Schweigen.

Ich sage nichts und bin gespannt, welch bahnbrechende Idee nun in ihrem Kopf entstanden sein könnte.
Das Tempo haltend, greift Charlotte an ihr Kleid und zieht es nach und nach in ihre Hände, sodass dieses immer weiter nach oben rutscht. Mein Blick fällt auf ihre Knöchel, ihre Waden, dann auf ihre Oberschenkel.
Sie hat nun mit ihren Händen den Saum des Kleides erreicht, der hintere Teil hängt noch knapp über den Po. Noch, denn durch Straffung des dünnen Stoffs, zieht sie das Kleid über ihre Hüften nach oben und ihr nackter Po strahlt mir entgegen. Sie trägt keine Unterwäsche und geht so entblößt vor mir her. Ich spüre, wie Erregung in

mir aufsteigt und habe das Verlangen sofort mit ihr zu schlafen. Was ist das, was mich so in ihren Bann zieht?

„Hierhin, Oskar!!!", brüllt es aus direkter Nähe vor uns aus dem Wald.

Entspannt lässt Charlotte ihr Kleid los und der Stoff fällt locker wieder über ihre Knie. In diesem Moment kommt uns ein Mann entgegen, der hektisch nach seinem Hund zu suchen scheint. Noch immer hat sich Charlotte nicht zu mir umgedreht und geht schnurstracks weiter den Weg entlang, um sich nun, seitlich an den schmalen Pfad stellend, Platz für den verzweifelten Hundebesitzer zu machen.

„Haben Sie einen weißen, kleinen Hund gesehen?", fragt der Mann uns beide abwechselnd ansehend.

„Nein, leider nicht!", antworten wir zeitgleich und der Mann setzt hektisch und ohne sich zu verabschieden nervös seinen Weg fort.
Auch jetzt dreht sich Charlotte nicht zu mir um, sondern geht weiter den Weg entlang. Sie geht einfach weiter, ohne ihren Plan sich mir nackt zu zeigen fortzuführen. Je länger ich hinter ihr herlaufe, umso mehr spüre ich, dass ich sie anfassen möchte, vielleicht sogar muss. Ich erhöhe mein Tempo und bin mir sicher, dass sie die sich verringernde Distanz spüren kann. Damit ich nicht Gefahr laufe, sie durch eine Kollision oder ein Beinstellen zu Fall zu bringen, gehe ich ein wenig breitbeiniger und lasse ihre Fersen zwischen meinen Füßen agieren.

„Sag mir, dass du nicht mit mir schlafen willst", flüstert sie leise, aber für mich deutlich hörbar.

Ich überlege, was ich nun antworten könnte, ohne meinen Plan zu zerstören und das Vorhaben ab sofort keine Lügen zwischen Anke und mir mehr verdrängen und verstecken zu müssen.

„Sag es!", fordert sich mich nun schärfer und aggressiver auf.

„Hör mal, du zeigst mir deinen nackten Hintern und weißt genau, wie dies auf mich wirkt. Du weißt, was das mit mir macht und dass ich nun natürlich mit dir schlafen möchte!", gebe ich leicht flehend zu und überlege in welches Gebüsch Charlotte nun gleich mit mir ziehen würde.

„Tja, Pech gehabt! Bis zu deiner Nachricht hättest du alles haben können. Alles hättest du dir nehmen können. Behalte meinen Arsch in Erinnerung, er wird dir fehlten!", brüllt sie verhasst flüsternd, ohne sich dabei umzudrehen. „Ich erwarte, dass du nun umdrehst und mich in Ruhe lässt! Wenn überhaupt, melde ich mich bei dir, wenn mit danach ist! Und jetzt: Tschüss!!!"

Verdutzt ob des Ausgangs dieses Aufeinandertreffens, stoppe ich, schaue dem schlanken, großen Menschen, der sich in gleichbleibendem Tempo von mir entfernt hinterher und überlege, was mir fehlen wird. Gespräche? Sicher nicht! Ihre Anwesenheit? Vielleicht! Der gemeinsame und hemmungslose Sex? Ganz sicher und hier lege ich mich fest.

Noch immer verwirrt und mit Bildern im Kopf, was alles mit dieser Frau und ihrem jungen Körper hätte passieren können, gehe ich zurück zum Parkplatz, steige ich in mein Auto, schnalle mich an, beschließe ohne Umwege nach Hause zu fahren und alle Gedanken zu verdrängen.

Ich schließe die Haustüre auf und betrete den kühlen Flur. Ich ziehe meine Schuhe, ohne mir die Mühe zu machen meine Schnürsenkel zu öffnen, aus und kicke meine Schuhe mit den Füßen vor das Schuhregal unter der Garderobe mit den Kinderjacken. Auf direktem Weg gehe ich in das Wohnzimmer, in dem Anke auf der Couch sitzt und mit angewinkelten Beinen ins Leere starrt.

„Die Kinder schlafen, sei leise!", flüstert sie und schaut mich erschöpft an.

Ich gehe in Richtung der Couch, nehme ihre Hände und ziehe sie nach oben, sodass sie nun auf der immer noch potthässlichen Couch direkt vor mir steht. Verwundert sieht sich mich an, als ich sie an mich ziehe und ihr einen Kuss auf die nun auf meiner Höhe befindlichen Lippen drücke. Ich fasse ihre Hüften an und ziehe sie mit einem Ruck an mich heran. Wohlwissend, was mein Plan ist, hebt sie beide Arme nach oben und ich ziehe ihr T-Shirt über ihren Kopf. Sie trägt keinen BH und ich sehe auf ihre Brüste. Tatsächlich habe ich in den letzten Wochen ihre Busen unter der Dusche zwar gesehen, diese aber nicht mehr wahrgenommen. Ich öffne den Knoten der

Schlabberhose, die sie so liebt und ich so hasse, und lasse die Hose ihre Beine entlang nach unten gleiten. Sie trägt keinen Slip und steht nun nackt vor mir. An ihrem Atem ist klar zu erkennen, dass es sie erregt und sie bereit ist, heute Beischlaf gegen eines ihre unnötigen DIY-Bücher oder der Landlust-Hefte zu tauschen.

„Gehen wir ins Bett?", fragt sie in nüchternem Ton und schlagartig wird mir die Mechanik unseres Sexuallebens wieder vor Augen geführt.

Vermutlich hätte dieser Satz auch geflüstert in mir eine Aversion ausgelöst und es hätten mich andere Dinge genau in diesem Moment gestört. Egal! Ich bin auf dem Weg meine Erregung abzubauen und ich brauche jetzt Sex! Den bekomme ich auch. Wie immer liegt sie mit gespreizten Beinen auf dem Rücken, ich warte bis sie kommt und erst dann komme ich. Sicher ist sicher, denn einen gewissen „orgasmischen" Servicegedanken verfolge ich beim Geschlechtsakt. Ich rolle mich seitlich von Anke und verspüre eine gewisse Zufriedenheit. Zum einen, da ich meiner Pflichterfüllung nachgekommen bin, zum anderen, weil ich, nun befriedigt, meinen Gedanken an Charlotte nicht nachhängen muss. Jedenfalls in den nächsten Stunden nicht.
Anke verschwindet ins Bad, um sich die Zähne zu putzen und lässt mich schwer atmend im Bett zurück. Ich setze mich auf und mache mich nackt auf den Weg in die Küche.

„Brauchst du auch etwas zu trinken?", flüstere ich in Richtung des an das Schlafzimmer angrenzende Bad, „Ich gehe in die Küche und räume schnell im Wohnzimmer auf."

„Meinen Tee kannst Du mir mitbringen!", lautet ihre Antwort und ich verdrehe, für sie nicht sichtbar, die Augen.

Tee! Ich kann dieses Gesöff nicht leiden und verstehe auch dieses Zelebrieren eines geschmacklosen Getränkes überhaupt nicht. Ich packe ihre Klamotten von der Couch und hebe auch meine Kleidung auf, um diese, jedenfalls teilweise, in den Korb im kleinen Badezimmer im Erdgeschoss direkt neben der Kellertreppe zu werfen. Aus meiner Hose nehme ich mein Handy, ziehe mir T-Shirt und Unterhose an. Auf dem Weg zur Küche entsperre ich mein Handy und schaue in die Nachrichten auf Whatsapp. Eine kleine zwei neben den archivierten Nachrichten zeigt an, dass hier offenbar zwei Nachrichten vorhanden sein sollten. Charlotte! Ich öffne den Chat und lade das Foto herunter. Es zeigt einen Blick aus unserem Garten in unser Wohnzimmer, Anke, wie sie nackt auf der Couch steht und ich erregt vor ihr stehe. Darunter eine Nachricht:

„Du fickst die Alte, weil du bei mir nicht landen konntest? Arschloch!"

Ich höre ein Fiepsen in meinen Ohren und mir wird schlagartig schlecht. Neben der Besorgnis, da ich Bedenken in mir aufsteigen spüre, dass Charlotte auch auf die Idee kommen könne gleiche zu klingeln und dann hier eine Szene zu machen, verspüre ich Hass! Hass, da ich mich von einer Person überwacht und verfolgt fühle. Diese Übergriffigkeit, die ich bereits angemahnt habe und die mich nun zu totaler Wut bringt. Was mache ich jetzt? Deeskalieren, Kaspar! Versuche, das Problem maximal im Garten zu halten, nicht aber dieses in den direkten Austausch mit Anke zu bringen. Was tun? Reagieren sollte ich aber. Vermutlich ist der aggressive Weg hier der richtige.

„Es war deine Entscheidung, mich heute wegzustoßen und vorher anzumachen. Schön, dass dir der Garten gefällt. Hierzu habe ich dir einiges gesagt. Lass´ uns morgen sprechen, ab 9:00 habe ich Zeit!", sende ich und warte, nun noch nervöser, auf ihre Reaktion.

Blaue Haken, der Hinweis „...schreibt..." oberhalb der Nachricht.

„Angst?", schreibt Charlotte und ich erkenne in diesem Wort eine eindeutige Drohung.

„Wieso Angst?", tippe ich vorgeblich unbeeindruckt.

„Ein Wort von mir und die Alte weiß alles. Das ist dir klar, oder?"

„Ja, das ist mir klar! Erpresst du mich jetzt?", tippe ich schnell und nervös in mein Handy, als ich von oben Schritte wahrnehme.

„Kommst du nicht ins Bett? Was machst du denn da unten?", fragt Anke misstrauisch.

„Ich habe nur noch schnell die Klamotten weggeräumt und etwas getrunken. Ich bringe den Tee mit hoch!", sage ich und stecke mein Handy hektisch in die Unterhose, denn Anke kommt immer näher und fest entschlossen, die Geschehnisse in der Küche zu überprüfen. Diese alles kontrollieren wollenden Frauen nerven mich.

„Deine Unterhose leuchtet!", stellt Anke fragend und auf eine Antwort wartend fest, ohne wirklich eine Frage gestellt zu haben.

„Ich hatte nicht Hände genug und wollte dir den Tee mit nach oben bringen. Das Handy habe ich in die Hose gesteckt, um die Hände frei zu haben."

„Es leuchtet!", wiederholt Anke ihren, in meinen Augen eindeutigen, Vorwurf.

„Keine Ahnung warum!", sage ich bestimmt und beende in meinen Augen jedwede Konversation. „Ich müsste noch wegen nächster Woche mit dir sprechen. Christa will, dass ich nach Friedewald fahre und die Agentur vertrete. Langweilige Tagung, Vorträge und dann hoffentlich Aufträge. Bekommen wir deine Eltern zur Aufsicht für die Pänz?"

„Nenn sie doch nicht immer Christa! Wo ist denn Friedewald?", fragt sie und nervt mich mit beiden dieser nichts zum eigentlichen Thema beitragenden Einwürfe.

„Hessen, vier Stunden weg von hier. Und Christa heißt nun einmal Christa!", antworte ich deutlich hörbar genervt.

„Klar, kriegen wir hin. Wie kommst du da hin?"

„Das habe ich noch nicht geklärt. Entweder fahre ich mit der Bahn oder nehme ein Auto der Agentur, denke ich", versuche ich dieses Gespräch nun zu beenden.
Zum einen fehlt mir die Energie jede Einzelheit mitzuteilen, zum anderen denke ich, dass eine sofortige Entfernung aus dem von außen sichtbarem Bereich sinnvoll sein könnte.

Anke scheint verstanden zu haben, dass mir die Lust fehlt, weitere Einzelheiten meines Vorhabens kund zu tun und tappst nun die Treppe nach oben und in unser Bett. Ich werfe noch einen kurzen Blick in den Garten, bevor ich das Licht ausschalte, einen weiteren, nachdem die Wohnung im Dunkeln liegt, kann aber weder eine Person, noch eine Bewegung im Garten feststellen. Langsam macht sich eine Erleichterung in mir breit und ich hoffe, diese Nacht ohne aufregende Zwischenfälle hinter mich bringen zu können.

5

Die Routine des Tages hat mich wieder eingespannt. Kinder beim Anziehen beaufsichtigen, Nahrungsmittel zum Frühstück sowie der Schule bereitstellen und durchgehend zur Eile treiben. Anke ist längst auf dem Weg nach Luxemburg, wir auf dem Weg zur Kinderbeschäftigung, als mein Handy klingelt und Christa auf die Bestätigung meines Auftritts im Schlosshotel Friedewald wartet.

„Passt Vanessa, Anke regelt das hier und ich kann los. Bin ein bisschen im Stress, melde mich später, Ok?", versuche ich möglichst gehetzt zu klingen.

„Super, ich buche dir das Hotelzimmer und einen Mietwagen bei dir um die Ecke, dann brauchst du nicht zu uns zu kommen und kannst direkt von Trier aus losfahren", höre ich Christas Stimme erstaunlich freundlich durch die Freisprechanlage.

„Fährst Du weg, Papa?", fragt Sophie aus der zweiten Reihe.

„Ich muss zu einer Tagung, bin aber schnell wieder da", beruhige ich mit nur einem Satz jede Besorgnis meiner Kinder.

Es folgen in den nächsten Minuten auf dem Weg zur Kita und Schule diverse Fragen nach Dauer und Zweck der Veranstaltung, zwischendurch wird dann auch festgelegt, dass man geschlossen mitkommen wolle oder ich doch auch online mit den Menschen in Friedewald sprechen könne. Ich diskutiere nun mit halbhohen Menschen über die Sinnhaftigkeit meiner Aktivitäten und wie ich diese besser und kinderfreundlicher durchzuführen habe, bis ich endlich beide Kinder in den jeweiligen Betreuungsplätzen abgeliefert habe.

Ich fahre in den Wald. Hier kann ich entspannt parken und im Auto telefonieren, ohne, sollte es lauter werden, angeschaut oder erkannt und konfrontiert zu werden.
Es klingelt mehrfach, doch Charlotte hebt nicht ab. Ich höre weiter dem bekannten Tuten des Telefons zu und warte eigentlich auf das Anspringen der Mailbox. Nach weiterem Klingeln, hebt Charlotte ab und sagt, nicht ohne eine deutlich spürbare Süffisanz:

„Ich kann gerade nicht sprechen, kann ich später zurückrufen?"

„Klar, ich bin bis 13:00h gut zu erreichen!", gebe ich meinen Beschäftigungsstatus bekannt.

„Das werden wir dann vermutlich heute nicht mehr schaffen. Wir können ja die Tage einmal miteinander telefonieren!", spricht sie abweisend und legt auf.

Was war das denn bitte? Seit wann hat Charlotte keine Zeit zu telefonieren? Und dann dieses aufgesetzte und gekünstelte Telefonat. Irgendjemand war bei ihr, denn so unnatürlich spricht sie normalerweise nicht. Aber wer?

Ich habe überhaupt keine Idee, wer nun in ihrer Nähe sein könnte. Egal ist mir dies komischerweise nicht und es nervt mich nicht zu wissen, wer nun wichtiger ist, als ein klärendes Gespräch mit mir.

Auf der anderen Seite hat dies auch den unschätzbaren Vorteil, dass ich nun nicht derjenige bin, der einer Klärung im Weg gestanden hat, sondern sie. Ich beschließe meinen aktuellen Standort zu nutzen und ein paar Meter durch den Wald zu gehen. Schließlich kann ich Bewegung brauchen und mir die komischen Gedanken aus dem Kopf laufen. Dies kann ebenfalls kein Fehler sein, denn ich komme meiner selbstgesetzten Verpflichtung nach mich zu bewegen und verdränge belastende Gedanken.

Ich laufe den Weg entlang und komme zu der Kreuzung mit der Abzweigung in den schmalen Weg, auf dem mir gestern noch Charlottes nackter Hintern entgegenblitzte. Ich spüre schon wieder diese Aufregung in mir aufsteigen und bin mir sicher: Auf alles an Charlotte mag ich verzichten wollen, nicht aber auf den gemeinsamen und hemmungslosen Sex.

„Wer kann Charlotte davon abhalten haben, mit mir kurzfristig sprechen zu wollen", überlege ich. Dieser Gedanke ist nun in meinem Kopf und was spräche dagegen, einen kurzen Abstecher zu Charlotte zu machen? Dort einmal zu schauen, mit wem sie sich aktuell beschäftigt. Schließlich war sie es doch, die in unserem Garten auf der Lauer liegend mein Leben auskundschaftete. Zeit habe ich. Aber wie kann ich einen Blick in ihre Wohnung werfen? Das ist so bescheuert, außerdem kindisch und nun von mir übergriffig! Ich sollte nach Hause fahren, mich an meine Arbeit setzen, statt mich mit derartigen Gedanken zu beschäftigen und die gleiche Art der Bespitzelung wie Charlotte zu betreiben.

An der Einmündung zu Charlottes Haus fahre ich vorbei und beschließe mich dem Haus von der Rückseite aus zu nähern, um einen Blick in die Wohnung zu bekommen. Ich parke meinen Kangoo eine Parallelstraße weiter und schlage mich, an einem Maschendrahtzaun entlang, zur Rückseite des Gartens von Charlottes Zuhause. Im Garten ist niemand zu sehen und ich kann die furchtbaren Gardinen an Charlottes Küchenfenster erkennen. Direkt hinter dem Garten ist ein kleiner Hang, den ich nun, leise atmend und auftretend, nach oben klettere. Drei Meter später bin ich mit meinen Augen fast auf der Höhe ihrer Etage und kann in die Zimmer schauen. Ich schrecke zusammen, denn ich schaue, trotz der Entfernung von neun Metern, in das Gesicht von Charlotte. Ihre Augen sind geschlossen, ihr Oberkörper, soweit ich dies erkennen kann, frei von Kleidung. Sie kniet auf dem Bett und nun kann ich auch erkennen, was dort vor sich zu gehen scheint. Immer wieder bewegt sich ihr Körper ein Stück weit nach vorne und ihre Haare wippen in gleichem Rhythmus vor und zurück. Ein flaues Gefühl entsteht in meinem Magen und ich muss es mir eingestehen. Ich bin eifersüchtig. Ein wenig mehr Verständnis für Charlottes Gefühle hätte ich an den Tag legen und auch ihre Sicht auf, wenn man es so nennen möchte, unsere Beziehung einmal betrachten können. Ich hebe meinen eben auf den Boden gesunkenen Blick und schaue erneut in das Schlafzimmerfenster. Charlotte öffnet die Augen und den Mund und wir schauen uns direkt an. Kann dies auf diese

Entfernung sein? Klar! Schließlich habe ich auch schon die Waldarbeiter beobachten können, die sich deutlich weiter hinten im Wald befunden haben.

Sie schaut mich an, während sie auf einem anderen Mann sitzt und Sex hat. Ganz eindeutig sucht sie meinen Blick, verdreht voller Lust die Augen und lässt es sich gut gehen. Damit habe ich nicht gerechnet und beschließe schnellst möglich das Weite zu suchen. Bei dem Versuch möglichst schnell den Hang zu verlassen, verliere ich das Gleichgewicht und rutsche auf dem Po den kleinen, schlammigen Hang herunter. Hektisch sammle ich mich und kämpfe mich durch die Büsche am Zaun entlang, zurück zu meinem Auto. Ich steige ein, starte den Motor und fahre, schneller als es erlaubt ist, in die Stadt! In Husseins Café! Meinem Ruhepol! Meinem Außenbüro!

„Das war es dann endgültig!", beschließe ich, werde mich nun entspannen und den Tag genießen. Espresso Nummer 4 steht vor mir auf dem hüfthohen Tisch, hinter dem ich auf einer Bank sitze und aus dem großen Fenster auf den komischerweise nur wenig besuchten Kornmarkt schaue. Mit mir im Café sitzen die üblichen Gäste: Karl, der jeden Morgen hier Unmengen von Kaffee trinkt, am liebsten draußen sitzt, damit er seine Zigarren rauchen kann. Außerdem sitzt dort Karin, die nie spricht und am liebsten Tee trinkt, während sie bunte Dinge strickt und der Typ mit dem Ramazotti. Als Bedienung ist es Tanja, die ihren Dienst verrichtet und desinteressiert hinter der Theke sitzend darauf hofft, dass sie möglichst keine Gäste belästigen mögen.

Mit meiner matschigen Hose sitze ich auf der Kunstlederbank und stelle erschrocken fest, dass, sollte ich mich erheben und den Weg durch die Fußgängerzone wählen, mit Sicherheit verwunderte Blicke, eventuell auch ein gewisser Ekel meiner Mitmenschen die Folge sein könnte. Da ich wieder direkt hinter dem Café parken konnte und ich den Hintereingang benutzt habe, ist hoffentlich bisher niemandem aufgefallen, dass meine Hose im Bereich meines Pos den Eindruck eines äußerst unappetitlichen Missgeschicks zeigen könnte.

In mir kämpfen gerade zwei verschiedene Gedanken darum, die Vorherrschaft in meinem Hirn zu übernehmen. Auf der einen Seite bin ich fast ein bisschen erleichtert, dass ich den Betrug an Anke nun hinter mir habe und die Gefahr des Aufliegens gebannt zu sein scheint, andererseits empfinde ich das Verhalten von Charlotte und meine offensichtlich leichte Austauschbarkeit als kränkend. Ich frage mich, ob ich eifersüchtig bin. Das Recht dazu habe ich nicht, denn ich war es doch, der jede Verbindlichkeit unseres sexuellen Austausches auf genau diesen reduzieren wollte und dies immer wieder betont hat.
Meine Aussage mich nicht einschränken zu lassen und kein Interesse an einer verpflichtenden Beziehung zu haben, waren doch immer das, was ich Charlotte vorgab zu wünschen. Gut behandelt habe ich sie tatsächlich nicht, wenn ich nach den gemeinsamen Betterlebnissen den Weg unter ihre Dusche antrat und mich danach unverzüglich verabschiedet habe.

„Ehrlich zu mir selbst zu sein, ist nicht einfach, irgendwann sollte ich aber damit anfangen!", denke ich. Was mache ich jetzt? Das, was ich zu tun habe, ist klar. Charlottes Nummer löschen, sodass ich keine Gelegenheit mehr habe mich bei ihr zu melden, und diesen Kontakt zuvor zu blockieren, womit auch ihr die Gelegenheit genommen wäre, sich umgekehrt mit mir auseinanderzusetzen. Diese Methode der Eigenerziehung scheint mir der beste Weg zu sein, denn damit hätte ich dann dieses Kapitel Betrug beendet und meinem Gewissen deutliche Erleichterung verschafft.

Ich öffne also mein Telefon, den Messenger und lösche unseren Chat, blockiere den Kontakt zunächst und lösche ihn.

Als der Hinweis meines Telefons mitteilt, dass der Kontakt gelöscht sei, macht sich keine Erleichterung oder Begeisterung in mir breit. Ich rede mir aber ein, dass dies in den nächsten Tagen sicher das Gefühl sein wird, das überwiegt.

„Noch ´nen Espresso, Kaspar?", unterbricht Tanja meine Gedanken an Charlotte.

„Lieber einen Rotwein und eine saubere Hose", nuschele ich ihr zu und schaue ihr in die Augen.

„Rotwein geht klar, aber Hosen sind aus", grinst sie mich an und ergänzt, „Hast Du einen kleinen Unfall gehabt?"

„Ich bin eben beim Spazierengehen ausgerutscht und auf dem Arsch gelandet. Das war der Unfall!", versuche ich meinen braunen Hintern zu erklären.

„Musst du noch in die Stadt? Ich könnte in meinem Spint gucken, ob ich noch ´ne Jogginghose finde", schlägt Tanja mir als Lösung vor.

Tatsächlich überlege ich, ob ich in Tanjas Jogginghose passen könnte. Tanja ist der Typ Frau, den Du sicher in keiner Kneipe ansprechen würdest, es sei denn, sie arbeitet dort und du hast Durst. Sie ist mindestens 1,90m groß und ihr Kleidungsstil absolut gewöhnungsbedürftig. Ihre Haare sind fast weiß gefärbt und haben die Form eines Helms. Sie trägt grundsätzlich viel zu kurze Hoodies und Leggins. Irgendjemand muss ihr erzählt haben, dass man Hackbraten und Leggins lieben kann, denn sie füllt diese deutlich aus und je nach Farbe der Leggins kann man nicht nur die Umrisse ihrer Unterhosen erkennen, sondern auch die bunten Muster, die ihre Unterwäsche zieren. Sie dürfte deutlich im Bereich meines Gewichts von über 130kg liegen und die Vermutung, dass die Hose, zumindest im Hüftumfang, passen sollte, scheint realistisch.

„Das wäre cool! Vorausgesetzt, die Hose passt mir", grinse ich Tanja dankbar an.

„Komm mit nach hinten, ich gebe sie dir und wische, während du meine Hose probierst, die Bank sauber!", sagt sie und verpasst mir damit eine klare Ansage, dass sie meine Verschmutzung des Kneipeninventars und ihren damit verbundenen Reinigungsaufwand überhaupt nicht leiden kann.

Ich stehe von der Bank auf und laufe hinter Tanja her. Wir gehen links an der Theke vorbei und biegen gegenüber den Toilettentüren links in einen Raum ab, den die Mitarbeiter als Umkleide, jeder andere Mensch aber als Abstellkammer oder chaotischen Lagerraum bezeichnen würde. Ich schaue auf Tanjas Po und erkenne ein Comicmuster auf einem riesengroßen Slip, der deutlich unter ihren weißen Leggins hervorschimmert. Als ich gerade kopfschüttelnd grinsen möchte, dreht sie sich zu mir um.

„Schaust du mir auf den Arsch?"

„Entschuldige, ich habe mich gerade gefragt, was das für Figuren auf deiner Unterhose sind. Man kann das durchschimmern sehen", erkläre ich mich wahrheitsgemäß.

„Ich würde gerne mal wie eine Frau behandelt werden und nicht wie der Kumpel aus dem Fußballverein", motzt sie grinsend in meine Richtung.

„Das tue ich doch! Ich behandele dich immer, wie eine Prinzessin...", flachse ich zurück, „...und schaue dir als Frau respektvoll auf deinen Comic-Hintern!"

„Bei Typen wie dir, bin ich froh auf Frauen zu stehen...", erklärt sie mir meine aktuelle Chancenlosigkeit. Vor einigen Jahren hat sie mich betrunken angesprochen, ob ich nicht jemanden kennen würde der bereit sei, eine Frau unverbindlich zu schwängern, denn sie und ihre Lebensgefährtin hätten gerne ein Kind. Wie ernst dies gemeint gewesen ist, kann ich heute nicht mehr sicher sagen. Meine Frage, wer von den beiden das Kinde austragen wollen würde, beantwortet sie seinerzeit mit einem Fingerzeig auf sich und beendete damit jede Möglichkeit ihrer Schwangerschaft durch mich. Anders hätte es bei ihrer Freundin ausgesehen, die das genaue Gegenteil von Tanja darstellt. Schlank, gepflegt, lange braune Locken, ein fröhliches und mitreißendes Lachen und einen schönen Hintern, wie wir im Kneipenkreise unisono festlegten.

„Schade, Tanja! Kurz keimte in mir die Hoffnung auf, dir Bugs Bunny mit meinen Zähnen vom Leib reißen zu dürfen!", schob ich das Gespräch geschickt ins Lustige.

„Das ist nicht Bugs Bunny, Hosenscheißer! Hier zieh die mal an, ich gehe nach vorne und mache Deine Sauerei weg", sagt sie, während sie mir ihre Jogginghose zuwirft und den Raum verlässt.

Das Ding passt tatsächlich! Vielleicht hätte ich diese Hose einen Zentimeter länger brauchen können, aber grundsätzlich würde ich mit dieser Hose wesentlich weniger negativ auffallen, als in meiner schmutzigen Jeans. Ich gehe zurück in den Gastraum, drehe mich einmal vor Tanja um die eigene Achse und lasse sie den Sitz ihrer Hose an mir begutachten.

„Steht dir besser als mir. Sei froh, dass ich die neutrale, schwarze im Spint hatte und nicht eine von den selbstgenähten, bunten Hosen!", stellt sie zufrieden fest und setzt zum Füllen meines Rotweinglases an.

„Danke dir! Für Wein und Hose! Bekommst du gewaschen zurück!"

„Zurück reicht, wenn du nicht mit dem Hintern bremst oder dir wieder eine kleine Inkontinenz widerfährt!" lacht mich Tanja an und ergänzt, „Was ist los? Ärger?"

„Nein, alles gut!", versuche ich zu entkommen.

„Erzähl´ mir keinen Scheiß! Anke?", fragt Tanja wissend um die Probleme, die ich mit Anke habe. Tanja ist eine unglaublich gute Zuhörerin und gibt hervorragende Ratschläge. Die Gefahr von Vorwürfen überschüttet zu werden, möchte ich aber auf gar keinen Fall eingehen.

„Ist egal, Tanja. Anke ist immer ein Problem, aber kein aktuelles!", versuche ich das Thema zu beenden.

„Ok, ich vermute mal: Anke, irre wie immer, du hast die betrogen und jetzt ein schlechtes Gewissen?" Fragend schaut mich Tanja an.

„Komplizierter, aber kein Thema für heute." Ein Entkommen wird es bei Tanja nicht geben und sie besteht auf meine Erklärung, dessen bin ich mir sicher.

„Komm´ lass gut sein! Ich mag gerade nicht drüber reden. Ich muss mir selbst erst einmal klar werden. Aber: Zum gegebenen Zeitpunkt erfährst du es als Erste", verspreche ich Aufklärung meiner Situation.

„OK!" Sie schaut mir in die Augen, nimmt ein Bierglas, zapft ein Kölsch und trinkt dieses mit einem Schluck aus.

„Hä? Was ist los? Du gibst einfach so auf?" Erstaunt schaue ich sie an und ziehe die Augenbrauen zusammen.

„Du hast doch alles zugegeben: Frau betrogen, schlechtes Gewissen und Ärger mit der Bettgeschichte!"

„Ich habe kein schlechtes Gewissen!", platzt es aus mir heraus und direkt wird mir klar, dass ich mit dieser Aussage sicher nicht gewonnen habe.

„Wer ist denn dein Fisternöllchen?", frotzelt Tanja und grinst mich an.

„Kennst du nicht, habe ich nicht mehr! EGAL, TANJAAA!", versuche ich meiner geringen Kommunikationsfreude zu diesem Thema Nachdruck zu verleihen.

„Die hat dich abgeschossen? Wie lange lief das denn?" Vollkommen unbeeindruckt von meinen Wünschen das

Gespräch in eine andere Richtung zu lenken, setzt sie ihre Vermutungen, mit an Sicherheit grenzender Wahrscheinlichkeit, noch stundenlang fort.

„OK: Sie hat ´nen anderen ins Bett geholt und ich habe beschlossen, dass es das jetzt war."

„Tut weh?" Verständnisvoll und mit mildem Gesichtsausdruck schaut sie mir in die Augen.

„Weiß ich noch nicht!" Natürlich weiß ich es! Ich bin mir nur nicht sicher, ob es Eifersucht ist, die ich verspüre oder mir der Verlust meines Spielzeugs gerade zu schaffen macht.

„Woher weißt du denn, dass sie einen anderen Kerl hat? Hat sie das gesagt?"

Wie erkläre ich das jetzt? Ich kann unmöglich zugeben, wie ein Stalker hinter das Haus von Charlotte geklettert zu sein und sie beim Sex beobachtet zu haben. Je mehr ich darüber nachdenke, um so bescheuerter komme ich mir vor.

„Ich habe es gesehen, möchte aber speziell darüber nicht sprechen!"

„Wie gesehen?" Verwundert schaut mich Tanja an und zieht ihre rechte Augenbraue ungläubig nach unten.

„Oh Mann!"

„Sag´ schon!"

„Ich habe es gesehen, als ich an ihrem Schlafzimmerfenster vorbeigelaufen bin", gebe ich wahrheitsgetreu wieder, erspare mir aber die genauen Umstände meiner detektivischen Meisterleistung.

„Krass! Das ist ätzend! Was hattest du denn vor? Wolltest du Anke ihretwegen verlassen?"

„Nein Tanja! Das war Spaß, ausschließlich im Bett und keine Beziehung! Jedenfalls war es das von meiner Seite aus nicht. Und jetzt bin ich ganz erleichtert, dass ich die los bin, denke ich."

„Sehr überzeugend! Doch Gefühle?" Kritisch schaut mich Tanja mitfühlend an.

Ich merke, wie ein Kloß in meinem Hals entsteht und möchte dieses Thema, bevor mich doch noch sichtbare Emotionen überkommen, nun wirklich beenden. Tanja scheint dies zu bemerken und entlässt mich aus diesem Verhör, das nun wesentlich weiter fortgeschritten ist, als ich es mir gewünscht hätte.

„Wenn du jemanden zum Reden brauchst, gib Bescheid!", sagt sie mitfühlend, während sie sich ein weiteres Kölsch zapft und auch dieses mit einem Schluck zwischen ihre Lippen gießt.

„Ich zahle mal und mache mich auf den Weg nach Hause!"

„Ich schreib es dir auf deinen Deckel. Wann kommst du wieder her?"

„Ich denke morgen bin ich wieder da! Ach nein, morgen ist Samstag. Montag komme ich wieder rein. Danke für dein Ohr, deine Hose und deine Art!"

Breit grinst mich Tanja an und nickt mir zum Abschied zu. Ich trinke meinen Rotwein im Stehen aus, rolle meine Jeans zusammen und stopfe Handy, Schlüssel und Portemonnaie in die tiefen Taschen der erstaunlich bequemen Jogginghose.
Auf dem Weg zum Auto bereue ich, den Laden verlassen zu haben, denn alleine macht es die Situation nicht gerade leichter. Ich bin aber dennoch sehr zufrieden mit meiner Entscheidung, den Kontakt zu Charlotte nun beendet zu haben und mache mich auf den Weg nach Hause.
Auf der Autobahn werde von einem schwarzen Mercedes mit deutlich hörbarer Auspuffanlage, mindestens 150 km/h bei vorgeschriebenen Tempo 100 überholt und freue ich mich jetzt sogar über meinen Kangoo, der untermotorisiert auf der rechten Autobahnspur dahinzockelt, als ein Zivilfahrzeug der Polizei mich vollkommen unbeachtet lässt und dem Mercedes hinterhereilt. Einen kurzen Moment überwiegt in mir die Schadenfreude und ich bin abgelenkt von den Gedanken, die ich eben noch hatte.

Zufrieden nehme ich die Autobahnausfahrt und fahre grinsend an den beiden jungen Männern vorbei, die nun hinter dem Polizeiauto stehend hektisch nach Erklärungen für ihren sportlichen Fahrstil suchen. Ich beschließe zufrieden, dass auch der nächste Wagen wieder ein untermotorisierter Kleinbus sein wird und biege in meine Straße ein. Meine Nachbarin schaut, wie immer neugierig, als ich in die Einfahrt einbiege.

Ein einfaches Kopfnicken ist meine Antwort auf ihr gebrülltes Hallo und ich freue mich, ohne ein Gespräch über das Wetter oder den Rentnerstress der letzten Tage, meinen Flur betreten zu können.

Ich werde mir jetzt einen Kaffee machen und mich noch einige Stunden an meinen Text begeben, bevor ich gleich die Kinder einsammeln werde. Was ein genialer Plan!

Durchkreuzt wird mein Plan, als sich die Haustüre öffnet und Anke hörbar ihre Tasche auf die Kommode neben der Haustüre fallen lässt.

„Du bist schon da?", frage ich verwundert.

„Ich hatte heute überhaupt keinen Bock mehr auf den Laden. Mein Chef ist mir heute dermaßen auf den Keks gegangen und ich musste da heute einfach mal früher raus", jammert Anke in ihrer gewohnt lebensbejahenden Art.

„Soll ich dir einen Kaffee machen?"

„Ich mag immer noch keinen Kaffee!", schnauzt sie in meine Richtung und ergänzt, „Einen Tee darfst du mir machen."

Ich darf ihr einen Tee machen. Grandios! Ich schalte den Wasserkocher ein, nehme eine ihrer komischen getöpferten Teetassen aus dem Schrank und nehme, überzeugt keine bessere Wahl hätte treffen zu können, einen Teebeutel mit der Geschmacksrichtung Fenchel-Kümmel aus der kleinen Holzbox.
Während sich Anke auf das Sofa wirft, die Schuhe auf den Boden fallen lässt und ihre Füße auf den kleinen Couchtisch legt, startet sie die täglich gleiche Jammertirade der gestressten Businessfrau, die ich mit gekonnten, mit mehr oder weniger passenden, Einwürfen, wie „Aha", „Ja" und „Verstehe ich" kommentiere. Schön zu wissen, dass ihr diese Art des Mitgefühls ausreicht und sie sich zufriedenstellend beachtet fühlt. Der Wasserkocher wackelt, als das Wasser zu brodeln beginnt und mit einem Klicken schaltet er sich aus. Ich fülle das dampfende Wasser in die Tasse und werfe den Teebeutel in den Pott.

„Erst den Teebeutel, dann das Wasser!", kommentiert Anke, ohne es gesehen haben zu können, meine Zubereitung des Tees.

„Ja, klar! Weiß ich!", lüge ich meine Abweichung ihres Befehls geschickt vom Tapet.
Ich schaue aus dem Küchenfenster auf die Straße und sehe, wie ein kleiner roter Seat Arosa die Straße

entlangfährt. Vor meinem Haus hält der Wagen an und ich spüre Nervosität in mir aufsteigen. Ich ärgere mich gerade massiv, die Handynummer gelöscht zu haben, denn genau in diesem Moment möchte ich mit einer kurzen Nachricht den Befehl mitteilen, sofort den Bereich vor meinem Haus zu verlassen. Ich sehe Charlottes Gesicht, das sich in meine Richtung dreht und mir direkt in die Augen schaut.

„Wird das heute noch was mit meinem Tee?", fragt Anke, direkt hinter mir stehend. Ich zucke zusammen und verschütte einen großen Schluck des Tees aus der Tasse, die ich mit meiner Hand berühre.

„Was bist du denn so schreckhaft? Schlechtes Gewissen?", fragt Anke und ich fühle mich ertappt.

„Quatsch, hier dein Tee!", versuche ich Anke möglichst schnell vom Küchenfenster zu entfernen.

Der kleine rote Wagen fährt an, verlässt langsam den Bereich vor unserem Haus und ich verspüre Erleichterung. Was war das denn bitte? Hat die sie noch alle?

„Was hältst du davon, wenn ich die Kinder abhole und sie überrasche?", schlägt Anke vor und ich bemühe mich meine Erleichterung zu überspielen.

„Gute Idee, Anke! Da freuen sie sich bestimmt. Ich werde dann schon einmal meinen Koffer packen", täusche ich alternative Beschäftigung vor und werde per erstauntem Blick direkt für diese, für mich ungewöhnliche, Weitsicht belohnt, während ich mich auf den Weg ins Schlafzimmer mache.

Ich bin mir nicht sicher, ob ich auf Charlottes Auftritt vor meinem Haus reagieren muss. Auf der anderen Seite sind mir sämtliche Kommunikationswege weggebrochen und ich habe keine Lust durch eventuelle Reaktion wieder Wasser auf die Mühlen einer Wahnsinnigen zu gießen. Vielleicht war das auch nur eine einmalige bescheuerte Aktion, die sich nicht wiederholen wird.
Ich versuche mich mit diesem Gedanken zu beruhigen, werfe Unterhosen, Socken und T-Shirts in meinen Koffer. Damit sollte ich für heute genug Einsatz gezeigt haben, denke ich und stelle diesen sichtbar auf Ankes hässliche Kommode mit der dekorativen Trockenblume. Was auch immer an einer getrockneten Blume auf einer Kommode vor einem Spiegel dekorativ sein soll, erschließt sich mir genauso wenig, wie die Sinnhaftigkeit der übrigen Nippesansammlungen in unserer Bude.

Ich glaube ein „Tschüss, bis gleich!" zu hören und die Tür fällt schwungvoll ins Schloss.
Wunderbar! Jetzt habe ich mit Sicherheit eine Stunde Ruhe, denn Anke unterhält sich bei jedem Kinderabholen unendlich lange mit den anderen Muttis, die sich gegenseitig für ihr stressiges Leben bewundern. Gut so! Diese Gespräche brauche ich mir dann nicht anzuhören und sie hat ihre Mitteilungsfreude außerhalb meines akustischen Bereichs befriedigt.

Auf meinem Weg ins Erdgeschoss und dem Blick aus dem Fenster des Treppenhauses, habe ich den Gedanken an Charlottes Auftritt fast vergessen, als der kleine rote Wagen erneut vor dem Haus stoppt, Charlotte aus dem Wagen springt und sich mit einem Briefumschlag in der Hand hektisch dem Haus nähert. Ich setze mich auf die Treppe und beschließe die Türe nicht zu öffnen. Was mache ich denn, wenn sie mir eine Szene macht und meine Nachbarn dies mitbekommen? Wenn ich sie dann zur Klärung ins Haus ziehe, um hier ein Gespräch zu führen, kommt Anke sicher früher zurück und ich gerate in ernsthafte Erklärungsnöte.

Erstaunlicherweise und für mich beruhigend, ist weder ein öffentliches Beschimpfen, noch der Zutritt zu meiner Wohnung ihre Intension. Unter der Türe hindurch wird besagter Briefumschlag geschoben, durch die Milchglastüre hindurch ist zu erkennen, dass sie sich vom Haus entfernt, in ihr Auto steigt und davonfährt. Ich merke, wie Anspannung von mir abfällt und ich gleichzeitig unendlich aufgeregt bin. Nervös stolpere ich die letzten Stufen der Treppe hinunter Richtung Türe und hebe den Briefumschlag auf. Auf dem Umschlag steht nichts. Ich bin mir sicher, dass Charlotte das Haus beobachtet haben muss und gesehen hat, dass Anke das Haus verlassen hat. Ich reiße den Umschlag auf und zerre hektisch das zusammengefaltete DIN-A4-Blatt heraus.

„Hallo,
kannst du mir sagen, was das soll?
Wir treffen uns um 15:00h an unserem Parkplatz am
Wald.Ich erwarte, dass du dann da bist.

C"

Was fällt der denn bitte ein? Spinnt die jetzt vollkommen? Ich höre schon wieder dieses Piepen in meinen Ohren und ein undefinierbarer Schauer läuft mir den Rücken herunter. Anke würde ich erklären können, dass ich noch einmal losfahren müsse. Im Zweifel würde ich sagen, dass ich zum Drogeriemarkt um die Ecke müsse, um für meine Tage im Hotel Zahnbürste und ähnliches zu besorgen. Natürlich bestünde dann auch wieder die Gefahr, dass eines der Kinder, im schlimmsten Fall sogar beide, mitfahren möchten, um sinnloses Zeug einzukaufen. Besser wäre es, meinen Bewegungsdrang als Grund für mein Verlassen des Hauses zu benennen. So wird es gemacht! Perfekter Plan! Dann werde ich Charlotte eindeutig meine Meinung sagen und dafür sorgen, dass derartige Übergriffe nicht mehr stattzufinden haben. Ich zerreiße den Zettel in möglichst keine Schnipsel und werfe diese in die Toilette. Das einmalige Abspülen führt nicht zum gewünschten Ergebnis, das Papier in die Kanalisation zu befördern, und es bedarf zwei weiterer Spülgänge, letzteren davon unter Zuhilfenahme von Klopapier. Perfekt, Beweise vernichtet! Ich bin bekannt dafür, mir nichts merken zu können und mir zu jedem Termin sowie jeder Aufgabe eine Notiz machen zu müssen. Als bekennender Post-It-Fan habe ich überall eine Vielzahl an überwiegend gelben Zetteln mit Uhrzeiten und Daten, oftmals aber ohne eine genaue Beschreibung oder einen Ort, zu dem ich mich dann zu begeben hätte. Eine wirkliche Gedankenstütze sind diese Notizen dann nicht mehr. Diesen Termin aber, kann ich mir merken. 15:00h, Showdown auf dem Waldparkplatz.

Die Haustüre öffnet sich, beide Kinder stürzen zeitgleich, bepackt mit Rucksäcken, in den Flur und ich werde freudig umarmt.

„Was hast du da eigentlich für eine komische Hose an?" fragt mich Anke, wodurch mir wieder einfällt, dass ich diese eigentlich noch wechseln wollte.

„Tanja hat mir die geliehen. Husseins Tanja! Ich war da eben noch kurz auf einen Kaffee und hatte einen Zwischenfall mit meiner Hose", antworte ich wahrheitsgetreu.

„Inkontinenz?", ruft sie mir grinsend zu.

„Papa macht noch in die Hose!", prustet Lara und auch Sophie lacht laut heraus.

Besser hätte man meine Flucht nicht vorbereiten können, denn ich kann nun völlige Genervtheit vortäuschen, obschon ich selbst eigentlich mitlachen möchte. Um nicht ein weiteres Mal wegen meiner komischen Hosenwahl angesprochen zu werden, beschließe ich, die Hose zu wechseln und gehe ins Schlafzimmer. Die Jeans ist schnell angezogen und, wie immer, wenn die Dinger frisch gewaschen sind, eindeutig zu eng. Auf dem Weg nach unten beschließe ich einen hervorragenden Plan an meine Familie weiterzugeben.

„Ich werde jetzt noch eine Stunde durch den Wald laufen und habe eine gute Idee: Auf dem Rückweg bringe ich Pizza mit! Was haltet ihr davon?" frage ich abwartend und voller Gewissheit gleich ein Übermaß an Lob zu erhalten. Ankes per Mimik vorgetragene Bedenken gehen im Jubel der Kinder unter.

„Wir könnten auch mal wieder was gemeinsam machen", schlägt Anke vor.

„Ja, das können wir gerne! Lass uns einmal gemeinsam überlegen, was wir machen könnten, wenn ich wieder da bin!", verleihe ich meinem Wunsch nun fahren zu wollen Nachdruck.

„Wollen wir nicht zusammen in den Wald fahren und danach die Pizza im Restaurant essen gehen, statt sie abzuholen?", klammert sich Anke an der Idee fest, mir meinen Alleingang zu vermiesen.

„Wenn wir die Fahrräder mitnehmen, komme ich mit!", begeistert sich Sophie für die Idee, gemeinsam einen Ausflug zu machen und nun habe ich bereits zwei meiner Mitbewohnerinnen, die mit mir unterwegs sein möchten. Wenn jetzt Lara einstimmt, habe ich ein Problem.

„Ich will nicht in den Wald. Ich möchte mich ein bisschen entspannen und fernsehen!", motzt Lara in die Richtung ihrer Schwester.

„Lasst mich mit Mama einmal überlegen, was wir am Wochenende machen können und entspannt euch hier ein bisschen", versuche ich nun endlich loszukommen und den Weg zur unangenehmen Klärung auf mich zu nehmen.

Enttäuschung macht sich in Ankes Gesicht breit. Sophie ist von der Idee, vor dem Fernseher geparkt zu werden, aber durchaus angetan. Beide Mädchen einigen sich, noch während sie in Richtung des Wohnzimmers tappen, dass jede eine Lieblingsfolge irgendeiner Pferdeserie aus der Mediathek aussuchen darf und man diese gemeinsam schauen wolle.

„Dann lasst den Papa mal zu seinem Wald fahren." Eine gewisse Enttäuschung schwingt in ihren Worten mit. Ich bin mir aber vollkommen sicher, hier unauffällig genug agiert zu haben, als ich mir meine Schuhe anziehe, den Autoschlüssel in meine Hose stecke und, nach einer kurzen Verabschiedung von meiner Familie, die Haustüre hinter mir zuziehe.

Ich starte den Boliden und mache mich auf den mir ungewöhnlich lang vorkommenden Weg auf den Waldparkplatz.

„Eine wirklich schöne Strecke mitten durch den Wald und eigentlich ideal, um mit dem Motorrad befahren zu werden!", fährt es mir durch den Kopf. Vielleicht sollte ich, wenn ich dieses ganze Chaos um Charlotte beendet haben werde, wieder anfangen Motorrad zu fahren, irgendeine günstige Maschine kaufen und den Biker geben.

Der unschlagbare Vorteil des Motorradfahrens ist außerdem, dass eine telefonische Unerreichbarkeit sogar bei Anke Verständnis findet, so man sich modernen Dingen, wie Headsets im Helm, zu verschließen versteht.

Ich erreiche den Parkplatz um kurz vor drei und beschließe, eine blaue Gauloises aus dem Handschuhfach zu nehmen und diese, zu meiner Beruhigung noch genüsslich zu rauchen. Nachdem es heute wahrscheinlich nicht zu Zärtlichkeiten oder gar Küssen kommen wird, brauche ich auch keine Rücksicht auf meinen Atem zu nehmen. Ich lehne mich an den gelben Kotflügel des Kangoo, strecke die Beine weit von mir und nehme mir eine Zigarette aus der dunkelblauen Packung. Mein grünes Feuerzeug schnalzt und eine kräftige Flamme schlägt aus der verchromten Umrandung. Ich nähere mich mit der Zigarette der Flamme, ziehe tief eine und stoße den Rauch aus, der meine Lungen so angenehm füllt. Ein weiterer tiefer Zug beruhigt meine Nerven, außerdem lässt mich das Rauchen einer Zigarette immer noch männlich und freiheitsliebend wirken. Jedenfalls rede ich mir dies ein.

Die Zigarette ist aufgeraucht, ich lasse diese fallen und trete sie mit meinen hellgrünen Sneakers aus. An welchem Punkt genau ich mich entschlossen habe, auffällige und bunte Schuhe zu tragen, kann ich nicht mehr genau sagen. Sicher ist nur, dass meine Schuhauswahl in meinem Umfeld bekannt ist und diese oft mit einem Augenverdrehen quittiert wird.

Das Päckchen lege ich gerade zurück in das Handschuhfach, als der kleine, rote Seat auf den Parkplatz fährt und Charlotte ohne Zeitverzögerung aussteigt. Ich schaue in ihr Gesicht und glaube eine gewisse Feindseligkeit feststellen zu können.

„Hallo!", sagt sie bewusst angefressen.

„Hallo!", erwidere ich ebenso bewusst emotionslos.

„Wollen wir ein paar Meter gehen?", stellt sie eine Frage, die sie sich hätte selbst beantworten können. Natürlich möchte ich in den Wald gehen, denn dort ist deutlich weniger Verkehr als auf einem Parkplatz direkt an der Bundesstraße.

„Klar, laufen wir!", lautet meine knappe und wenig freundliche Antwort.

„Kannst du mir erklären, was das soll?", lässt sie mir Raum für eine umfassende Antwort und setzt sich Richtung Wald in Bewegung.

„Was, was soll, Charlotte?", weise ich das Angebot zu antworten gleich wieder zurück.

„Du sperrst mich! Ich kann dich nicht mehr erreichen!",
gibt sie traurig das wieder, was ich ohnehin schon weiß.

„Lass uns das mit uns einfach entspannt beenden, die
gemeinsame Zeit in guter Erinnerung behalten und das
berühmte Ei drüber schlagen. Ich habe wirklich keine Lust,
mich von dir vorführen oder verarschen zu lassen. Mach´
du dein Ding und ich mache meines. Und tue mir
außerdem einen Gefallen: Tauche nie wieder bei mir zu
Hause auf!", denke ich meine Sicht des Ganzen klar
gemacht und so für Ruhe in meinem Leben gesorgt zu
haben.

Zugeben muss ich allerdings, dass mir dies schwerer fällt,
als ich es mir gedacht habe.

„Du beendest das so einfach? So egal bin ich dir und das
mit uns?", fragt sie nun mit einem leicht jammernden und
vermutlich ehrlich traurigen Ton.

„Ich kann das so nicht mehr und ganz ernst gesprochen:
Das war nie ein „Uns". Das waren nette gemeinsame
Stunden und ich lasse es nicht zu, dass du meine Familie
zerstörst indem du bei uns zu Hause auftauchst. Das geht
überhaupt nicht!!!", werde ich nun deutlich aggressiver.

„Du bist doch auch bei mir aufgetaucht oder denkst du,
ich habe dich nicht gesehen?", wird nun auch ihr Ton
deutlich feindseliger und bestimmter.

„Dann ist doch alles gesagt. Lass du dich von irgendwem anders durch dein Bett schubsen und mich in Ruhe!", schlage ich ein wenig besorgt ob der sich nun gerade verändernden Stimmung vor.

„Ich will das nicht bleiben lassen!", sagt sie unglaublich ruhig und schaut mich dabei intensiv an.

„Du hast doch einen Ersatz gefunden und dann lassen wir es damit gut sein", bemühe ich mich um eine Beendigung des für mich belastenden Gesprächs.

„Ich habe keinen Ersatz gefunden. Außerdem habe ich überhaupt keine Verpflichtungen dir gegenüber und brauche halt Sex!", sagt sie und bestätigt durch ihr Nicken, dass sie dies auch genauso meint.

„Wie dem auch sei. Belassen wir es dabei und streiten uns nicht weiter!", schlage ich in der Hoffnung vor, dass es dies nun gewesen sein müsse.

Charlotte sieht mir in die Augen, breitet ihre Arme aus und geht einen Schritt auf mich zu. Sie steht nun noch wenige Zentimeter vor mir und flüstert: „Nur noch eine Umarmung!"

Ich öffne nun auch meine bisher verschränkten Arme und spüre sie mit einem deutlichen Aufprall auf meiner Brust. Ihr Kopf befindet sich genau unter meiner Nase und ich rieche ihre Haare. Dieses Shampoo riecht so unglaublich gut und ich spüre ihre Hände nun an meinem Rücken. Sie drückt sich fest an mich und schiebt ihre Hüfte an meine. Ich kann mir genau vorstellen, was passieren würde, wenn wir jetzt nicht sofort die Notbremse ziehen und dieses Aufeinandertreffen auflösen. In meinem Kopf überlege ich gerade, ob der Vorschlag nun ins Gebüsch zu wechseln und damit jede Standhaftigkeit meiner Exitstrategie in Zweifel ziehen zu lassen oder den sofortigen Rückzug anzutreten, der bessere Weg aus dieser Situation sein würde.

Ich winkle meine Arme an, fasse mit beiden Händen ihre Oberarme und übe einen leichten Druck, mit dem Ziel ihren Körper von meinem zu trennen, aus. Langsam löst sie auch ihre Hände hinter meinem Rücken, legt ihren Kopf in den Nacken und schaut mich von unten an. Direkt in meine Augen fällt ihr Blick, als sie ihre Hände in meinen Nacken legt und mich zu sich herunterzieht. Unsere Nasen berühren sich und jetzt gilt es, stelle ich für mich fest. Schlag dich mit ihr in die Büsche oder lass es bleiben! Beende dein schlechtes Gewissen und regle es jetzt oder lebe mit der Ungewissheit, auf welche Ideen Charlotte in den nächsten Tagen, Wochen, Monaten kommen könnte. Noch bevor sich unsere Lippen berühren, schiebe ich ihren Körper von mir und sage mit kräftiger und überzeugter Stimme:

„Wir lassen das besser. Das hat nicht funktioniert mit uns und vermutlich wird es das auch in Zukunft nicht tun."

„Rede mit mir!", haucht sie mir, mit Tränen in den Augen, entgegen.

Ich hasse bekanntlich nichts mehr, als diese, aus irgendwelchen Soaps stammenden, Floskeln und es macht mich wütend! Rede mit mir! Sofort steigt in mir eine Wut auf, die ein Ventil braucht. Dass es bei mir glücklicherweise immer nur verbale Ausbrüche, nie aber körperliche zur Folge hat, beruhigt und überrascht mich, bei meinem Aggressionspotenzial, jedes Mal aufs Neue.

„Lass mich mit diesen „Gute-Zeiten-Schlechte-Zeiten-Dialogen in Ruhe und nerve mich nicht mit diesem Scheiß!", rutscht es mir heraus und meine Äußerung tut mir sofort leid.
Nicht, weil mich der von ihr gesprochene Satz weniger nervt, als ich dies zuvor festgelegt und für mich verinnerlicht habe, sondern weil ich erkennen muss, dass die Wortwahl wohl kopiert, der wirkliche Gedanken hinter diesen Worten ein ehrlicher Wunsch zu sein scheint.

„Entschuldige, aber ich kann diese Sätze nicht hören, weil dies immer so aufgesetzt und unnatürlich daherkommt!", versuche ich meine Worte zu relativieren.

„Ok, verstanden! Du hast mich benutzt, deinen Spaß gehabt und jetzt wirfst du mich weg!", funkelt sie mich böse an.

„Falsch! Wir haben uns gegenseitig gutgetan, haben gemeinsam unseren Spaß gehabt und jetzt ist es an der Zeit eine Gemeinsamkeit, die uns nicht guttut, zu beenden!", sage ich und komme mir, genau in diesem Moment, unglaublich erwachsen vor.

„Gut, dann lassen wir es! Ich fahre nach Hause und rufe Thomas an. Ich bin jetzt scharf und dass er mich zu beglücken weiß, hast du ja sehen können!", sagt sie klar und sicher, dreht sich um und macht sich auf den Weg zurück zum Parkplatz.

Ich sehe, wie ihre Silhouette kleiner wird und bleibe erstaunt mitten im Wald stehend zurück.

Auf der einen Seite wohnt mir gerade eine gewisse Leere inne, auf der anderen Seite verspüre ich die Erleichterung nicht mit meinem Betrug Anke gegenüber, weitermachen zu müssen.

Langsamer als üblich, laufe ich zurück zum Parkplatz und hoffe darauf diese Gedanken des Bereuens und des in mir aufkeimenden Selbstmitleids, bald hinter mich gebracht zu haben. Dass sich ein anderer Mann mit Charlotte vergnügt, verletzt mich seltsamerweise. Ich war bis vor wenigen Minuten der festen Überzeugung, in so selbstsicherem Fahrwasser unterwegs zu sein, dass mir diese nun neue Situation, überhaupt nichts ausmachen würde. Genau in diesem Punkt scheine ich mich aber geirrt zu haben.

Ohne zu wissen, wie ich den Weg nach Haus hinter mich gebracht habe, biege ich in unsere Straße ein, stelle den Wagen ab und laufe wie in Zeitlupe auf unsere Haustür zu.

„Was ist denn mit dir los?", begrüßt mich Anke, der meine aktuelle Gemütslage aufzufallen scheint.

„Nichts, was soll denn los sein?", sage ich gespielt unaufgeregt.

„Du bist so schnell wieder da. Nach Workout sieht das Ganze nicht aus", sagt Anke, ohne dabei so überaus spöttisch zu lächeln, wie es sonst ihre Art gewesen wäre, „Wolltest du nicht Pizza mitbringen?"
Damit hat sie absolut recht. In der Gedankenverlorenheit meines Rückwegs, sind mir meine Ernährungspläne komplett entfallen. Wie erkläre ich das denn jetzt?

„Was ist los? Kannst du mir bitte erzählen, was passiert ist? Du bist blass und siehst unglaublich unglücklich aus?", flüstert Anke ernsthaft besorgt. Aus dem Wohnzimmer ist die Melodie der Kinderserie zu hören, also scheinen die Kinder beschäftigt zu sein und somit leider Raum für ein Gespräch mit Anke.

Seit wann ist Anke denn so sensibel? Ich war bis eben der festen Überzeugung, dass sie ihre Egalität, mein Wohlbefinden betreffend, weiter professionalisiert hat und sie eine Veränderung an mir nur dann feststellen würde, wenn ich mit dem Kopf unter meinem Arm vor ihr stehen würde.

„Ich habe den Kopf voll mit so vielen Dingen und die Veranstaltung der nächsten Woche, macht mir gerade auch zu schaffen", lüge ich und mir selbst gerade äußerst dankbar für diesen genialen Einfall.

„Die wievielte Veranstaltung für den Laden ist das denn? Du kannst mir nicht erzählen, dass dich das beunruhigt! Magst du mir jetzt sagen, was dich wirklich bedrückt? Ich lasse es hiermit auch bleiben und hake es ab. Letzte Chance...“, droht mir Anke überzeugend, keine weiteren Anstrengungen zu unternehmen, den wirklichen Grund meiner Wesensänderung erfahren zu wollen.

„Es ist alles Ok. Lass´ es gut sein!“, schlage ich vor und sehe, wie Anke verletzt ihren Blick abwendet und den Flur verlässt.
Ich bin mir sicher, dass sie etwas ahnt. Ihr Verhalten der letzten Wochen, ihre Äußerungen und ihre Aufdringlichkeiten. Außerdem jetzt dieser Dialog, der normalerweise überhaupt nicht ihre Art ist. Wie aber soll sie etwas ahnen? Unauffälliger, als ich meine Affaire betrieben habe, kann man dies nicht tun, da bin ich mir sicher und diesbezüglich lege ich mich selbstsicher fest. Vielleicht ist ja wirklich eine Art innerer Kompass, der sie zu der Vermutung hat hinreißen lassen, dass irgendetwas sei. Wie auch immer Anke auf den Gedanken gekommen sein mag: Ich habe meine Seitensprünge nun beendet und es wird, sollte genug Wasser die Mosel, den Rhein oder einen anderen bescheuerten Fluss hinabgeflossen sein, alles wieder seinen gewohnten Gang gehen. Ich mache Hausmann, Schreiberling und verbreite unbeschwerte Stimmung. Anke macht Karriere und vergisst, dass sich meine Gemütslage jemals geändert haben könnte.

Um dem Abend den versprochenen Italo-Anstrich zu geben, bestelle ich Pizza. Als der Pizzabote klingelt, rennen Sophie und Lara aufgeregt zur Haustüre, um dann auch dem armen Theologiestudenten mitzuteilen, unendlich großen Hunger zu haben und die Lieferung viel zu lange gedauert habe. Betreten nimmt der blasse Kerl mit silberfarbener Brille, Topffrisur und orangefarbener Jacke seines Lieferdienstverbundes meine 10,- € Trinkgeld entgegen und übergibt die Pizzas aus dem, in seiner Branche üblichen Pizzarucksack, an die Kinder.

Anke sitzt bereits am Tisch, hat einen ihrer bescheuerten Tees dampfend vor sich stehen, schaut mich traurig an, steht, als sich alle setzen, mit dem Hinweis keinen Hunger zu haben, auf. Sie geht langsam und in sich zusammengesunken aus dem Raum, die Treppen nach oben.

Während auch mich in der nun vorherrschenden Stimmung die Appetitlosigkeit überkommt und auch mir die Lust an Pizza vergangen ist, streiten sich Sophie und Lara unbeeindruckt vom so theatralischen Abgang ihrer Mutter, wer welche Pizza essen dürfe.

In meinem Kopf male ich mir den möglichen Ausgang eines Gesprächs zwischen Anke und mir aus, wenn ich ihr jetzt hinterherliefe, um mit ihr in den Austausch zu gehen. Ich habe den heutigen Tag mit einer für mich unschönen Dosis an unangenehmen Gesprächen überstanden und gedenke, diesen anstrengenden Verlauf nicht weiter fortzuführen. Im Gegenteil!
Wir hätten nun alle miteinander essen, dann den Fernseher als gemeinsame Ablenkung nutzen und

irgendwann vollgegessen und zufrieden, mit der nötigen Bettschwere versehen, den Abend beenden können. Eine unkomplizierte und eine für meine heute angespannten Nerven hervorragende Lösung wäre dies gewesen, wie ich finde. Stattdessen ruht die Last der angespannten, von Misstrauen getränkten Stimmung zwischen Anke und mir auf meinem Gewissen. Komisch, dass sich mein Gewissen gerade jetzt wieder rührt, als ich die Geschichte mit Charlotte beendet zu haben glaube.

Ich beschließe, dass hungern auch nicht sinnvoller sein kann, als sich die große Pizza mit Salami, Zwiebeln, Sardellen und Knoblauch einzuverleiben. Sophie möchte immer Thunfisch, Lara, bis zum Öffnen der Kartons Margaritha und dann auch Thunfisch. Den Versuch direkt zwei Pizza Thunfisch zu bestellen, kann man sich aufgrund der dann sicherlich wieder gewünschten Pizza Margaritha sparen. Versuche gab es einige, funktioniert hat es ohne Streit tatsächlich nie. Heute allerdings legt sich der Kampf zwischen den beiden innerhalb weniger Minuten und es wird der Kompromiss geschlossen, der anderen jeweils die Hälfte der eigenen Pizza zu überlassen.

„Und wenn wir dann noch nicht satt sind, essen wir die Salatpizza mit Gummikäse von Mama", nuschelt Lara mit vollem Mund und deutet mit dem Zeigefinger auf die vegane Pizzavariante von Anke, deren Ungenießbarkeit, im Falle größeren Hungers, keine Rolle mehr zu spielen scheint.

Mit welcher Genugtuung die beiden, unbeeindruckt von der Gemütslage ihrer Mutter, gerade die Beute aufteilen überrascht mich wenig, weiß ich doch um den Fokus meiner Töchter, wenn es um das Thema Nahrungsmittelaufnahme der Mädchen geht.

So fragte Sophie bei der Beerdigung von Ankes Onkel Klaus laut hörbar, während sie mit der langstieligen Schaufel Erde auf den Sarg warf, welchen Kuchen es denn geben würde und auch, wann dies denn endlich so weit sei.

Nachdem Klaus mit 72 Jahren einen Herzinfarkt in einem bekannten Trierer Saunaklub nicht überlebt hatte, sah sich ein Großteil der Verwandtschaft vor dem Problem, auch den hochkatholischen und aus dem Hunsrück stammenden Teil der Familie, über die Lokalität des Ablebens zu informieren. Einige stellte dies vor ein Problem und es wurden unzählige Telefonate geführt, wer und wie der auserwählte Anrufer diese Information an Klaus´ Schwestern Maria und Gudrun übermitteln sollte. Maria wohnt, ihr Leben lang alleinstehend, auf dem Bauernhof ihrer verstorbenen Mutter zusammen mit dem Bruder von Anke. Gudrun hat sich für ein Leben im Kloster entschieden. Walter, Ankes älterer Bruder, der die Landwirtschaft im Hunsrück halbherzig weiterbetreibt und sich als Junggeselle von Maria bekochen und versorgen lässt, erwähnt jedes Mal, spätestens nach zwei Bier, dass auf den Grabsteinen der beiden Schwestern irgendwann stehen würde: „Geht ungeöffnet zurück zum Herrn!"

Immerhin ein Teil von Ankes Familie hat einen gewissen, wenn auch gewöhnungsbedürftigen, Sinn für Humor.

Nachdem sich meine beiden Piranhas das letzte noch eben im Magen platzierbare Stück Pizza in den jeweiligen Mund geschoben haben, wird mein Vorschlag nun die Zähne zu putzen komischer Weise akzeptiert und die beiden verschwinden, unter Weiterführung der Diskussion, welches Pferd der Folge, der vor dem Essen laufenden Kinderserie das tollste und schönste sei, im Badezimmer.

Selbst überrascht von meiner pädagogischen Wirkung, lasse ich mich auf einen der beiden Trip-Traps fallen und stelle die Füße auf die für mich zu hohe Stufe des Kinderstuhls, als dass ein bequemes Sitzen hierauf möglich wäre.

Diese Dinger sind genau zu zwei Dingen zu gebrauchen: Entweder, um sich das Schienbein an einer der hervorstehenden Stufen zu lädieren oder sich den kleinen Zeh an einer der vorderen Kanten anzustoßen. Bequem ist anders, schön auch! Anke hatte seinerzeit die Entscheidung getroffen, für beide Kinder jeweils einen dieser Stühle und, dem Geschlecht der Kinder folgend, logischerweise in rosa und lila zu bestellen. Im Grunde fand ich die farbliche Aufheiterung des Essbereichs Ok, meine permanenten Schmerzen an Knie, Schienbein oder Fuß, ärgerten mich aber durchgehend.

Ich räume das Besteck in die Spülmaschine, die leeren Pizzakartons in die Aldi-Papiertüte neben der Küchenzeile und den noch mit Ankes Pizza gefüllten Karton auf die Küchenplatte direkt neben Ankes Teekiste.

Sie hat mit der Wahl ihrer Pizza einen wirklichen Coup gelandet, denn Ankes Pizza, belegt mit veganen, geschmacklichen Farblosigkeiten, findet in diesem Hause keinen weiteren Fan und ist ihr somit sicher. Anders sieht dies bei allen weiteren Pizzavarianten aus, die grundsätzlich von den Mädchen probiert werden möchten. Wird die Frage, ob es sich bei dem auf der Pizza befindlichen Käse um echten handelt bejaht, so wird diese probiert, egal welche Zutaten sich ansonsten auf dieser befinden. Veganer Käse ist der Garant für Anke, ihre Pizza alleine für sich zu haben und nicht teilen zu müssen. Grandios!

Ich werde mich gleich zu Anke begeben müssen, komme was da wolle. Vermutlich sitzt sie entweder im Schlafzimmer oder einem der Kinderzimmer, starrt an die Wand oder räumt Kinderschränke ein. So lautet jedenfalls meine Vermutung. Nachdem mir beide Kinder, mit dem Beweis des Zähneputzens weißen Rand um die Lippen, aus dem Badezimmer und bereits in Schlafanzügen entgegenkommen, genehmige ich den Mädchen eine weitere Folge irgendeiner, in meinen Augen schwachsinniger Pferdemädchenserie, schnappe mir den gefüllten Pizzakarton und steige die Treppe nach oben. Anke sitzt auf unserem Bett und schaut, wie von mir vermutet, ins Leere. Auch, als ich den Raum betrete und mich mit einem gehaucht fragendem „Hallo?" bemerkbar zu machen versuche, hebt sie ihren Blick nicht, sondern antwortet mit einem unbetonten „Hallo!".

„Ich habe dir deine Pizza mit nach oben gebracht", versuche ich Lob für diese durchdachte Wertschätzung zu erhaschen.

„Danke, das ist lieb von dir!", antwortet Anke, nicht unerwartet, monoton.

„So bin ich!", glaube ich die Ernsthaftigkeit aus dieser Konversation nehmen zu können und werde stante pede enttäuscht.

„Jetzt einmal ganz ehrlich Kaspar: Was hat dich eben, so aus der Bahn geworfen? Willst du meine Theorie hören?", fragt Anke in dem immer noch gleichen, aber an Aggressivität gewinnenden Ton.

„Ich möchte keine Theorie hören, ich hätte gerne einen entspannten Abend gehabt", maule ich und hoffe immer noch, entgegen jedweder Logik, dass dieses Gespräch in ihrem zufriedenen Kauen und einem Abend vor dem Fernseher hätte enden können.

„Du hast eine andere und mit der hast du Zoff, seitdem du sie vorhin getroffen hast!", stellt sie ihre Theorie vor und mich damit vor absolutes Erstaunen.

„Wie kommst du denn auf so einen Stuss?", versuche ich, dem Ganzen die Ernsthaftigkeit zu nehmen.

„Ich kenne dich! Ich weiß, dass bei uns alles angespannt läuft! Ich bin mir sicher, dass du Bestätigung brauchtest und diese, bei irgendeiner naiven Tussi, gefunden hast. Du bist seit Monaten komisch zu mir, permanent online bei Whatsapp und trägst dein Handy immer mit dir herum.

Was soll ich da überlegen? Es ist einfach klar, dass da irgendetwas mit einer anderen Frau läuft!"
Was für ein Satz! Wieviel Wahrheit steckt in diesen Worten! Wie unmöglich, hier eine kurzfristige und vom Gegenteil überzeugende Aussage in dieses Gespräch einfließen zu lassen.

„Du kontrollierst, wann ich online bin?", rutscht es aus mir heraus und ich merke, genau mit dieser Aussage, Wasser auf die Mühlen einer Theorie über mein Fremdgehen geschüttet zu haben.

„Ok, ich habe verstanden! Wer ist sie?".
Ihr Blick ist so hasserfüllt und ich bin mir sicher, gleich einen Schlag in mein Gesicht verspüren zu müssen.

„Du hast sie nicht mehr alle! Was weiß ich, wann ich online bin! Durchgehend bekomme ich von Freunden und Kollegen Bilder, Videos oder Stuss geschickt, den ich mir dann anschaue... Wann auch immer ich das tue! Du scheinst einen Überblick zu haben, wann ich online bin. Wie kann man denn so bescheuert sein? Deine Kontrolle ist ja irre! Einmal davon abgesehen, dass mich deine Kontrolle nervt! Wie kann man denn so sein?", schreie ich und habe dabei nicht einmal ein schlechtes Gewissen, wohlwissend, dass Anke mit ihren Ausführungen und Vermutungen vollkommen richtig liegt.

„Noch einmal Kaspar: Wer ist sie? Kenne ich sie?", setzt sie nach und lässt keinen Zweifel daran, dass sie genau Bescheid zu wissen scheint.

„Wenn Du sie kennst, stell´ sie mir vor! Ich kenne niemanden! Jedenfalls nicht so, wie du mir dies gerade unterstellst! Du hast sie doch nicht mehr alle!", brülle ich in ihre Richtung, wende mich ab und beschließe nun aus diesem Gespräch zu entkommen, indem ich gehe.

„Das machst Du immer! Immer wenn es eng wird, meinst du gehen zu müssen!", flucht sie mir hinterher und ich stelle bei meiner Ankunft im Erdgeschoss fest, dass die Mädels beseelt vor dem Fernseher sitzen und sich berieseln lassen. Die beiden scheinen von unserer Auseinandersetzung nichts mitbekommen zu haben. Perfekt! Jetzt Schlüssel schnappen, das Haus verlassen und ein paar Stunden keine Diskussionen führen.

„Gute Nacht, ihr beiden! Mama bringt euch ins Bett, ich muss noch einmal los!", spreche ich in die Richtung der, auf der hässlichsten Couch der Welt hockenden, Kinder. Keine der Beiden erachtet eine Verabschiedung für nötig. Die Mediathek scheint die größere Anziehung zu haben und lässt mich das Haus ohne Verabschiedung verlassen. An der Haustüre angekommen mache ich kehrt, gehe zurück ins Wohnzimmer und gebe meinen Töchtern einen Kuss auf die Wange. Das Haus zu verlassen, ohne mich von meinen Kindern zu verabschieden ist für mich unmöglich, denn bei verschiedenen Menschen in meinem Umfeld habe ich erleben müssen, wie schnell ein Leben zu Ende sein kann. Es mag übertrieben wirken, aber das Ende auch meines Lebens, ist mir seit geraumer Zeit bewusst und macht mir Angst. Was nach diesem Leben kommen wird, weiß niemand! Auch wenn Besuche in Kirchen zu verschiedensten Anlässen, hier ein anderes Bild in Aussicht stellen möchten, bin ich mir nicht sicher, ob ich auf einer Wolke, in einem siedenden Topf oder eben gar nicht mehr weiter existieren werde, wenn mein Leben ein Ende gefunden hat. Besonders in Situationen, die mir Einsamkeit in Aussicht stellen, kommen mir diese Gedanken und lassen mich diese, über einen langen und für mich anstrengenden Zeitraum nicht mehr vergessen. Das Gute an meiner Religion ist aber, dass mit einfachem Beichten, einigen Vaterunser oder Avemaria meiner Buße genüge getan und ich wieder in bestem Lichte an die Himmelspforte klopfen könnte. So ist jedenfalls mein Verständnis für diese Art Verein, dem ich seit meiner Geburt angehöre. Trotz der gesamten verwerflichen Zwischenfälle, die sich die Kirche in den letzten Jahren und Jahrzehnten geleistet hat, habe ich meinen Austritt noch nicht vollzogen, sondern – meiner prokrastinierenden Art folgend – dies bisher erfolgreich vor mir hergeschoben.

Wenn es einen Gott gibt, dann hat er auch Humor und kann über meine Verfehlungen eventuell lachen, mir diese aber in jedem Fall verzeihen! Stichwort: Beichten! Vielleicht sollte ich mein schweres Gewissen einmal wieder in einer Beichte erleichtern, damit ich mir den Weg nicht verbaue, sollte es plötzlich zu meinem Ableben kommen.

Die Luft ist kalt, ein leichter Wind bläst mir von vorne ins Gesicht, als ich den Weg an der Quinter Straße entlang gehe und die Umrisse des Waldes erkennen kann. Ich muss nun gute 30 Minuten unterwegs sein. Ich erkenne immer noch keinen Grund umzudrehen und mich auf den Weg nach Hause zu machen. Wenn ich lange genug laufe, habe ich die Chance, dass Anke sich zwischenzeitlich hingelegt hat und eingeschlafen ist. Damit wäre dann auch der Streit für heute nicht mehr mein größtes Problem. Aus meiner Tasche nehme ich mein Handy, entsperre es mit dem Code, den ich nun erst seit Charlotte benutze. Nachdem ich, aus Gründen der besseren Merkbarkeit, bei allen von mir genutzten Geräten und Zugängen identische Passworte und Zahlenkombinationen anwende, habe ich beschlossen, dass es in Anbetracht der Tatsache, meine Kommunikation mit Charlotte besser niemandem zugänglich zu machen, hier einen neuen und damit auch Anke unbekannten Code zu finden.

„Ich könnte Tobi mal wieder anrufen. Besser vielleicht anschreiben, dann habe ich keine Verpflichtung ein längeres Gespräch zu führen, das nicht so ohne Weiteres zu beenden wäre", fällt mir, wie in diesen Situationen üblich, ein.

„Hey Tobi! Wie schaut´s aus bei dir? Alles im Griff? Was machen die Frauen?"
Innerhalb einer Sekunde erscheinen zwei blaue Haken neben meiner Nachricht.

„Kaspar! Du lebst?" Bei dieser Art der Kommunikation schwillt mir normalerweise der Kamm, denn ein „sich beieinander Melden" geht doch nicht immer nur vor mir aus.

„Ein Telefon funktioniert in beide Richtungen, du Ei!"

„Die Antwort war so klar. Ich bin mir sicher, diese in diesem Chat mindestens 50 Mal zu finden. Was gibt es Neues bei dir?"

„Ich bin gerade unterwegs und laufe mir den Kopf frei", tippe ich wahrheitsgemäß.

„Stress? Anke?"

„Yes!" Und um meiner Nachricht den richtigen Anstrich zu verleihen, untermale ich meine Nachricht mit einer weiteren, in der sich ein Affe mit den Händen beide Augen zuhält.

„Das war zu erwarten! Die war immer schon komisch! Was war? Oder besser gefragt: Was hast du gemacht?"

„Sie unterstellt mir, sie zu betrügen..."

„Und? Hat sie dich erwischt?"

„Das nicht! Sie hat Vermutungen...", bemerke ich und baue in dieser Kommunikation mit Tobi ungewollt Spannung auf.

Im richtigen Leben und im direkten Gegenübersitzen, hätten wir beide ein Bier vor uns stehen, das gesamte Ausmaß der Geschichte wäre längst bekannt und zwischen uns als Heldentat bewertet worden. Ich reiße die Geschichte in groben Zügen per Sprachnachricht an, will diese gerade versenden, als mein Telefon klingelt und Tobis Name auf meinem Display erscheint.

„Du hast sie beschissen und sie hat es gemerkt!", stellt er, übertrieben wenig überrascht, fest.

„Ja! Das hast du schön beschrieben! Gemerkt, aber Beweise hat sie nicht!", versuche ich mein Dilemma zu relativieren.

„Das spielt doch keine Rolle. Wenn Anke das vermutet, ist es für sie Gesetz. So gut kennen wir sie beide: Und jetzt? Nimmst du die andere?", fragt Tobi ohne Umschweife.

„Das ist gelaufen. Wir haben das beendet und sie hat einen neuen Typen, der sie im Bett beschäftigt", sage ich in meinen Augen völlig emotionslos.

„Und das tut dir so weh? Wie toll war die denn? Oder besser: Wie jung war die denn?" Ich kann sein Grinsen durch das Telefon hören und versuche erst gar nicht, meine Gefühle, die ich glaubte nicht übermittelt zu haben, abzustreiten.

„Jung, komplett hemmungslos und für den vereinbarten Bereich vollkommen in Ordnung. Mit Anke läuft nicht mehr viel und die hat sich völlig verändert", entschuldige ich meinen Nebenschauplatz zu meiner Beziehung mit Anke.

„Ich mache dir überhaupt keinen Vorwurf. Alles richtig gemacht! Dass die das merken würde, war aber vollkommen klar! Blöd oder unsensibel ist Anke nicht!", erkennt Tobi das Problem.

„Ich bin draußen und laufe gerade durch die Gegend, um dem Zoff zu entgehen., erkläre ich den mit Martinshorn vorbeifahrenden Krankenwagen.

„Und was ist jetzt dein Plan, Kaspar?"

„Ich habe überhaupt keine Ahnung. Ich bin nur froh, dass ich Sonntag zu einer Tagung fahre und ein paar Tage aus der Schusslinie bin", beruhige ich in erster Linie mich selbst.

„Sehr gut! Wohin fährst du?"

„Friedewald, Hessen. Die Agentur hat mich hierzu eingeplant und ich habe die Aufgabe, dort drei Tage den Laden zu vertreten. Eigentlich ganz gut! Hauptsache raus!", entscheide ich diesen Ausflug, auch für mich selbst, immer besser zu finden.

„Mach das, hau ab und lass dich nicht ärgern. Melde dich jederzeit oder komm her. Wir sollten mal wieder einen trinken!", ergänzt er und merkt damit an, dass unser letztes persönliches Treffen schon lange her ist.

„So machen wir das! Wie läuft es denn bei dir?", versuche ich auch meinen Pflichten als Freund nachzukommen.

„Alles gut, es geht um dich aktuell. Ich kann mich nicht aufregen! Frauen kommen, Frauen gehen. Also: alles beim Alten!", stellt er für sich zufrieden und nicht ohne einen gewissen Stolz fest.

„Ich rufe dich mal an, wenn ich im Auto sitze oder im Hotel angekommen bin."

„Klar mach und wenn nichts mehr geht, komm vorbei! Tschö!", beendet er gekonnt hektisch das Gespräch und lässt mich, mittlerweile mitten im Wald angekommen, allein.

Kaum zu glauben, dass wir uns immer noch blind und ohne große Worte verstehen, nachdem wir uns einige Monate lang nicht gesprochen und uns über ein Jahr nicht gesehen haben. Als ich das letzte Mal von ihm hörte, erzählte er, dass er den Job gerade gewechselt hatte und nun seriös bei einer Hausverwaltung in einem Büro arbeitet. Er könne sich aber durchaus vorstellen, den Job demnächst wieder zu wechseln, denn Büroarbeit nervt auch nicht weniger als jede andere Tätigkeit. Bewundernswert, in welcher Entspanntheit er die Jobs wechselt und sich vollkommen neuen Herausforderungen stellt.

„Interessanter Weise sind weder wir, noch unsere Gespräche wirklich erwachsen geworden!", denke ich mit einem zufriedenen Grinsen und stelle beruhigt fest, meinen Freund Tobi immer dann zu haben, wenn ich ihn brauche.

Ich beschließe mich auf den Weg nach Hause zu machen und laufe nun ein wenig schneller in die Richtung meines Zuhauses.

„Ob es aktuell ein wirkliches Zuhause oder nur das Haus ist, in dem ich einen Teil meines Überlebens trocken und beheizt verbringe?", überlege ich auf dem Rückweg.

Ich freue mich wirklich darauf, übermorgen im Auto zu sitzen und ein paar Tage Ruhe vor Anke und Trier zu haben. Wenn ich es richtig im Kopf habe, wird Anke morgen früh mit den Kindern zu irgendeiner Veranstaltung des Nabu gehen und dort ab 10:00h beschäftigt sein. Das bedeutet für mich, dass ich auch den Samstag schon, ohne akustische Untermalung oder Stress mit Anke, verbringen kann.

Erfahrungsgemäß sind derartige Veranstaltungen unglaublich geeignet für Anke. Sie genießt die Bühne bei diesen Freunden und Bekannten, die sie für ihr unermüdliches Engagement für die Umwelt loben. Bei den „Baumumarmern" ist ihr aber ebenfalls Bewunderung dafür gewiss, wie sie augenscheinlich Kind, Karriere und Öko-Aktivismus perfekt unter einen Hut bekommt, während ich, als fauler Lebenspartner, kaum oder nur halbherzige Unterstützung biete. So jedenfalls stelle ich mir die Gesprächssituation bei diesen Treffen vor, ohne jemals dabei gewesen zu sein.

Ein Vorteil unserer momentanen Stimmung könnte allerdings sein, dass sie mir mit den Berichten über dieses Treffen vom Leib bleibt. Die Käferpopulation im Bachlauf der unteren Kyll ist mir ebenso egal, wie die Brutproblematik irgendeiner dämlichen Bachstelze am Moselufer. Lässt man Anke einen Tag in diesem Umfeld der Blütenfreunde, referiert sie abends stundenlang über Dinge, die mich nicht im Ansatz interessieren. Dass man die Umwelt schonen soll, ist mir klar, und auch ich bemühe mich, nicht die Umweltsau zu geben. Alleine das dauerhafte darüber Sprechenmüssen, nervt mich mehr, als ich dies permanent zu ertragen im Stande wäre.

Mit Einsetzen eines unangenehmen Nieselregens und der Verstärkung des eben noch lauen Lüftchens zu einem stärkeren Wind, schließe ich die Tür unseres unbeleuchteten Zuhauses auf und trete in den angenehm temperierten Flur. Anke scheint, wie von mir erhofft, bereits im Bett zu sein und zu schlafen. Ich gehe die Treppe nach oben und zu den Kinderzimmern, um nach den Mädels zu sehen. Beide schlafen friedlich. Lara schnarcht wie immer. Also kann ich mich in Ruhe ins Wohnzimmer setzen, den Fernseher einschalten und mich ablenken lassen.

Aus dem Kühlschrank nehme ich mir eine der beiden Glasflaschen, die Anke morgens befüllt und aus einem, nach Vollendung des Kohlesäuretransfers, unangenehm hupenden Gerät nimmt. Diese Flaschen werden dann, traditionell jeden Morgen, im Kühlschrank gelagert. Wir sparen Geld und schonen die Umwelt mit dem Gesöff, das nach spätestens 10 Minuten im Kühlschrank schmeckt, wie die halbvolle Flasche Gerolsteiner Mineralwasser nach einer achtstündigen Mitfahrt im ruckelnden Stadtbus bei 35Grad und ausgefallener Klimaanlage. Aber die Umwelt schonen wir! Auch auf diese geschmackliche Einschränkung habe ich mich eingelassen. Seit einigen Monaten fallen mir immer mehr Dinge auf, die mich an Ankes militanter und bevormundender Art nerven.

Eigentlich läuft hier immer alles nach Ankes Nase: Sie legt Dinge fest und ich gebe, aus Gründen des Friedens und meiner Ruhe, einfach nach. Angefangen bei diesen Waschmitteln aus dem Biomarkt, die parfümfrei keine duftende Wäsche hinterlassen, sondern im besten Falle geruchsneutral funktionieren. Außerdem entfernen diese Waschmittel nicht, wie man der Bezeichnung nach vermuten könnte, Flecken in dem Maße, wie man es von handelsüblichen Wäschereinigungsmitteln kennt. Eine weitere Idee war der nun neu vorgeschriebene Einkauf von Toilettenpapier, das nun nur noch zweilagig, kratzend und vorgebräunt in der Holzhalterung des Toilettenrollenhalters stecken durfte.

Unsere Terrasse ist mitunter von Insekten belagerter als der Ballermann von Angetrunkenen zur Hochsaison, weil Anke der Balearischen Hoteldichte nacheifernd diese in ähnlicher Anzahl als Insektenhotels zum Schutz der Wildbienen an jeder freien Stelle der Hauswand von mir hat montieren lassen.

Die Kirschlorbeerhecke habe ich vor einigen Jahren herausreißen müssen, weil diese den Insekten kein Futter bietet und der zuvor einigermaßen ansehnliche Rasen, weißt eine zwei Meter breite Schneise aus Wildblumen als

Insektenfutter auf. All die Jahre habe ich diese, für mich nicht nachvollziehbaren, Verhaltensweisen toleriert und über mich ergehen lassen. Einzig bei der Androhung, nun ein Lastenfahrrad kaufen zu wollen um die Kinder morgens Co2-neutral zu Kita und Schule bringen zu können, habe ich mich vehement mit dem Hinweis darauf gewehrt, künftig der Peinlichkeit ausgesetzt zu sein, mit einer Holzkiste in der Front des Fahrrades ähnlich bescheuert auszusehen, wie die Ökos aus der Nachbarschaft. Über diese machte ich mich mit großer Freude lustig, wenn sie aufgrund der Ausmaße dieser Fahrradart, an der Ampel hinter der Autoschlange warten müssen, statt, wie bei Fahrradfahrern üblich, eine Zeitersparnis durch Vorbeifahren nutzen zu können.

Ein weiteres, für mich unschlagbares, Argument war, dass wir für das Geld eines solchen Gefährtes, ebenso gut ein neues Auto bekommen würden und außerdem der Kangoo vielleicht auch reif sein könne, gegen ein schöneres, dann maskulineres, Fahrzeug ausgetauscht zu werden. Beendet habe ich seinerzeit diese Auseinandersetzung - zugegebenermaßen indem ich mich der Polemik bediente - mit dem Hinweis darauf, dass man nicht überzeugend Kangoo und Lastenrad predigen könne, wenn man selbst mit einem 3-Liter-Sechszylinder jeden Morgen zur Arbeit fährt, obschon man auch den Bus nehmen könne.
Nicht als Sieg möchte ich den Ausgang für mich bezeichnen, denn es hieß zwar, dass das Lastenrad auch nur ein Vorschlag gewesen sei, der Kangoo es sicher aber noch ein paar Jahre überleben werde, weiter gernutzt zu

werden. Auch ich muss nicht mit einem SUV vor dem Kindergarten auftauchen und mich der Wut der Öko-Mutties aussetzen. Da aber sogar diese Mütter ein gewisses Mitleid in ihren Blicken erahnen lassen, wenn sie meine Ankunft mit dieser Hässlichkeit an Auto bemerken, scheint dies für mich ein klares Zeichen zu sein, deren Mitgefühl gegen ihre Wut tauschen zu sollen.

Mit diesen Gedanken schlafe ich in meinen Klamotten auf der Couch ein, wache ein paar Stunden später mitten in der Nacht auf und beschließe das unbequeme Sitzmöbel, nach Zähneputzen, gegen das gemeinsame Bett und den Platz neben Anke zu tauschen.
Wie ein nasser Sack, lasse ich mich neben Anke auf meine Seite des Bettes fallen, höre noch ein verschlafen genuscheltes „Gute Nacht" von Anke und schlafe ein.

Als ich am nächsten Morgen aufwache, ist meine Familie bereits in heller Aufregung und Ankes Aufforderung an die Kinder, nun endlich Schuhe und Jacke anzuziehen, da man dringend losmüsse, schrillt durch das ganze Haus.

Anke hat eine wirklich furchtbare Stimme, wenn sie schreit und den Hinweis an die Kinder, dass der Papa noch schlafe und man daher etwas leiser sein müsse, hätte sie sich alleine durch ihre eigene akustische Präsenz sparen können. Ich beschließe aufzustehen und den Weg nach unten anzutreten.
„Habe ich tatsächlich bis 9:00 geschlafen?", stelle ich überrascht fest.

Verwundert betrachte ich den Wecker mit den roten Zahlen auf dem braunen Nachttisch von Anke. Im Normalfall leide ich vermutlich an, wie Anke sagt, seniler Bettflucht und kann nicht wirklich lange schlafen. Eventuell war die Aufregung des gestrigen Tages Auslöser für meine Müdigkeit und damit gut für ein längeres Schlafen am heutigen Morgen.

Anke steht gestresst zwischen ihren orangefarbenen Tragekörben und versucht nun durch Verdrehen der Augen, die Kinder dazu zu bewegen, die gemeinsame Abfahrt zu ermöglichen.

„Guten Morgen! Ihr seid ja schon fit! Wollt ihr schon los?", frage ich, wohl wissend, dass es für meine Vermutung eindeutige Anzeichen gibt.

„Guten Morgen, Kaspar! Du hast geschlafen wie ein Stein und wir wollten dich ausschlafen lassen", spricht es mir aus Ankes Mund überraschend milde entgegen, ruft man sich den Ausgang des gestrigen Tages in Erinnerung.

„Vielen Dank, sehr nett von euch! Ich werde mich jetzt einmal unter die Dusche stellen und mich dann an den Schreibtisch setzen, um weiterzukommen. Steuerberater erwarten meine Ausführungen!", grinse ich dankbar für den plötzlichen Wandel in der Kommunikation zwischen Anke und mir in das Gewusel der Kinder.

„Papa, wir fahren zum Nabu, um die Umwelt zu retten. Mit Mama!", strahlt mir Lara begeistert entgegen, während Sophie begeistert und kräftig mein rechtes Bein umarmt.

„Dann wünsche ich euch viel Erfolg bei der Rettung der Erde!", gebe ich ironisch Verständnis und Begeisterung für das Vorhaben meiner Familie vor, werde hierfür mit einem Verdrehen der Augen von Anke bestraft. „Wann seid ihr denn wieder da?"

„Die Veranstaltung geht bis fünf. Beim Abbau werden wir dann aber auch noch helfen. Es wird ein etwas aufwändiger Workshop in dem wir gemeinsam Überwinterungsmöglichkeiten für Maulwürfe und Wühlmäuse...", will Anke gerade das gesamte bedeutungsschwere Vorhaben erklären, als ihr mein desinteressiertes Gesicht auffällt und die Ausführung mit, „...interessiert dich aber eher weniger", beendet.

„Dann wünsche ich euch viel Spaß!", verabschiede ich die drei Umweltaktivisten, drehe mich um und beschließe den Weg zur Kaffeemaschine auf mich zu nehmen, um meinem Körper mit Koffein mein Vorhaben nun wach zu sein, mitzuteilen.

Die Tür fällt hinter Anke ins Schloss und mit dem Schließen der Autotüren verstummt das Gekreische der Kinder auf magische und angenehme Weise. Zufrieden weiteren ökologischen Ungehorsam betreiben zu dürfen, lege ich eine Alukapsel in die Kaffeemaschine, klappe den verchromten Verriegelungsbügel nach unten und drücke auf die Taste zum Einschalten der Kaffeemaschine. Ich nehme mir die Kindertasse mit dem Elefanten der Sendung mit der Maus aus dem Regal, platziere diese unter dem Auslauf der Maschine und drücke auf das Symbol mit der großen Kaffeetasse.

Angenehmer Duft strömt mir in die Nase und ich beschließe, dass zu diesem Kaffee eine Zigarette die einzig richtige Wahl sein könne. Mit der Kaffeetasse in der rechten Hand, einer Zigarette zwischen Zeige- und Mittelfinger, öffne ich die Terrassentüre, trete barfuß auf die unangenehm scharfkantigen Steine der moosgrünen Waschbetonplatten und setze mich auf einen der Hartholzstühle, deren umwelttechnische Verträglichkeit ich nun ebenfalls zufrieden in Frage stelle. Neben der Kerze auf der Mitte des Tisches liegt ein Feuerzeug mit langer silberner Spitze, um den Kindern gefahrlos das Anzünden heruntergebrannter Kerzen und des Gasgrills zu ermöglichen. Ich nehme das Feuerzeug in meine rechte Hand, drücke mit dem Zeigefinger den Kunststoffschalter nach unten und stecke mir mit der linken Hand meine Zigarette in den Mund. Sofort entsteht eine kleine Flamme. Ich zünde mir die Zigarette an und ziehe den Rauch tief in meine Lungen.

„Die erste Zigarette des Tages ist einfach die beste!", entschuldige ich gedanklich diesen Frevel an meiner Gesundheit und freue mich über Rauch und Ruhe.

Die Blumenampel am Rand der Terrasse ist seit Jahren ein guter Aschenbecher, denn in dieser Höhe hat Anke keine Chance, einen Blick in den Topf zu werfen. Dieser dürfte mittlerweile ordentlich mit Zigarettenstummeln gefüllt sein und ich beschließe, diesen demnächst einmal wieder zu entleeren.

Ich gehe zurück ins Haus und beschließe mich mit Wasser auf meinem Körper in den Tagesmodus zu versetzen.

Ich ziehe mich aus, werfe mein T-Shirt und meine Boxershorts in die Metalltonne neben der Dusche, schalte das Wasser ein, genieße das auf meinen Kopf prasselnde Wasser und vor allem diese Ruhe im Haus. Ich überlege, ob ich überhaupt für ein Familienleben mit dieser dauerhaften akustischen Belästigung geschaffen bin, während ich mich abtrocke und nackt vor den Schrank des Schlafzimmers trete. Die Kleiderauswahl ist, wie immer einfach. Weißes T-Shirt, Boxershorts, bunte Socken und Jeans werden es heute, wie eigentlich jeden Morgen, sein. Einzig bei Veranstaltungen ergänze ich genau diese Kleidung um ein Sakko.

So kann der Tag beginnen und ich beschließe, ein paar ruhige Stunden am Schreibtisch zu verbringen, um dem nervigen Thema und dem Ende dieses Steuerberaterdings endlich näher zu kommen.

Ich komme gut voran und bemerke erst Stunden später, dass ich heute noch keinen Gedanken an Charlotte verschwendet habe. Nicht eine Sekunde ist mir der Gedanke an sie gekommen, nicht einen Augenblick habe ich eine Unsicherheit oder gar eine Trauer, wegen des Verlustes meiner Spielkameradin erlebt. Ich bin mir sicher, mich auf dem Weg der vollkommenen Zufriedenheit zu befinden und klappe stolz meinen Laptop zu, nachdem ich weitere Seiten relativ zahlreich erarbeitet habe.

Genug für heute! Es ist an der Zeit, meinen Fortschritt mit einer Auszeit zu belohnen.

„Ich werde, wenn Anke mit den Kindern das Haus betritt, wieder an den Schreibtisch zurückkehren, um ganztägige Tätigkeit vorzugeben!", beschließe ich.

Noch zwei Stunden habe ich, bis die Kinder und Anke frühestens wieder ankommen werden. Ich könnte eine Runde durch den Wald laufen, mir ein wenig frische Luft gönnen und außerdem am dringend nötigen Abbau meines Bauches arbeiten, der meine Bewegungslosigkeit der letzten Jahre und begeisterten Genuss von Weizenbier durch unförmiges Wachstum quittiert hat. Hoodie überziehen, Schlüssel von der Ablage nehmen, schnell in die Turnschuhe schlüpfen und ab zum Auto. Die wenigen Minuten im Auto lasse ich mich vom Radio berieseln und höre ein mir vollkommen unbekanntes sowie - für mein Alter - vermutlich viel zu jugendliches Lied eines französisch rappenden Mannes an.
„Gar nicht schlecht", denke ich noch, als ich auf den Parkplatz am Rande des Waldes einbiege.
Wie immer überlege ich die ersten Meter noch umzukehren und den Weg zurück zum Auto zu wählen. Mit voranschreitender Wegstrecke fällt mir das Laufen immer leichter und ich finde meinen Rhythmus.
„Heute ist der richtige Tag, den Weg bis zum Aussichtsturm zu laufen", motiviere ich mich und lege ein bisschen an Geschwindigkeit zu.
Schon bald öffnet sich der Wald nach einem längeren Anstieg und ich sehe die Holzkonstruktion des Aussichtsturmes. Ein wenig außer Atem steige ich die Treppenstufen des Turms nach oben und lehne mich mit meinen Ellenbogen auf das Geländer.

„Wie schön ist diese Ruhe und diese Abgeschiedenheit. Aus welchen Gründen und mit welchen Fördermitteln dieser ungenutzte Aussichtsturm auch errichtet wurde, einen wirklichen Besucheransturm wird er vermutlich nicht erfahren haben, geschweige denn irgendwann einmal erleben", fährt es mir zufrieden über die Einsamkeit durch den Kopf.

Auf einmal spüre ich eine Vibration am Turm und vermute einen weiteren Besucher, der die Stufen des Turms nach oben klettert. Ich schaue weiter in die Ferne und auf eine gegenüberliegende Anhöhe, auf der ein Sendemast mit roten Lampen gleichmäßig blinkt.

„Was machst du denn hier!", höre ich eine mir bekannte Stimme, deren Besitzerin ich heute so schön aus meinem Gedächtnis bekommen hatte. Charlotte steht mit einem gelben Pullover, Jeans und Wanderstiefeln bekleidet am Treppenaufgang und schaut mich an.

„Hallo!", erwähne ich betont emotionslos und komme damit der Notwendigkeit einer Begrüßung nach. „Ich wandere durch den Wald, steige auf einen Turm und schaue in die Gegend. Und jetzt wollte ich gerade gehen!"

„Schön, dass wir uns sehen!" Mit Ausspruch dieses Satzes baut sich Charlotte zwischen den beiden Handläufen des Treppenaufgangs auf und versperrt mir so den Weg. Mit einer gewissen Gewaltbereitschaft wäre ein

Durchkommen sicher möglich, der Sache aber wenig dienlich, geschweige denn aktuell nötig.

„Findest du? Ich kann meine Begeisterung kaum zurückhalten!", gebe ich möglichst feindselig zurück.

„Komm, mach jetzt nicht auf beleidigt! So ganz sauber war das weder von dir, noch von mir. Das wissen wir beide!"
Warum ist die so freundlich, vielleicht sogar einsichtig?

„Schön, dass du dies so siehst. Dann können wir jetzt ja ohne Groll auseinandergehen und uns in guter Erinnerung behalten!", versuche ich erneut dieser Situation durch Flucht zu entgehen.

„Mit Thomas ist es vorbei!", wechselt Charlotte plötzlich das Thema und scheint erleichtert zu sein, dieses gerade an- und ausgesprochen zu haben.

„Das tut mir leid für dich!", lüge ich sie an und bin mir sicher, dass ihr dies auffallen dürfte.

„Tut es nicht! Das merke ich genau. Man merkt dir an, dass du dich insgeheim drüber freust!", grinst sie mich an.

„Besonders hart scheint es dich ja nicht zu treffen!", bemerke ich und bin hierüber eigentlich ganz froh.

„Das war von Anfang an nichts Ernstes und der hat sich extrem blöd verhalten! Der hatte ´ne ganz komische Art und Vorlieben, die ich...“

„Erspare mir dies bitte!“, unterbreche ich ihre Mitteilungsfreude, denn das was ich habe sehen müssen, reicht mir vollkommen aus und es bedarf keinen weiteren Ausführungen. Ich deute ihren Anfang des Versuchs mit Einzelheiten dieses Miteinanders zwischen ihr und diesem Thomas aufwarten zu wollen, als gemeinen Versuch mich zu quälen und spüre eine gewisse Wut in mir aufsteigen.

„Sorry, wollte ich nicht! War ´ne blöde Idee!“, gibt sie erstaunlich glaubwürdig von sich.

„Alles gut. Dann wünsche ich dir einen schönen Tag und mache mich einmal wieder auf den Weg nach Hause!“

„Das mit uns fehlt mir! Ich weiß, dass wir keine Beziehung führen können! Das habe ich jetzt verstanden! Aber ich möchte das mit dem Sex nicht aufgeben!“, sagt sie erstaunlich direkt und schaut mir überzeugt in die Augen.

„Mir fehlt der Sex auch!“, gebe ich zu und ergänze: „Unkomplizierter ist es so aber auf jeden Fall. Ich brauche mein Handy nicht zu verstecken, laufe nicht Gefahr meine Kinder zu verlieren...!“

„Das sollst du auch nicht! Ich möchte nur noch Sex mit dir haben. Nicht mehr! Und wenn es das für dich einfacher macht, können wir feste Termine absprechen und müssen dazwischen auch nicht mehr telefonieren, wenn dir das zu gefährlich ist", sagt sie mit leicht tränenfeuchten Augen, wie ich zu erkennen glaube.

„Jetzt fühle ich mich schlecht. So habe ich das noch nie gesehen. An Respektlosigkeit war das Ganze bisher nun wirklich kaum zu überbieten. Ankommen, übereinander herfallen, duschen, fahren. Man hätte unser Miteinander deutliche wertschätzender gestalten können!", wie mir gerade auffällt.

„Ich fahre morgen zu einer Veranstaltung und mache mir Gedanken, Ok?"

„Wohin fährst du denn?", fragt Charlotte mit überrauschtem Interesse.

„Ich muss für meinen Laden zu einer Veranstaltung nach Hessen und dort Werbung für unsere Agentur machen. Nichts Spannendes.", erkläre ich überzeugt routiniert die Bedeutungslosigkeit dieser Veranstaltung.

„Hotel?"

„Nein Charlotte, ich habe ein Einmannzelt dabei und werde in der Natur übernachten, um dieses Aufeinandertreffen mit Kunden möglichst abenteuerlich zu gestalten!", fahre ich sie genervt an und verdrehe die Augen. Genau diese Art der Konversation ärgert mich. Eine einzige, in meinen Augen, schwachsinnige Aussage bringt mich dazu, Gespräche wütend abzubrechen.

„Sorry! War blöd von mir", rudert sie entschuldigend zurück.

„Was ist die denn heute so demütig und einsichtig?", geht es mir durch den Kopf, als Charlotte ergänzt: „Ich habe nächste Woche frei und wir könnten gemeinsam nachdenken!"

„Ich muss mich dort mit Kunden treffen und habe drei Tage eine Veranstaltung. Das ist kein Ausflug, sondern Arbeit! Da kannst du nicht mit hin", versuche ich meinen Standpunkt eindeutig zu erklären und ihre Eigeneinladung abzubügeln.

„Ich könnte ja ein eigenes Zimmer nehmen und wir treffen und dann abends nach deiner Veranstaltung heimlich in meinem Zimmer. Aufregend! Komm, das machen wir! Wie heißt das Hotel?", fragt sie mit begeistert aufgerissenen Augen.
Ich muss zugeben, dass der Gedanke daran, drei Nächte am Stück Sex und ansonsten keine Verpflichtungen zu haben, durchaus einen gewissen Reiz versprüht.

„Wir sprechen nicht miteinander und treffen uns nur abends in deinem Zimmer? Willst du das so?", frage ich ungläubig.

„Ja, komm so machen wir das! Ich fahre dir dann morgen mit dem eigenen Auto hinterher. Den Köter hat mein Ex letzte Woche abgeholt und ich bin komplett ungebunden!", begeistert sich Charlotte für ihre Idee.

„Ok! Lass uns das machen! Morgen um 13:00h treffen wir uns am Rastplatz Mehring und fahren gemeinsam los!", höre ich mich sagen und bin sofort erschrocken über meine Aussage und die damit verbundene Verpflichtung drei Nächte mit Charlotte zu verbringen.

Sie fällt mir um den Hals, drückt mir einen Kuss auf meinen Mund und verlässt, mit dem Hinweis darauf packen zu wollen, den Aussichtsturm. Einen letzten Funken Beruhigung wegen eines mir möglichen Auswegs, spüre ich noch, denn ich habe ihr weder Ort noch den Namen des Hotels genannt. Im Zweifel fahre ich einfach eine halbe Stunde früher los und nehme sie einfach nicht mit. Gemein wäre das sicherlich, aber ab jetzt vermutlich der einzige Weg, ihre Mitfahrt zu verhindern.

6

Die Verabschiedung von Anke und den Kindern am nächsten Mittag geht erstaunlich einfach. Kein

Gejammere der Kinder, wann ich denn endlich wieder da bin und keine Genervtheit von Anke, in den nächsten Tagen, jedenfalls abends, wenn ihre Mutter wieder auf dem Weg nach Hause ist, die Kinder alleine betreuen zu müssen.

Ich setzt mich in den Kangoo und fahre auf die Autobahn in Richtung Trier, um den Mietwagen abzuholen. Den eigentlichen Plan, diesen bereits am Samstag entgegenzunehmen, habe ich aufgrund der überraschenden Öffnungzeiten am Sonntag über Bord geworfen und nehme nur wenige Minuten später die Schlüssel eines schwarzen Passats entgegen. Nach einer gemeinsamen Runde um das Auto können weder der Mietstationsmitarbeiter noch ich Schäden am Auto feststellen und ich kann den Weg nach Friedewald antreten.

Ich beschließe, um die Fahrt ausführlich genießen zu können, noch an der kleinen Aral-Tankstelle im Nirgendwo zwischen Trier und Ruwer anzuhalten, mir dort Lakritz, Zigaretten und zwei eiskalte Dosen Bier zu kaufen. Nichts ist angenehmer, als barfuß im Auto, bei einem Hörbuch Bier zu trinken und zu rauchen. Den Hinweis des Autovermieters, dass es sich bei diesem Fahrzeug um ein Nichtraucherfahrzeug handeln solle, hatte ich bereits, als er es aussprach, vergessen und mir meinen eigenen Verlauf der Fahrt ausgemalt.

Mit einem angenehmen Zischen öffne ich die Dose, setze den Blinker und biege auf die Autobahn ein.

Den Tempomaten stelle ich auf die erlaubten einhundert und ziehe mir die Schuhe aus. Einen großen Schluck Bier später, befinde ich mich auch schon auf der Autobahn in

Richtung des abgemachten Treffpunktes. Dreißig Meter vor der Abfahrt Mehring überlege ich immer noch, ob ich nun hier abfahren solle oder einfach weiterfahre und die mit Charlotte getroffene Vereinbarung ignoriere.

Die Möglichkeit mich anzurufen jedenfalls, hätte sie nach meiner andauernden Blockade ihrer Nummer nicht. Auf der anderen Seite wird es nie wieder einfacher sein, Anke so gefahrlos zu betrügen und ein paar nette Tage - eher Nächte - zu erleben.

Mein linker Zeigefinger drückt den Hebel des Blinkers nach oben und das künstlich erzeugte Klicken des Blinkers ist im Auto zu hören. Zwei Abbiegevorgänge weiter rollt mein Mietwagen auf den Parkplatz, den wir als Treffpunkt ausgemacht haben.

Völlige Leere herrscht auf diesem Parkplatz und außer mir scheint niemand hier zu sein. Es ist 14:57, ich beschließe bis 15:00h - auf keinen Fall eine Minute länger - zu warten und mich dann auf den Weg nach Friedewald zu machen.

Der Vorsatz war da, wurde aber nicht umgesetzt! Um 15:07h schleicht der kleine rote Wagen auf den Park and Ride Parkplatz mit der so wunderbaren Aussicht auf das Moseltal. Warum ich nicht gefahren bin, ist vermutlich meinem aktuellen Hormonhaushalt zuzuschreiben. Mit Anke ist, seit unserer Auseinandersetzung, jede befriedigende Körperlichkeit in weite Ferne gerückt.

„Ich weiß, ich bin zu spät", ruft sie mir außer Atem entgegen und mir erschließt sich nicht warum sie, in Anbetracht der Tatsache, dass sie mit dem Auto gekommen ist, theatralisch um Luft ringt. Vermutlich glaubt sie ihre Worte damit glaubwürdig unterstreichen und meinen genervten Blick damit eliminieren zu können.

„Hallo! Alles gut!", sage ich und kann nicht verbergen, dass ich es hasse, wenn man unpünktlich ist.
Mein gesamtes Umfeld hat unter meiner fast militanten Pünktlichkeit zu leiden und ich halte mit meiner Unzufriedenheit darüber nicht hinter dem Berg. Hier aber ist es anders. Einerseits habe ich nur eine entspannte Autofahrt vor mir, andererseits beschließe ich, mich nicht auch noch mit der Pünktlichkeitserziehung von Charlotte belasten zu müssen. Nachdem wir uns nun hoffentlich darüber einig sind, dass uns maximal ein paar gemeinsame Nächte im Bett verbinden werden und die in ihr aufkeimenden Forderungen nach einer Beziehung der Vergangenheit angehören, beschließe ich, keine pädagogischen Aufgaben übernehmen zu müssen. Ich sollte irgendwann einfach aufhören, mich für das Verhalten anderer Menschen zu schämen, denn letztlich liegt dies nicht in meiner Verantwortung.

„Hallo, sorry, stimmt! Ich habe mir etwas überlegt...", setzt sie an, während ich mir völlig sicher bin, ihre Überlegungen zu kennen und diese auch für nicht sinnig zu halten, „...wir könnten doch auch in einem Auto fahren und uns auf der Fahrt unterhalten. Was denkst du?"

Hätte sie gesagt, dass sie eine gemeinsame Zeit nutzen wollen würde, um bereits im Auto zudringlich zu werden, über mich herfallen oder unbekleidet neben mir stillschweigend sitzen zu wollen und die Fahrt so mit einem gewissen Abenteuer zu gestalten, hätte ich diese Idee vermutlich für gut befunden. Die Vermutung auszusprechen, dass ich mich gerne über drei Stunden lang mit ihr unterhalten wolle, kann mich aber, und dies hätte sie eigentlich wissen können, überhaupt nicht begeistern.

„Wir sollten mit zwei Autos fahren. Ich weiß nicht, wann ich dort wieder wegfahren werde und ob ich danach noch weiter muss, also nicht nach Trier zurückfahren werde", gebe ich zu bedenken und bin mir sicher, eine klare Aussage getroffen zu haben.

„Ich kann mich dort auch in den Zug setzen, um nach Hause zu kommen, wenn du danach wirklich noch woanders hinfahren musst!", glaubt sie nun das richtige Argument gefunden zu haben und nervt mich schon jetzt. So gut kenne ich mich mittlerweile und kann mir die mehrstündige Autofahrt schon jetzt ausmalen, die vermutlich in einem schlichten Monolog ihrerseits, gepaart mit Plattitüden und quälend stupiden Fragen begleitet sein wird.

„Aber vielleicht fallen mir auch noch ein paar Dinge ein, die wir während der Fahr machen können", bringt sie augenzwinkernd die Möglichkeit die Fahrt neben mir sitzen zu können, wieder in erreichbare Nähe.
Nachdem ich nun drei Nächte mit Charlotte verbringen werde, ist mir ein eventuell aufregendes Abenteuer im Auto gar nicht so wichtig. Ich habe aber eine andere Überlegung, die die gemeinsame Fahr in einem Auto

interessant machen könnte: Ich könnte mir gut vorstellen, dass sie einfach das Fahren übernimmt und ich mich genüsslich mit einem Bier in der Hand und Kopfhörern in den Ohren auf dem Beifahrersitz aufhalte.

„Okay, aber wir machen einen hervorragenden Deal: Ich fahre bis zur nächsten Tankstelle, kaufe ein paar Bier und du fährst weiter", schlage ich vor und scheine damit eine für sie annehmbare Lösung angeboten zu haben.

„Cool, das machen wir. Ich hole meine Klamotten!", jubelt sie fast beim Umdrehen.
Sie hoppelt im Hopserlauf zum Kofferraum ihres Seat und hält einen beigefarbenen Rucksack mit Blumenmuster in ihrer Hand, den sie stolz präsentiert. Offenbar möchte sie jetzt Lob für den Kauf dieser Geschmacksentgleisung von Gepäckbeförderungsmöglichkeit.

„Weißt du, den mag ich total gerne! Den hab´ ich in Münster gekauft, als ich da mit einer Freundin war, die da die Ausbildung gemacht hat. Die haben da total coole Taschen in dem Laden gehabt, und da musste ich die haben. Ich habe da auch gar nicht drüber nachgedacht...", plappert sie und ich bemühe mich, ihre weiteren Worte einfach auszublenden.
Das wird eine furchtbare Fahrt werden, wenn sie dieses Sprechtempo und diese Ansammlung von für mich vollkommen uninteressanten Banalitäten durchhält. Sie scheint meine Erlaubnis ihrer Mitfahrt mit großer Erleichterung aufzunehmen und glaubt nun, dass auch ihre Worte erwünscht sein könnten. Kurz überlege ich, ob

ich mich zur Wehr setzen und sie bitten soll, den Mund zu halten.

„Vielleicht würde mir eine etwas einfühlsamere Formulierung gelingen, wenn ich ein wenig drüber nachdenke", überlege ich und setze mich schweigend auf den Fahrersitz meines Mietgefährts.

Charlotte beschließt, außer ihrem Rucksack, auch eine Handtasche in der Größe eines Waschlappens mit auf den Rücksitz des Mietwagens zu werfen und schwingt sich, immer noch begeistert ihren Redeschwall ungebremst von sich geben zu können, auf den Beifahrersitz. Mit einem Krachen schließt sie die Tür, fester als es nötig gewesen wäre. Auch hier beherrsche ich mich und sage nichts dazu.

Ich bin mir sicher, ohnehin keine Besserung herbeiführen zu können und mit einer Korrektur ihrer Art nur weitere Dinge zu Tage zu fördern, die mich noch intensiver nerven könnten.

In mir kommt für Sekundenbruchteile ein schlechtes Gewissen auf, derartig böse und abschätzig zu denken, erkläre dieses aber mit ihrer nervigen Art und damit auch meinem Recht dazu, genauso zu denken.

Ich schalte das Radio ein und fahre nach wenigen Metern auf die Autobahn. Um meiner Idee, nun schnell ans Ziel kommen zu wollen, Nachdruck zu verleihen, gebe ich Vollgas. Auch der in meinen Augen beunruhigende Fahrstil hält Charlotte nicht davon ab, zu plappern. Durchgehend und unangenehm, gegen die Musik des Radios anbrüllend, setzt sie ihren Monolog erwartungsgemäß ungebremst fort.

Ein unnötiger Satz nach dem anderen verlässt ihre Lippen und meine Hoffnungen darauf, eine ruhige Autofahrt erleben zu können, schwinden.

Nachdem ich feststelle, meine Aggressionen beim Autofahren durch hohes Tempo auf der vollkommen leeren Hunsrückautobahn abbauen zu können, beschließe ich, den Einkauf von Bier in rauen Mengen an der übernächsten Tankstelle erledigen zu wollen und bis dahin selbst zu fahren.

Meine Vorbeifahrt an der ersten Raststätte bleibt für meine Beifahrerin unbemerkt und wir sind thematisch mittlerweile bei dem Verhältnis ihrer Schwester zur gemeinsamen Mutter angelangt.

Ein Thema, an dem ich in ihren Augen offenbar nonverbal Interesse bekundet haben musste. So jedenfalls muss es ihr in den Sinn gekommen sein, bedenkt man ihre Ausführungen, die nicht enden wollen. Eine Stunde später und mittlerweile bei der damaligen Auswahl der Tapeten ihrer zweiten Wohnung angekommen, setze ich den Blinker und verlasse die Autobahn, um einen Autohof anzusteuern.

„Brauchst du was?", frage ich erleichtert darüber, ein paar Minuten Ruhe haben zu können, während ich zum Einkauf in der Tankstelle sein werde.

„Shell, meine Rettung!", fährt es mir durch den Kopf.

„Keine Ahnung, ich komme besser mit, vielleicht fällt mir noch was ein", lässt sie meine Hoffnung, überhaupt etwas Ruhe am heutigen Tag zu haben, platzen.

„Charlotte, das ist eine Tankstelle! Willst du dich jetzt von Wunderbäumen, Red Bull und Bifi inspirieren lassen?", schnauze ich sie an und gestehe mir ein, gerade die aufgestaute Genervtheit der letzten Stunden herausgelassen zu haben.

„Ja sorry, ich dachte nur", nuschelt sie leicht beleidigt.

„Du dachtest sicher nicht, so wie die letzten Stunden auch nicht. Aber nicht unser Thema. Soll ich dir jetzt etwas mitbringen oder magst du dich zu einem kleinen Beratungsgespräch mit dem Tankwart mit in den Laden begeben?", frage ich nun weniger genervt und begeistert ob meines tiefgründigen Humors.

„Ne Cola wäre cool", sagt sie muffig.

„Gut, bin gleich wieder da. Du kannst dir schon mal den Sitz einstellen, damit wir gleich weiterfahren können", lege ich ihre Beschäftigung als Fahrerin der restlichen Kilometer fest. „Ich trinke, du fährst!", rufe ich, als ich die Fahrertür öffne und mich aus dem Wagen hieve.

Ich komme mit einem Sixpack Bier, zwei Dosen Cola und einer Tüte Lakritz zurück zum Auto und stelle zufrieden fest, dass der Sitzplatzwechsel ohne größere Komplikationen geklappt zu haben schien.
Ich stelle das Sixpack in den Fußraum des Beifahrerplatzes, die Dosen in die beiden Becherhalter vor der Mittelarmlehne und werfe die Lakritztüte auf die hintere Sitzbank.

„So, wie geht das jetzt hier?", fragt Charlotte, während sie verzweifelt nach der Möglichkeit sucht den Motor zu starten.

„Da ist der Knopf!", sage ich knapp und zeige auf den kleinen, silbernen Schalter auf der Mittelkonsole.

„Wie geht denn der Sitz hoch?", versucht sie durch Hilfsbedürftigkeit, ihre Niedlichkeit zu steigern, „Ich wollte Cola Zero!", ergänzt sie, verwundert über meinen Einkauf.

„Da ist ein Hebel und du hast Cola gesagt, keine weiteren Ergänzungen zu der Art deines Getränkewunsches!", rutscht es mir genervt heraus.

„Deines Getränkewunsches? Zieh mal den Stock aus dem Hintern!", mault Charlotte deutlich angefressen.

Ich beschließe, meinem Beiwohnen bei den Versuchen ihrer Fahrzeugeinstellungen zu entgehen, steige aus dem Auto aus und gehe erneut zur Tankstelle, aus der ich nur wenig später mit zwei Dosen Cola Zero und einem weiteren Sixpack zurück zum Auto komme. Wenn ich schon zwei weitere Stunden in diesem Auto ausharren und mich beschallen lassen muss, soll mir dies zumindest getränketechnisch Freude bereiten.

„Das ist ja Automatik...", schallt es mir entgegen, als ich die Türe öffne, „..kann ich nicht!"

„Wer kann denn bitte nicht Automatik fahren?", entgegne ich und setze „Dann lernst Du es jetzt!" bestimmt und alternativlos hinzu.

„Bremse treten, Knopf vorne drücken, auf D schalten, Fuß von der Bremse und rauf aufs Gas. Dann läuft der Bolide!", gebe ich eindeutig festlegend nun nicht mehr fahren zu wollen, wieder.

„Wie war das?", stammelt Charlotte verwirrt und nachdenklich halblaut vor sich hin.

„Tritt auf die Bremse!", sage ich, drücke auf den kleinen Startknopf und ziehe den Wählhebel schwungvoll auf D. „Wenn du jetzt die Bremse loslässt, fährt der an!"

Langsam setzt sich der Wagen in Bewegung und Charlottes Blick fällt, stolz gerade eine in ihren Augen fantastische Leistung vollbracht zu haben, in mein Gesicht. Zufrieden nun ein wenig Ruhe zu haben und mich chauffieren lassen zu können, nehme ich das silberne Teil des Gurtes und öffne mit einem Zischen ein Bier aus dem Sixpack. Begeistert setze ich die Flasche an meine Lippen und freue mich auf einen kalten Schluck Bier, als der Wagen urplötzlich eine Vollbremsung vollführt und ich unangeschnallt mit dem Kopf an die Frontscheibe des Autos stoße. Der Flaschenhals stößt schmerzhaft an meine Nase, der Inhalt der Flasche ergießt sich über das Armaturenbrett, auf die Fußmatte, meine Hose und meinen Sitz. Ich spüre, wie sich das Bier zwischen meinen

Beinen ausbreitet und meine Hose nun auch von unten durchfeuchtet.

„Ups! Was war das denn?", flüstert Charlotte, um dann in ein schallendes Gelächter auszubrechen. Aus meinem Gesicht ist, und da bin ich mir sicher, Fassungslosigkeit zu lesen! Umso weniger verstehe ich das Lachen meiner Fahrerin.

„Den linken Fuß nicht benutzten. Du musst nicht kuppeln!", zische ich ihr böse zu.

„Das hättest du mir am Anfang sagen müssen!", entschuldigt sie den Zwischenfall und schiebt mir die Schuld an ihrer fahrerischen Unfähigkeit zu.

„Du hast natürlich vollkommen Recht! Niemandem muss man dies sagen, bevor derjenige ein Auto fährt! DIR hätte ich es sagen müssen!", stelle ich erbost fest.

„Dann fahr´ du doch!", mault Charlotte und schnallt sich ab.

„Schnall´ dich wieder an!", sage ich scharf und erschrecke plötzlich durch eine an ein Schiffshorn erinnernde Hupe hinter uns. Ein riesengroßer LKW steht nur wenige Zentimeter hinter uns und macht seinem Termindruck und seinem Entsetzen über Charlottes, nicht nur für ihn überraschendem Bremsen Luft. „Fahr! Fuß von der Bremse, linker Fuß wird nicht benutzt!"

„Ich mache ja schon!" Hektisch wechselt ihr linker Fuß von der Bremse in den Fußraum und ihr rechter Fuß tritt beherzt aufs Gas, was den Wagen einen schnellen Satz auf den vor uns liegenden Kreisverkehr machen lässt. Als Folge dieser hektischen Aktion lässt es meinen Oberkörper, der gerade noch in der Nähe der Frontscheibe zu finden war, mit einem Schwung nach hinten in den Sitz fliegen und auch der Restinhalt der Bierflasche ergießt sich nun nicht in meinen Hals, sondern auf diesen und mein grünes, erstaunlicherweise bisher fleckenloses T-Shirt.

„Es war eine richtig gute Idee von dir, gemeinsam in einem Auto zu fahren!", stelle ich entnervt fest und platziere die nur noch mit Restschaum gefüllte Flasche in die Halterung der Beifahrertüre. „Tue mir den Gefallen und fahre einmal zurück zur Tanke. Ich klebe und würde gerne meine Klamotten wechseln, so du den Weg findest!", bitte ich Charlotte.
Sie schafft es fehlerfrei den Kreisverkehr zu umrunden und parkt direkt vor dem Eingang der Toilettenzugänge.

„Das ist ein Behindertenparkplatz! Hier kannst du nicht parken!", gebe ich nun noch genervter, außerdem peinlich berührt, zu bedenken.

„Guck mal wie viele Behindertenparkplätz es hier gibt. So viele Behinderte gibt es auf der ganzen Autobahn überhaupt nicht!", erklärt Charlotte und mir wird die Unmöglichkeit einer Gemeinsamkeit außerhalb des Bettes immer bewusster.

Verzweifelt steige ich aus dem Auto, gehe nach hinten an den Kofferraum und nehme mir eine Hose sowie ein frisches T-Shirt aus meinem Koffer. Jetzt, da ich hinter dem Auto stehe, stelle ich fest, dass auch ein frisches Paar Socken als Ersatz für den ebenfalls nassen rechten Socken, kein Fehler sein dürfte. Während ich an dem geöffneten Kofferraum stehe und meine Kleidung zusammensuche, spielt Charlotte am Handy.

„Gut, so ist die beschäftigt!", fährt es mir durch den Kopf und ich drücke auf den schwarzen Schalter, wodurch sich die Klappe des Kofferraumes langsam schließt.

Ich trete den Weg zur Toilette der Tankstelle an, werfe einen Euro in den Automaten vor dem Drehkreuz und ziehe mir das T-Shirt bereits auf dem Weg die Treppen herunter angewidert aus. Alles an mir klebt und ich rieche furchtbar. Angekommen vor den unzähligen Waschbecken, ziehe ich mich bis auf die Unterhose aus und beginne mich am Waschbecken, soweit dies dort möglich ist, zu waschen.

Ich beschließe barfuß den Weg zurück zum Auto anzutreten, denn in meinen Schuhen herrscht absolute Biernässe. Ich spüle gerade meine Schuhe am Waschbecken aus, als ein Mann den Waschraum betritt und mich ungläubig bei meinem nackten Versuch erwischt, meine Kleidung zu reinigen.

Angezogen, aber barfuß verlasse ich den Waschraum, werfe einen Euro, den ich noch in meiner durchnässten Hosentasche gefunden habe, in den weißen Porzellanteller auf dem Tisch im Toilettenflur und gehe die Treppenstufen nach oben. Am Auto angekommen, werfe ich meine nassen Klamotte in den Kofferraum, laufe an einen Papierspender zwischen den Zapfsäulen und decke mich mit einem Berg Papiertüchern ein, um auch den Sitz des Wagens trockenlegen zu können. Ich kann nicht zum Ausdruck bringen, wie genervt ich bin, als ich den Versuch starte, meinen Sitz durch intensives Abreiben mit den Papierfetzen zu trocknen. Zwei weitere Wege zum Papierspender sind nötig, bis ich eine relativ trockene Oberfläche hergestellt und eine Papierunterlage auf meinem Sitz geschaffen habe. Als Charlotte endlich den Wagen vom Parkplatz fährt, warte ich, bis wir auf der sicheren Autobahn sind, als ich den zweiten Versuch starte, ein wohlverdientes Bier zu öffnen.

Erstaunlich gut kommt Charlotte irgendwann mit dem Wagen zurecht und hat tatsächlich einen recht angenehmen Fahrstil, sieht man von unseren Startschwierigkeiten und meinem bisherigen „Beifahren" in ihrem Kleinwagen einmal ab.

Es beginnt zu dämmern, als wir auf den Parkplatz des Hotels einbiegen, und ich stelle verwundert fest, dass es während der gesamten Autofahrt keinen Anruf von Anke oder den Kindern gegeben hat.

Ich schnappe mir meinen Koffer aus dem Kofferraum und Charlotte zieht ihren Rucksack von der Rückbank. Klirrend stoßen einige leere Bierflaschen zusammen, als sie auch ihren Pullover vom Sitz nimmt. Den Pullover habe ich genutzt, um die Flaschen geräuscharm auf der Rückbank lagern zu können und eine eventuelle geruchliche Verschmutzung ihres Kleidungsstücks war mir, nachdem meine Kleidung nass und stinkend im Kofferraum des

Autos lag, schlicht egal und die beste Lösung während der Fahrt.

„Herzlich willkommen im Schlosshotel. Hatten Sie eine gute Anreise?", begrüßt uns die Dame am Empfang des Hotels, neben dem ein großes hellblau schimmerndes Aquarium die Abtrennung zwischen Gastraum und Lobby darstellt.

„Vielen Dank, alles gut! Es müsste ein Zimmer für mich reserviert worden sein. Ich komme zur morgigen Veranstaltung", gebe ich überzeugend erfahren wider.

Nachdem ich aufgefordert werde meinen Ausweis zu übergeben und zu unterschreiben, erhalte ich meine Zimmerkarte und den Hinweis darauf, zu welchen Zeiten man mir den Zugang zum Frühstück erlauben könne. Ich nicke, nehme meine Schlüsselkarte entgegen und trete zur Seite, damit auch Charlotte ihre Zimmerkarte entgegennehmen kann.
„Herzlich willkommen im Schlosshotel! Hatten auch Sie eine gute Anreise?", spielt die freundliche Dame des Hotels erneut den Begrüßungsspruch ab.

„Hallo, ich brauche ein Zimmer bis Mittwoch!", sagt Charlotte, vollkommen sicher hier das Richtige gesagt zu haben.

„Hatten Sie reserviert?", schallt es freundlich hinter dem Bildschirm hervor.

„Nein, habe ich nicht!", entgegnet Charlotte und in mir macht sich Unverständnis über mein eigenes Verhalten breit. Die Hoteldaten hatte sie nicht, aber eigentlich hätte sie auf die Idee kommen können, mich zu beauftragen, ein Zimmer zu reservieren. Jeder normal denkende Mensch wäre vermutlich auf die Idee gekommen, eine Reservierung für nötig zu erachten, mir ist es schlicht entfallen.

„Ich ärgere mich tatsächlich das erste Mal in der gemeinsamen Zeit mehr über mich, als über Charlotte. Erstaunlich!", fällt mir überrascht auf.

Ich stelle mich ein wenig abseits denn, so unsere Vereinbarung, wir treffen uns erst abends, nach Veranstaltung, dann ohne Publikum und haben ansonsten den ganzen Tag - jedenfalls offiziell - nichts miteinander zu tun.

„Das tut uns leid, wir sind leider ausgebucht. Wir haben parallel drei Veranstaltungen und da ist dann leider kein Zimmer mehr frei", spricht die nicht sichtbare Person hinter dem Bildschirm.

Ungläubig schaut Charlotte in meine Richtung und fordert mich mit Blicken auf, nun zu reagieren. Soll ich jetzt ernsthaft mein Zimmer, auch offiziell, mit Charlotte teilen? Wie erkläre ich der Agentur, dass ich eine weitere Person in meinem Zimmer habe, wenn die die Rechnung erhalten?

„Dann müssen wir uns wohl ein Zimmer teilen!", sagt Charlotte deutlich lauter, als es mir lieb ist, durch die

Lobby, in der sich mittlerweile auch zwei weitere Herren, aufgereiht vor dem Tresen der Lobby, befinden. Um das Ganze nicht noch ausufernder und für jeden bemerkbar zu machen, nicke ich der etwas verwundert dreinschauenden Frau, die sich nun über den Bildschirm hinweg nach oben streckt, entgegen.

„Dann müssen wir Ihre Buchung anpassen!", stellt die Dame unbeeindruckt fest und tippt deutlich hörbar mit überlangen und geschmacklos lackierten Fingernägeln auf die linke Taste ihrer Maus.
„Vermutlich versucht sie gerade, Anpassungen an meiner Buchung vorzunehmen und muss sich hierbei konzentrieren", denke ich.

„Wir können das aber gerne auch nachher klären und wir trinken erst einmal etwas, um den Verkehr hier nicht weiter aufzuhalten", schlage ich mit einem Kopfnicken in Richtung der wartenden Herren vor.

„Das geht ganz schnell! Haben Sie einen Ausweis dabei?", fragt sie Charlotte, die nun hektisch in ihrem Rucksack herumkramt. „Wurde das Zimmer über uns direkt gebucht?" ergänzt sie nun an mich gerichtet ihre Frage.

„Ich gehe davon aus, dass meine Agentur dies direkt bei Ihnen, zusammen mit der Veranstaltung gebucht hat", versuche ich den Vorgang zu beschleunigen.

Die Schiebetür öffnet sich und ein mir bekanntes Gesicht betritt die Lobby des Hotels. Schumann, den Nachnamen dieses Mitarbeiters einer anderen Agentur habe ich mir merken können, ist offensichtlich auch zu dieser Veranstaltung eingeladen worden.

Nach intensiverem Tippen und einigen weiteren Fragen, die ich halbherzig und leise zu beantworten versuche, nickt die Hotelmitarbeiterin und übergibt Charlotte die zweite Schlüsselkarte zu – nun - unserem Zimmer.

Ich greife nach meinem Koffer, den ich vor dem Tresen abgestellt hatte, und drehe mich zum Aufzug um, dessen Position die freundliche Frau hinterm Tresen mir bereits bei der Übergabe meiner Karte mitgeteilt hat. Ich nicke den Herren, die nun in einer Schlange vor dem Tresen, wartend auf das eigene „An-Die-Reihe-Kommen" stehen, zu und versuche möglichst unbeachtet zum Aufzug zu kommen.

„Die Kollegen aus Saarbrücken sind auch wieder am Start?", brüllt Schuman unter seinem Schnurrbart hervor.

„Wie jedes Jahr! Dieses Mal bin ich an der Reihe", erkläre ich meine Anwesenheit und möchte nun schnell auf mein Zimmer.

„Sind Sie mit Ihrer Frau angereist?", fragt er übertrieben freundlich.

„Ich bin nur die Freundin!", mischt sich nun Charlotte ein und sorgt in mir für verzweifeltes Entsetzen.

„Schön Sie kennen zulernen! Schumann, Bernd Schumann!", stellt er sich vor und streckt Charlotte seine Hand entgegen.

„Ich bin die Charlotte!", entgegnet sie und in mir macht sich völliges Unverständnis breit. Wie kann die sich denn nur mit ihrem Vornamen vorstellen? Wie peinlich kann man dies denn gestalten? Ich schäme mich nicht nur dafür eventuell dabei ertappt worden zu sein mit „nur der Freundin" auf einem Event aufgetaucht zu sein, sondern insbesondere dafür, mit dieser Frau und deren Art hier erschienen zu sein.

„Wir gehen dann mal aufs Zimmer. Wir sehen uns ja spätestens morgen!", schlage ich Schumann vor uns schiebe Charlotte unmissverständlich in Richtung des Aufzugs.

„Ja, gerne! Wir sehen uns vielleicht später an der Bar", nimmt mir Schumann meine Flucht nicht übel.

Der Aufzug kommt und wir betreten ihn. Noch finde ich keine Worte, die nicht primitiv oder beleidigend wären, sondern schaue nur kopfschüttelnd in den Spiegel an der mir gegenüberliegenden Aufzugwand.

„Wollen wir im Aufzug übereinander herfallen?", fragt Charlotte süffisant, als ob es den eben erlebten Vorfall nicht gegeben hätte.

„Eine super Idee! Jetzt ist auch dies vollkommen egal! Merkst du noch was?", blaffe ich sie mit aggressivem Ton an. „Wie kann man so bescheuert sein?"

„Was denn? Ist doch nicht meine Schuld, dass die keine Zimmer mehr frei haben."

„Ich bin nur die Freundin? Hast du das ernsthaft gesagt? Spinnst du? Das ist hier eine Veranstaltung meiner Firma und ich sollte versuchen, mich hier nicht zum Affen zu machen!", stolpert es aus meinem Mund.

„Hättest mich ja nicht mitnehmen müssen!", sagt Charlotte achselzuckend.

Jetzt ist der Punkt gekommen, an dem ich eine gewaltfreie Lösung für vollkommen unmöglich erachte und frage mich, ob es unauffälliger sein könne, sie gleich hier im Aufzug zu erwürgen oder das Schubsen vom Balkon, so in diesem Zimmer einer vorhanden wäre, der bessere Weg sein könne, sich diesem Problem in Frauengestalt zu entledigen.

„Meinst du das ernst?", werde ich nun lauter.

„Schrei' mich nicht an!", funkelt sie mir erbost entgegen.

Ich beschließe nichts mehr zu sagen, schüttele den Kopf und verlasse schweigend den Aufzug, als dieser den dritten Stock erreicht hat und dies mit einem Glockenton kundtut.

Mit gesenktem Kopf laufe ich den langen und mit einem roten Teppich ausgestatteten Flur entlang, bis ich auf der Tür des Zimmers meine Zimmernummer erkennen kann. Das Davorhalten meiner Schlüsselkarte wird mit einem leisen Piepsen quittiert und die Türe lässt sich mit einem sanften Stoß öffnen. Ich werfe keinen Blick nach hinten, ob sich Charlotte in das Zimmer begeben hat, sondern lege meinen Koffer auf die Holzfläche unterhalb eines großen Spiegels gegenüber dem Bett.

Heute nur noch unter die Dusche und schlafen, beschließe ich und außerdem, dass ich mit Charlotte heute weder sprechen, geschweige denn schlafen werde. Schlau ist eben doch sexy, stelle ich fest und bin immer noch entsetzt über die Erlebnisse der letzten Minuten und Stunden. Dass Charlotte nicht die hellste Kerze auf der Torte ist, war mir klar. Dass sie aber mit ihrem Verhalten so zu nerven in der Lage ist, hätte ich in diesem Umfang, nicht erwartet.

Ich bedaure mich nicht nur um die mir bevorstehende Zeit in diesem Hotel, sondern auch um die Erklärungen, die vielleicht im Nachgang vonnöten sein könnten, wenn ich mich Agentur und Schuman gegenüber zu erklären habe.

Ein kurzer Weg ist es in das kleine Bad mit der engen Dusche. Ich werfe meine Kleidung auf das Waschbecken, stelle das Wasser an und steige, nach Erreichen der mir angenehm erscheinenden Temperatur unter das in festem Strahl aus dem Duschkopf hervorschießende Wasser.

Das Wasser fließt mir über den Kopf und ich freue mich, nun ein paar Minuten für mich und ohne nervige Ansprache zu haben. Wie kann ein Mensch so bescheuert sein? Es will mir nicht begreiflich sein und lässt mich auch nach Minuten unter dem Wasser nur mit dem Kopf schütteln.

Als ich die Dusche verlasse, mich abtrockne und anzuziehen beginne, überlege ich, wie ich den Abend einigermaßen retten können würde. In jedem Fall rufe ich gleich einmal Anke an und frage, wie ihr Tag mit den Kindern verlaufen ist. Sollte sie mich fragen, warum ich mich nicht gemeldet habe, werde ich sagen, dass ich nicht stören und die Kinder nicht an meine Abwesenheit erinnern gewollt habe. Dies halte ich für eine hervorragende Idee und werde diese in dem anstehenden Telefonat umsetzen.

„Ich rufe die Kinder an und brauche ein paar Minuten für mich", rufe ich in das Zimmer, ohne Charlotte weiter zu beachten und verlasse den Raum.

Ich beschließe, dass ein Gang durch den Hotelpark die ideale Location sein könne, um in Ruhe mit Anke und den Kindern zu telefonieren, schnappe mir die Zimmerkarte und verlasse Zimmer, Aufzug und das Hotel durch die großen automatischen Schiebetüren in Richtung des Parks.

„Hey Anke, wie läuft es bei euch?", frage ich ernsthaft interessiert.

„Gut, warte ich gebe dir die Kinder...", sagt Anke noch während sie den Hörer hörbar vom Ohr nimmt und den Kindern mitteilt, dass Papa mit ihnen sprechen wolle.

„Hallo Papa! Ist das schön da im Hotel?", fragt Lara begeistert und wird von Sophie bereits mit der nächsten Frage beauftragt, ob es da denn auch ein Schwimmbad gebe.

Ich beantworte brav und mit großer Hingabe die Fragen der Kinder, auch die nach der Autofahrt, den anderen Anwesenden im Hotel und dem Essen, wofür sich Lara besonders begeistert, als sie hört, dass es ein Buffet gibt, an dem man sich unendlich bedienen könne.

„So Mädels, gebt ihr mir noch einmal Mama?", frage ich die beiden, deren Frageschwall langsam zu versiegen scheint.

„Mama möchte nicht telefonieren, sagt sie!", erklärt Sophie aus der Entfernung rufend ins Telefon.

Um nicht die Mädchen mit in unsere Auseinandersetzungen zu ziehen beschließe ich, keinen weiteren Versuch der Gesprächsaufnahme zu unternehmen, sondern mich auf ein „Grüß Mama lieb von mir!" zu beschränken.

Ein wirklich schöner Park, entlang einer hüfthohen Mauer angelegt, kann man auf das kleine Dorf gucken und sogar aus der Entfernung feststellen, dass sich hier das Leben vermutlich im Schützenverein, dem örtlichen Fußballverein oder in dem eigenen Nutzgarten stattfindet.

Auch schön, aber leben möchte ich hier nicht wirklich müssen.

Ich beschließe mich wieder in das Hotelzimmer zu begeben! Dies nicht etwa, um einen weiteren Gesprächsversuch zu unternehmen, sondern eher, um den Fernseher als Ablenkung zu nutzen und mich zu entspannen.

„Im Idealfall hat Charlotte herausgefunden, dass es einen Pool oder eine Sauna gibt und sich dorthin verzogen, sodass ich ein paar Minuten ihrer Abwesenheit genießen kann!", fährt es mir durch den Kopf und erneut ärgere ich mich, nicht einfach pünktlich vom Parkplatz weggefahren zu sein.

Als ich das Zimmer betrete, scheint Charlotte zwischenzeitlich an ihren inneren Reset-Knopf gekommen zu sein, denn von der eben noch zwischen uns stehenden Meinungsverschiedenheit oder ihrem Unverständnis meiner Worte, ist nichts mehr zu spüren.

„So, was machen wir jetzt? Ins Bett oder doch vorher noch schwimmen?", fragt sie völlig unbeeindruckt, während sie in Unterwäsche vor mir steht. Sie war wohl gerade in der Überlegung, sich entweder weiter auszuziehen, um mich im Bett anzutreffen oder in die Schwimmklamotten zu steigen.

„Keine Ahnung! Worauf hast du Lust?", übergebe ich den Schwarzen Peter der Entscheidung wieder zurück und die Entscheidung der weiteren Tagesgestaltung in die Hände von Charlotte.

„Tut mir leid wegen eben! Ich bügle das morgen wieder gerade mit dem Schumann. Kennt der deine Alte?", fragt Charlotte nun tatsächlich einsichtig, wenn mir auch ihr Vorschlag, etwas mit Schumann klären zu wollen ernsthafte Sorgen bereitet und ihr die Bezeichnung „Alte" für mein Dafürhalten immer noch nicht zusteht.

„Bitte nichts zu klären versuchen. Ein Ei drüber schlagen und hoffen, dass der nicht weiter darüber nachdenkt, was du gesagt hast!", bemühe ich mich, weitere unnötigen Kommunikationen und damit eventuell weiteren Hinterfragungen Schumanns aus dem Weg zu gehen.

„Wie du willst! Du bist der Chef!", sagt sie laut und hält ihre rechte Hand an die Stirn, vermutlich um damit wie ein Befehl empfangender Soldat zu wirken.

Schon sexy, wie sie da steht in hellblauer Unterwäsche und der nun wieder erreichten Zurückhaltung in ihren Handlungen.

„Lass uns im Bett bleiben und später ins Schwimmbad gehen", schlage ich grinsend vor und umarme Charlotte. An ihrem Hals atmend, ziehe ich sie zu mir heran und hebe sie an den Oberschenkeln auf meine Hüfte. Ich spüre ihren Atem durch mein T-Shirt und rieche ihr Parfüm. Wie immer ein wenig zu süß, nicht aber übertrieben aufdringlich. Während sie sich an meinen Hals klammert und mit ihren Beinen meine Hüften umschließt, um sich auf Hüfthöhe halten zu können, öffne ich mit beiden Händen ihren BH und ziehe die Träger herunter.

Ich stelle sie auf das Bett und sie zerrt mir hektisch mein Shirt über den Kopf. Sie lässt sich auf ihre Knie fallen, und versucht meinen Gürtel zu öffnen. Ja, sie versucht den Gürtel zu öffnen. Würde ich mich beim Öffnen eines BHs so ungeschickt anstellen, hätte ich vollstes Verständnis dafür, von der von mir zu entkleiden versuchten Person, schallend ausgelacht zu werden.

„Lass´ mich machen! Und dann fickst du mich, bis ich explodiere!", keucht sie unter der Anstrengung meinen Gürtel öffnen zu wollen.

Schneller schafft man es kaum, meine eben noch durchaus nennenswerte Vorfreude auf ein Minimum zu senken. Wortwahl und Plattitüden ihrer Soap- und vermutlich auch Porno-Vorbilder machen mich überhaupt nicht an.

„Willkommen in Vulgarien, Charlotte!", sage ich ernüchtert und unverzüglich fallen ihre Hände ab von meinem Gürtel und landen auf ihren Oberschenkeln.

„Was ist denn jetzt schon wieder?" Charlotte wirkt genervt und aus ihrem Gesicht ist deutlich lesbar, nicht zu verstehen, worum es mir gerade geht. Zugegebenermaßen kann Dirty-Talk einen gewissen Reiz versprühen, ich finde nur diese aufgesetzte und gefühlt einstudierten Formulierungen, außerdem das Wort Ficken zum Abgewöhnen.

„Ficken wir jetzt oder was?", fragt sie entnervt und senkt damit jede Wahrscheinlichkeit auf ein eventuell noch stattfindendes erotisches übereinander Herfallen, auf ein maximal mechanisches Miteinander und die Abarbeitung meines Hormonüberschusses.

„Schwimmen klingt toll!", teile ich meine Stimmung, in meinen Augen unmissverständlich mit. Passend zum verwunderten und beleidigten Gesichtsausdruck von Charlotte, klingelt mein Telefon in meiner linken Hosentasche. Ich greife mit meiner Hand nach meinem Handy, nehme es aus der Tasche und sehe Ankes Namen auf dem Display.

„Du willst jetzt mit der Alten telefonieren?" fragt Charlotte, die Ankes Namen auf dem Display offenbar hat lesen können.

„Nenn´ sie nicht Alte, Charlotte! Das nervt. Ja, ich muss da ran, denn vielleicht ist etwas mit den Kindern!", wende ich ein. „Kurz schweigen, ich gehe dran!", weise ich sie darauf hin, während des Telefonats, ihre Mitteilungsfreude einzuschränken. Mit einem Augenverdrehen und gequältem Nicken bestätig sie, meinen Hinweis verstanden zu haben.

„Hallo Anke! Alles gut?", spreche ich in mein Handy.

„Störe ich dich?", beginnt das Gespräch, wie fast immer, wenn Anke mich anruft.

„Wobei solltest du mich stören?", beschwichtige ich, denn an ihrem Ton ist für mich klar festzustellen, dass sie nicht bester Laune bei mir anruft. Vor allem, wenn man das letzte Telefonat zwischen uns beiden bedenkt.

„Keine Ahnung, sag du es mir!", fordert sie auf und ihr aggressiver Ton verstärkt sich.

„Du störst nicht! Was ist denn?", versuche ich das Gespräch in Gang zu bringen.

„Muss denn etwas sein, wenn ich dich anrufe?" Schnippisch macht Anke unser Telefonat wieder zu ihrer Fragestunde.

„Es muss nichts sein. Ich frage mich nur, warum du eben nicht mit mir sprechen wolltest und du mich nun anrufst", erkläre ich, wie ich denke, nachvollziehbar meine Verwundung über ihren aktuellen Anruf.

„Wir müssen uns unterhalten! Ich möchte gerne, dass wir uns zusammensetzen und besprechen, ob und wie wir weitermachen. Ich möchte das so nicht mehr! Du sagst mir nicht die Wahrheit! Du verhältst dich komisch. Ich habe das Gefühl, dass du mir etwas verheimlichst und das kann ich so nicht ertragen!", erklärt mir Anke ihren Anruf.

Wortlosigkeit war noch nie mein Problem! Aktuell stehe ich aber genau vor diesem, denn ich weiß nicht, was ich hier passend und deeskalierend erwidern könnte. Während ich noch nach den passenden Worten suche, räkelt sich Charlotte auf dem Bett und beginnt sich, mich anstarrend zu streicheln. Überall! Ihre Hand gleitet ihren Bauch nach unten und macht es mir gerade nicht leichter, das Telefonat mit Anke in Bahnen zu lenken, die streitvermeidend und mir angenehm wären. Ich schüttele den Kopf, deute mit meiner flachen Hand eine Schnittbewegung an meinem Hals an, in der Hoffnung Charlotte zum sofortigen Einstellen ihrer mir sonst immer sehr erregend und zuschauenswürdigen Handlungen zu bewegen.

„Ich weiß nicht wie du darauf kommst, Anke!", bemühe ich mich um Aufschub einer wirklichen Antwort.

„Ich bin mir sicher du weißt genau, wie ich darauf komme. Bist du nicht alleine?", schiebt sie mir entgegen und verwundert mich noch mehr. Dass sie Schwingungen wahrnehmen und Dinge wissen oder erahnen kann, ohne Gewissheit haben zu können, ist mir schön öfter aufgefallen. Ich war mir aber bis eben sicher, wie immer zu klingen und keine Rückschlüsse auf eine Person in meiner Nähe mitgeteilt zu haben.

„Jetzt wird es albern!", entgegne ich um nicht lügen zu müssen, „Lass´ uns gerne unterhalten, wenn ich wieder da bin."

Charlotte hat ihre Unterhose mittlerweile in die Kniekehlen geschoben und lässt sich auch durch meine verzweifelten Blicke nicht davon abhalten, an sich herumzuspielen.

„Ich bin dir also kein Gespräch wert, in dem du dich erklärst?", flucht sie beinahe ins Telefon.

„Ich möchte mich nur gerne persönlich mit dir unterhalten, wie du zu deinen Ideen kommst und das lieber im direkten Blickkontakt. Ist das jetzt auch falsch?", frage ich gespielt erbost, denn eigentlich hat Anke mit all ihren Äußerungen recht und ich keine Ahnung, wie ich aus dieser Geschichte schadlos wieder herauskommen kann.

„Falsch ist, dass du mich anlügst, Kaspar! Glaubst du ich bin blöd und merke das nicht? Dein verändertes Verhalten, deine Geheimnistuerei, du bist ständig online bei WhatsApp! Ich sehe das und merke, dass du mich belügst!", schluchzt Anke in ihr Telefon.

Charlotte scheint kurz vor dem Kommen zu sein, denn mittlerweile hat sie ihre Augen geschlossen und ihr Atmen wird deutlich hörbarer und schneller.
„Wenn die gleich aufstöhnt, habe ich ein weitaus größeres Problem!", fährt es mir durch den Kopf.
Ich stelle fest, dass unbedarfte Schlichtheit für den „Eigentümer" auch etwas Schönes haben kann, denn man muss oder kann eben nicht allzu viel denken.
Wer kommt denn bitte auf die Idee, während der Seitensprung offensichtlich in einem problematischen

Gespräch mit der aktuellen Lebensgefährtin oder Frau, nennen wir es wie wir wollen, ist, zu masturbieren? Rätselhaft, aber zumindest schweigt sie hierbei, stelle ich zufrieden fest und atmet nun auch leiser.

„Du kontrollierst immer noch, wann ich online bin?", spreche ich verärgert in mein Handy, „Spinnst du?"

„Dann erkläre mir mal, mit wem du schreibst, wenn du dir abends angeblich nur etwas zu trinken aus dem Kühlschrank nehmen möchtest! Zum Beispiel!", schreit Anke gequält in den Hörer.

Charlotte räkelt sich hektischer hin und her, hebt ihre Hüften, während sich ihre rechte Hand zwischen Ihren Oberschenkeln vor und zurück bewegt. Ihre linke Hand hat sie von oben über ihr Gesicht legt und die Finger ihrer Hand zwischen ihren Zähnen. Sie wirft sich auf den Bauch und vergräbt, durchgehend ihre Hüften bewegend, ihren Kopf im Kopfkissen. Durch das Kissen gedämpft, sind ihre Atem- und leise Stöhngeräusche zu vernehmen, von denen ich nicht glaube, dass sie bis auf die andere Seite meines Telefongespräches zu hören sein würden.

„Ich weiß nicht, wann das gewesen sein soll, Anke! Ich weiß auch nicht mit wem ich wann etwas schreibe. Die Jungs schicken dauernd irgendwelche Scherzvideos!", glaube ich hier erneut, eine gute und nachvollziehbare Erklärung gefunden zu haben.

Charlotte zuckt nun einige Male heftig mit ihren Hüften, ihren Kopf hat sie immer noch in den Kissen vergraben und ein langes aber dumpfes Stöhnen begleitet ihre letzte Bewegung.

Zwischen ihren Schulterblättern haben sich kleine Schweißperlen gebildet, die nun in einem kleinen Rinnsal, ihren Rücken hinab, zu ihrem Po zu laufen beginnen.

„Mir reicht es für heute! Du hast recht! Wie sprechen, wenn du wieder da bist. Vielleicht machst du dir in den nächsten Tagen ein paar Gedanken zu uns und wie wir weiter miteinander umgehen wollen. Deine Kinder mit in deine Überlegungen einzubeziehen, wäre übrigens keine schlechte Idee, Kaspar! Dass du nicht erwachsen bist, ist mir seit Jahren klar! Verarschen lasse ich mich auch von dir nicht!", höre ich brüllend ihre sich leicht überschlagende Stimme und dann das Klicken ihres Auflegens.

„Die Alte hat sie doch nicht mehr alle!", sage ich mehr zu mir als, dass ich hierzu eine Reaktion von Charlotte erwartet hätte.

„Aber du darfst „Alte" sagen oder was?", glaubt nun Charlotte wieder ein Gespräch anfangen zu müssen.

„Lass´ uns das Thema wechseln. Wo waren wir?", frage ich nun grinsend und nach diesem Streit mit Anke auch gerne bereit, sie sofort, schmutzig und ohne schlechtes Gewissen zu betrügen.

„Ich bin fertig!", feixt mich Charlotte an, „Schwimmen wollten wir doch, oder?"

„Lass uns ins Bett gehen und miteinander schlafen!", flüstere ich, einer Soap würdig.

„Miteinander schlafen! Zieh´ den Stock aus dem Hintern. Nö, keinen Bock! Ich glaube ich gehe schwimmen oder an die Bar Bier trinken", provoziert Charlotte.

Ich werde nicht darum betteln, mit ihr schlafen zu dürfen! Sie alleine an die Bar gehen zu lassen, halte ich allerdings, denkt man an die eventuelle Anwesenheit von Schumann, für riskant. Ich hebe mein T-Shirt vom Boden auf, ziehe es über und versuche zeitgleich meine Sneaker, ohne diese zu öffnen, mit den Füßen anzuziehen.

„So schnell gibst du auf?", wundert sich Charlotte, der wohl gerade wieder klar wird, was der eigentliche Zweck unseres Aufeinandertreffens normalerweise ist.

„Ich lasse mich von niemandem vorführen! Nicht von Anke, nicht von dir, nicht von irgendjemandem. Wenn du an die Bar gehst, tue mir den Gefallen und bedenke was du sagst. Ich laufe runter ins Dorf, werde dort etwas essen und mich in der Dorfkneipe betrinken. Wir sehen uns dann später", sage ich betont gleichgültig.

„Ich komme mit! Nicht, dass ich noch dumme Dinge sage, wenn du nicht aufpasst", erklärt mir Charlotte das

Scheitern meines Wunsches nach Einsamkeit und tut mir damit eigentlich einen großen Gefallen. Weitere Komplikationen kann ich aktuell nicht gebrauchen und mir ist es wesentlich lieber, in der Dorfkneipe verwunderten Einheimischen gegenüberzusitzen, die sich fragen, was wir dort zu suchen haben, als dass Schumann und Konsorten weiterer Nährboden für Spekulationen geboten wird.

Also zieht sich auch Charlotte an und während ich mir im Waschbecken des Badezimmers Wasser über meinen Kopf fließen lassen, kommt in mir die Gewissheit auf, ein großes Stück der Gemeinsamkeit „Anke-Kaspar", kaputtgemacht zu haben, obwohl Anke hier keine wirklichen Beweise vorliegen.

Ich bin mir aber sicher, mit einem Essen, ein paar Gläsern Rotwein und einem Zigarillo die jetzt nötige Ablenkung erschaffen zu können, die mich ein paar Stunden auf andere Gedanken bringen wird.

Friedewald hat nichts zu bieten. Außer dem Schlosshotel, in dem ich die nächsten drei Tage zu verbringen haben werde, ist nicht wirklich viel zu finden. Der Dorfkrug lässt bei einem Blick durch die Fenster erkennen, dass sich einige Rentner zum Bier eingefunden haben, die Speisekarte verspricht die dorfübliche Kulinarik aus Schweineschnitzel aller Arten oder Ähnlichem. Selbst an einem Sonntagabend hat niemand Lust sich in diesen Laden mit dem Charme der 80er Jahre zu setzen.

In einiger Entfernung scheint ein Dönerimbiss zu sein, wenn man davon ausgehen kann, dass die Optik dieser Futterstellen überall auf der Welt ähnliche

Erscheinungsbilder haben. Während ich entspannten Schrittes an der Hauptstraße entlanglaufe und bereits auf dem Weg Richtung Imbiss beschließe, mir einen Dönerteller bestellen zu wollen, kommt Charlotte mir bei unserem gemeinsamen Gang näher und greift meine Hand. Wir laufen Hand in Hand durch die leeren Straßen des Örtchens und ich lasse diese Art der öffentlichen Besitzerklärung zu, obschon ich dies immer schon als albern und unangemessen empfunden habe.

Ähnlich geht es mir auch bei ausgiebigen Küssen in der Öffentlichkeit. Ich bin für diese Art der Liebes- oder Zuneigungsbekundung nicht zu haben.

Anders als der Dorfkrug ist der Dönerladen gut besucht und die Tische, bis auf einen letzten, belegt.

Im Stile der Kneipen aus amerikanischen Filmen und mit rot-weißen Bänken bestückt, erweist sich das Angebot als überaus vielfältig. Der obligatorische Dönerspieß nimmt nur wenig Raum auf der über der Fritteuse angebrachten Tafeln ein. Pizza, Pasta, indische Currys, chinesisches Hühnchen und weltweite Gerichte, scheint der Betreiber zubereiten und verkaufen zu wollen, eventuell auch diese zubereiten zu können.

Viele Tafeln mit Bildern der verschiedenen Angebote sind verstreut hinter dem Tresen an jeder freien Stelle angebracht.

Ich entscheide mich für den Dönerteller mit Reis. Charlotte auch. Natürlich aber nicht, ohne auch hier wieder unnötige Diskussionen und Wünsche vortragen zu müssen.

„Statt Reis oder Pommes hätte ich gerne Nudeln, außerdem von der roten Soße mit Paprika! Ich weiß gar nicht, wie man die jetzt nennt, weil Zigeunersoße darf man ja nicht mehr sagen...!", belehrt sie den Menschen hinter dem Tresen, der ihre Ausführungen gekonnt überhört.

Ich nehme mir, nach Freigabe durch Kopfnicken des noch mit Charlotte in Diskussionen gefangenen Mitarbeiters des omnikulturellen Imbisses, ein Bier aus dem Kühlschrank und beschließe mich Charlottes weiteren Sonderwunschbestellversuchen zu entziehen. Ich wende mich mit meinem Bier in der Hand ab, gehe auf den freien Tisch zu und lasse mich auf die freie Bank fallen.

Ich kann sehen, wie der Mitarbeiter am Tresen bemüht ist, zwischen Charlottes Geplapper, ihre Wünsche an die Kollegen an Dönerspieß, Fritteuse und der kleinen, im hinteren Bereich gelegenen Küche weiterzugeben.

Als sie nach weiteren Beschreibungen und Erklärungen, wie ihr Teller nun beladen zu sein hat endlich zufrieden zu sein scheint, nimmt sie sich ebenfalls ein Bier aus dem Kühlschrank und setzt sich mir gegenüber an den Tisch.

„Total nett sind die hier!", stellt Charlotte zufrieden fest und setzt die Bierflasche zu einem großen Schluck an.

„In jedem normalen Laden hätten sie dir die Dönerschaufel in den Nacken geworfen, bei dem was du da bestellt hast!", grinse ich, mein Unverständnis mitteilend.

„Ich war dir wieder peinlich?" lächelt sie mich zufrieden an.

„Du hast da Spaß dran, oder?", stelle ich mehr fest, als ich es wirklich als Frage verstanden wissen möchte.

„Keine Ahnung! Ich bin so, wie ich bin und mir ist egal, was die anderen denken. Ich bin ich und ich finde das gut so. Wem es nicht gefällt, der muss es ja nicht ertragen", stellt Charlotte selbstsicher klar.
Erstaunlich kluge Worte. Kurz überlege ich, ob Charlotte, wenn es jetzt mit Anke völlig eskalieren würde, ein Ersatz als Beziehung sein könnte - jedenfalls übergangsweise.

Noch während ich diese Gedanken innerlich verneine und mir diesen Menschen außerhalb des Bettes nur schwer vorstellen kann, habe ich ein schlechtes Gewissen, welches Bild ich von einem Menschen habe, der mir offenbar zugetan ist und mir eine, trotz meines Verhaltens, unerklärliche Sympathie entgegenbringt.
Ich komme mir gemein, außerdem ungerecht vor!
„Vielleicht sollte ich meine Umgangsformen Charlotte gegenüber - aber auch generell - überdenken, bevor ich hinter dem Rücken anderer, über diese Menschen herfalle. Ist das ein Beginn von Reife?", überlege ich nachdenklich und mit Blick auf den Tresen.

Und während ich mir Gedanken um mögliche Veränderungen meiner Einstellung anderen Menschen gegenüber mache, spüre ich Charlottes Hand auf meiner und wir sitzen auf einmal und für mich fast unbemerkt beinahe als Paar in einem internationalen Imbiss in einem unbekannten Dorf.

Warum ich dieses Händchenhalten über mich ergehen lasse, ist mir ebenso unklar, wie die Idee, die hinter Charlottes Bestellung gelegen haben muss.

Vor mir steht ein elegant abgestellter Dönerteller, der duftend Spaß darauf macht, diesen gleich zu essen. Vor Charlotte erscheint ein Teller gleicher Grundfläche, allerdings beladen wie die Frühstücksbuffetteller der Kölner Kegelkatzen beim Ausflug ins Partydorf Legden nach durchzechter Nacht. Zu erahnen ist Dönerfleisch, Rigatoni, Paprikasoße, überzogen mit Béchamelsoße, Bohnensalat und Ziegenkäse.

„Lass´ es dir schmecken, Charlotte!", sagt der Imbissmitarbeiter, während er den Teller vor Charlotte auf dem Tisch platziert.

„Danke, Turgut! Das sieht superlecker aus!", freut sie sich über ihr Abendessen.

Turgut verlässt den Tisch und ich schaue Charlotte verwundert an.

„Habt ihr schon Nummern getauscht?", versuche ich meine Aussage möglichst leise zu tätigen.

„Eifersüchtig?", erwidert Charlotte gekonnt.

„Nein, ich freue mich für euch! Auch darüber, dich keine weiteren drei Stunden im Auto ertragen zu müssen, wenn du jetzt in Friedewald bleibst!", ärgere ich Charlotte, die sichtlich und eindeutig getroffen reagiert.

„Ich finde es wichtig, dass man sich allen Menschen gegenüber gut benimmt!", schmatzt mir Charlotte mit nun vollem Mund entgegen.

„Da kannst du sehen, wie sich die Welt verändert!", sage ich die Augen verdrehend. „Damals hieß es, man solle nicht mit vollem Mund reden und schmatzen, heute ist es gutes Benehmen, sich jedem Dönermann mit Vornamen vorzustellen! Nicht nur meine Oma wäre verwundert!"

„Der jobbt hier nur und ist nicht der Dönermann!", flucht sie, Turgut verteidigend und mich dabei mit den Augen böse anfunkelnd. „Er macht jetzt sein Abitur in der Abendschule nach und dann will er Medizin studieren!", weiß Charlotte zu ergänzen.

„Was hast du denn noch alles erfahren?" Ich muss zugeben, dass sie mich tatsächlich beeindruckt. Ich hätte nicht gedacht, dass man Charlotte gegenüber so kommunikativ und wenig genervt sein könnte. Wie war das noch mit Pott und passendem Deckel?

„Nicht mehr viel. Seine Mutter ist mit ihrem neuen Mann jetzt nach Mallorca gezogen, die machen da eine Bar auf und kommen dann in dieser Fernsehserie", spricht Charlotte immer noch mit vollem Mund zufrieden kauend.

„Nicht dein Ernst! Wie lange saß ich denn hier alleine, dass du all diese Informationen erhalten hast?", frage ich überrascht.

„Das war ein Scherz!", lacht mich Charlotte nun aus, „Auf seinem Namensschild kann man seinen Namen lesen und das Mädel hinter der Theke trägt eines mit dem Namen Charlotte. Darüber habe ich eben mit den beiden kurz gesprochen und mich als Charlotte vorgestellt."

Überrascht von ihrem Humor, kann ich sogar darüber hinwegsehen, dass sie diese Worte mit mindestens 300gr. Nahrungsmitteln zwischen ihren Zähnen übermittelt hat.

„Sehr gut! Du kannst lustig sein!", bestätige ich meine Begeisterung lachend.

Nachdem wir aufgegessen haben, verabschieden wir uns beide mit einem „Vielen Dank!" an Turgut und einem „Schönen Abend!" an die gesamte Runde der Leute im Imbiss.

Den Weg zurück zu Hotel laufen wir wieder Hand in Hand. Mittlerweile beginnt es dunkel zu werden und die Auffahrt zum Hotel ist, ebenso wie der Rest des Dorfes, vollkommen menschenleer. Der Portier am Empfang hebt freundlich den Blick und wünscht uns eine angenehme Nacht. Nur wenige Meter vom Empfang entfernt warten wir auf den Aufzug, der sich laut der digitalen Anzeige aktuell auf dem 6 Stock aufzuhalten scheint.

„Wie lange ist denn das Schwimmbad noch geöffnet?", frage ich in das freundliche Gesicht des Mitte 60jährigen Mannes und ergänze, „Herr Scholtes", wie ich dies auf seinem Namensschild beim Betreten der Lobby habe erkennen können.

„Wir schließen das Schwimmbad nicht. Sie können durchgehend in den Innenpool, außen ist nur bis 22:00h geöffnet", erklärt mir Herr Scholtes freundlich.

„Vielen Dank und Ihnen einen angenehmen und entspannten Abend!", rufe ich in die Richtung des Empfangs, als sich der Aufzug öffnet und wir in die Kabine treten.

Als sich die Türen schließen, schaut mich Charlotte fragend an.

„Herr Scholtes? Was ist los? So freundlich? Neuer Kaspar?", wundert sich Charlotte.

„Ganz lieber Kerl. Sein Sohn macht gerade sein Abitur nach, will dann Medizin studieren und arbeitet so lange in einem Dönerladen. Er wandert demnächst mit seiner Frau nach Mallorca aus und möchte ins Fernsehen!", grinse ich.

„Idiot! Gehst du noch schwimmen?", gähnt sie mich an.

„Falsch! Wir gehen schwimmen!", lege ich fest und drücke nicht auf die Taste, die uns zu unserem Stockwerk führen würde, sondern auf die Taste „U", neben der eine kleine

Tafel, die auf den Weg zu Wellness und Schwimmbad hinweist.

„Vielleicht sollten wir vorher einmal in unser Zimmer und unsere Badeklamotten holen!", gibt Charlotte zu bedenken.

„Der alte Kaspar hätte jetzt die Badehose geholt, dem neuen ist es egal! Wenn da keiner drin ist, gehe ich da nackt rein!" behaupte ich mutig und grinse selbstüberzeugt.

Als sich die Aufzugtür öffnen, schaltet sich ein durch einen Bewegungssensor zu aktivierendes Licht im Bereich vor einer doppelflügeligen Glastüre ein.
Es ist ein angenehmer Chlorgeruch zu vernehmen und den Erinnerungen der üblichen Kombination aus Kindheitstagen folgend, bin ich mir sicher, gleich Lust auf Pommes Frites entwickeln zu können, hätte ich nicht gerade eben erst so viel gegessen.
Die Tür ist leicht zu öffnen und wir treten in den zunächst unbeleuchteten Bereich vor den Umkleidekabinen. Auch hier scheint ein Sensor unsere Anwesenheit bemerkt zu haben und ein angenehmes und gedämmtes Licht schaltet sich ein.
Charlotte zieht mich an meinem rechten Handgelenk in eine der Kabinen und beginnt mich hektisch und wenig zurückhaltend auszuziehen. Wir entkleiden uns gegenseitig, sehen uns tief in die Augen, beide wissend, was wir hier nun zu tun haben. Wir hinterlassen unsere Kleidung ungeordnet überall in der Kabine und laufen

barfuß direkt auf die Duschen zu, die wir, ohne diese zu nutzen, durchlaufen. Wir öffnen eine braune Tür, um nun nackt vor einem großen Pool zu stehen.

Drei Schritte Anlauf nehmen wir, springen gemeinsam und unsere Hände haltend in das angenehm warme Wasser des blau beleuchteten Schwimmbeckens.

Wir schwimmen hintereinander auf die andere Seite des Beckens. Charlotte dreht sich im Wasser kurz vor dem Erreichen des Beckenrandes um, lehnt sich mit ihrem Rücken an die gefliese Umrandung und schaut mich an. Ihre Arme hat sie auf dem Beckenrand abgelegt und schaut mir weiter tief und auffordernd in die Augen. Und nun passiert genau das, was eigentlich unsere Vereinbarung des Miteinanders gewesen ist: Wir reduzieren unser Aufeinandertreffen auf Körperlichkeit und nur auf diese.

7

Zeiten in den Meetings laufen entspannt ab. Mein Vortrag ist nicht der langweiligste, ich schaffe es, meine

Visitenkarten an die richtigen Ansprechpartner abzugeben und höre eigentlich bei jedem Gespräch, dass wir uns unbedingt zusammensetzen und miteinander ins Gespräch kommen müssen. Über die Nachhaltigkeit dieser Aussagen kann man erfahrungsgemäß erst nach einer gewissen Zeit ein Resümee ziehen, aber beschimpft oder vom Tisch gejagt wurde ich nicht. Unser Abenteuer im Pool des Hotels blieb zum Glück unbemerkt. Schuman hatte glücklicherweise einen spontanen Termin in seiner Agentur, weshalb er die Veranstaltung früher verlassen musste und er somit keine Gelegenheit mehr hatte, mir mit unangenehmen Fragen auf die Nerven zu gehen.

Einzig die sich fortsetzenden einsilbigen Telefonate mit Anke setzen mir zu. Denn seit dem ersten Gespräch, das ich hier im Hotel mit ihr führen musste, hat sich keine Entspannung in unseren Gesprächen eingestellt und wie genau ich hier eine Lösung herbeiführen soll ist mir völlig unklar.

Beim Auschecken aus dem Hotel gelingt es mir von der Rezeptionistin, die Rechnung für einen Aufenthalt als Einzelperson zu erhalten. Charlottes Aufenthalt kann ich ohne Rechnung und damit unbemerkt für meine Agentur zahlen, sodass auch hier, jedenfalls von dieser Seite aus, keine verwunderten Fragen aufkommen sollten.

Die Fahrt am Abend zurück in Richtung Trier verläuft unglaublich entspannt, die Verabschiedung von Charlotte ist eine einfache und diesmal nicht verbunden mit Forderungen nach Wiedersehen, Veränderung der gemeinsamen Vereinbarungen oder beleidigten Untertönen. Die Tage im Hotel waren sehr harmonisch und damit völlig problemlos, was ich klar als Zeichen deute, hier einen guten Weg des gemeinsamen Miteinanders gefunden zu haben.

Ich bin hundemüde und muss mir vermutlich doch einmal eingestehen, dass die Zeit nicht spurlos an mir vorüber gegangen ist. Wenn jetzt auch schon Autofahren zur Belastung wird, scheint mir dies ein untrügliches Zeichen meines voranschreitenden Alters zu sein. Alles Lästern über den schlechten und unsicherer werdenden Fahrstil meines Vaters, bereue ich nicht, erkenne aber auch bei mir mittlerweile Verbesserungspotential.

„Ich sollte mich vermutlich zukünftig darauf beschränken, zu fahren und nicht zeitgleich auch noch Nachrichten am Handy zu beantworten oder E-Mails zu verfassen!", beschließe ich, als ich viel zu früh am Morgen am Küchentisch zwischen Brötchenkrümeln und Marmeladenklecksen nachdenke, zu welchem Zeitpunkt ich gleich unseren Esstisch wieder in vorzeigbaren Zustand bringen möchte.

Die Kinder sind in ihren Vormittagsbetreuungen und Anke hat sich heute Morgen kommentarlos auf den Weg ins Büro gemacht. Die Stimmung, weder besonders herzlich, noch augenscheinlich schlecht. Dennoch lastet sie wie ein Sack Steine auf meinem Magen. Ich überlege, wie ich nachhaltig für Besserung sorgen oder meine Situation so verändern kann, nicht mehr permanent einen Spießrutenlauf zwischen dem Versuch nicht erwischt zu werden oder von meinem schlechten Gewissen erdrückt zu werden, aushalten zu müssen. Das Hauptproblem ist allerdings, dass ich vor meinen Treffen mit Charlotte der festen Überzeugung war, ausschließlich ungezwungenen Sex mit ihr haben zu wollen. Danach übermannt mich aber regelmäßig das schlechte Gewissen, das auch mit den Autosuggestionsversuchen, eine nicht mehr funktionierende Beziehung mit Anke als Berechtigung zu benennen, kaum aufzulösen ist.

Die Hinweise von Tobi, der „uns als Männern" weiterreichende Erlaubnisse derartiger Verhaltensweisen zu erteilen versucht, helfen leider auch nicht dabei, meine Seitensprungaktivitäten für mich als „in Ordnung" zu empfinden.

Einfach gesagt: Meine Hormone treiben mich in Charlottes Bett, sind diese wieder auf ein erträgliches Maß heruntergearbeitet, erschlägt mich mein Gewissen und „das arme Tier", wie der Rheinländer es nennt.

Das arme Tier ist die für mich genau richtige Beschreibung der Gefühle, die ich habe, wenn ich alleine bin und ans Nachdenken komme.

Bei Beschäftigung fällt es mir leicht, meine aktuelle Situation und mein Verhalten mit aufgesetzter Fröhlichkeit und ausgelassener, spaßiger Art nicht nur zu überspielen, sondern auch ausgezeichnet zu verdrängen. Habe ich Publikum, seien es auch nur die Nachbarn, die ein paar Minuten ihrer Zeit am Gartenzaun mit mir über das Wetter sprechend verbringen, fällt mir nicht ein, dass ich mir ernsthafte Gedanken über den weiteren Verlauf meiner Beziehung, vielleicht sogar meines Lebens machen sollte.

Was ist denn, wenn ich wirklich auffalle und Anke mich verlässt? Was passiert, wenn Charlotte wieder der Meinung ist, mit Nachdruck mehr zu fordern oder sie mir irgendwann mitteilt, schwanger zu sein? Was ist, wenn die Kinder das Haus verlassen und ich mit Anke alleine den Tag verbringen soll? Es ist kein vorgezeichneter Weg zu erkennen und nicht klar, wie es weitergehen wird. Luxusprobleme mag man meinen, bedenkt man, dass es vielen Menschen deutlich schlechter geht. Es sind aber meine Probleme und nicht die der anderen, die mir im Moment durch den Kopf gehen, mir auf der Seele liegen und mich nicht schlafen lassen.

Ich werde mir noch einen Kaffee machen und dann die Bude in vorzeigbaren Zustand versetzen, mich dann an meinen Schreitisch hocken oder ins Café fahren, um dort einige Zeilen zu verfassen.

Schön wäre es, wenn ich wieder Gelegenheit hätte, mein Schreiben über Dinge zu tun, die mir gefallen. Projekt beenden und dann ein schönes Thema einfordern. Hierzu sollte momentan ein hervorragender Zeitpunkt sein, denn Christa ist zufrieden. Die Veranstaltung lief perfekt, wie sie mir sagte, und diese Phase ihrer Kritiklosigkeit sollte ausgenutzt werden. Wenn ich mich eine Woche mit höchster Konzentration meinem aktuellen Auftrag widme, muss das Ding nur noch einmal korrekturgelesen werden und ist vom Tisch. Damit wäre dann zumindest der berufliche Part wieder einmal ein zufriedenstellender und das sollte meine Angespanntheit, nach den Stunden effektiver Beschäftigung, zu lösen in der Lage sein.

Ich nehme mein Telefon in die Hand und wähle die Nummer der Agentur, um bei Christa direkt meinen Wunsch zu platzieren, sie möge mir einen schönen Auftrag reservieren.

„Vanessa Brinkmann?", höre ich ihre Stimme etwas rau.

„Christ... ähhh, Vanessa schön dich zu hören! Kaspar hier", verhaspele ich mich in den Hörer.

„Kaspar, was gibt´s? Du rufst freiwillig an? Scangedöns fertig?", bremst sie meinen Versuch, mich erneut für meine Anwesenheit in Friedewald loben zu lassen aus.

„Ich bin in den Endzügen, aber durch die Veranstaltung leider etwas ausgebremst worden", versuche ich den Fokus wieder auf den positiven Verlauf der letzten Tage zu lenken.

„Die Wochen davor warst du auf keiner Veranstaltung und voran ging es ja auch nicht spürbar. Lade mir doch gleich mal den aktuellen Stand in die Cloud, sodass ich mal sehen kann, wo wir stehen. Bis jetzt ist der Auftraggeber friedlich, wir sollten aber langsam liefern", zerstört mir Christa jede Hoffnung auf uneingeschränkte Positivität dieses Telefonats. Und dann auch noch Kontrolle meines Fortschritts. Kein wirklich gutes Zeichen, wenn sie zu diesem Mittel greift. Auf der anderen Seite habe ich mir nichts vorzuwerfen und habe durchaus für Material gesorgt, das unserem Kunden gefallen sollte. Geht man davon aus, dass er ähnlich emotional mit unseren Texten umgeht, wie mit seiner blöden Maschine und sich seine Verliebtheit nicht nur auf das Gerät, sondern auch auf dessen Beschreibung bezieht, sollte er frohlocken.

„Ich habe dir das gerade hochgeladen. Den Rest schaffe ich kurzfristig und dann hätte ich gerne einmal etwas Schönes, liebe Vanessa!", säusele ich, immer noch hoffnungsvoll, gleich Milde vernehmen zu können und gelobt zu werden.

Eigentlich albern, als erwachsener Mensch, auf das Lob der anderen angewiesen zu sein. Letztlich ist es aber genau das, was mir den Job erträglich macht. Auf der einen Seite ist schon der Anblick der gefüllten Seiten ein zufriedenstellendes Gefühl, kommt aber auch von Seiten des Auftraggebers oder Christa ein wohlwollendes Wort, gewinnt die Arbeit um ein Vielfaches.

„Ok, warte mal!", höre ich leise und vernehme das hektische Klicken ihrer Computermaus, „Ah, hier habe ich es."

Theoretisch kann ich mich jetzt für drei Minuten mit einer Zigarette auf die Terrasse stellen, denn außer „Aha!", „Ja", „Äh, okay!" wird in den nächsten Minuten von Christa keine Einladung zur Kommunikation erfolgen.

„Cool, Kaspar! Es geht doch voran! Lesbar ist es auch! Wann denkst du können wir das finalisieren?", reagiert Christa ungewöhnlich schnell und verwundert mich.

„Das Ding ist Ende nächster Woche fertig, denke ich! Können wir das zum Lektorat geben? Ich hätte diesen Part gerne abgeben, damit du mich schnell mit einem schönen, interessanten Auftrag versorgen kannst und ich mir diesen Text nicht noch ein weiteres Mal antuen muss", frage ich eigentlich sicher, hier gleich mit einem Hinweis auf die Kosten, gegen eine Mauer des Widerwillens zu stoßen.

„Klar, kein Problem. Die Kohle nehmen wir in die Hand! Gib mit Bescheid, wenn du fertig bist, lade den Text hoch und ich gebe das an Mayer und Klose frei, damit die sich der Sache annehmen", erstaunt mich Christa zum ersten Mal, seit unserer Zusammenarbeit.

„Danke!", sage ich überrascht und weiß nicht, was ich zu ergänzen hätte.

„Kein Ding! Wenn ich etwas für meine Leute tun kann, mache ich das gerne!", spricht der Rottweiler der Agenturszene und bringt meine Meinung, auch die meiner Kollegen, so sie dies hören könnten, ins Schwanken.

„Ich weiß doch um deinen Großmut!", ergänze ich hörbar ketzerisch, überzeugt davon, diese Botschaft aussenden zu dürfen.

„Kaspar, ich weiß, was hier über mich gesagt wird! Es ist auch nicht leicht, meinen Job zu machen und dafür zu sorgen, dass hier alle Essen und Trinken bezahlen können. Es läuft momentan beruflich aushaltbar und dann können wir uns derartige Zugeständnisse auch einmal erlauben. Ich bin nicht blöd und weiß genau, was in meinem Laden vor sich geht!", gibt sie milde und ein wenig traurig von sich und überrascht mich ein weiteres Mal.

„Wenn es gut läuft, ist es doch die Hauptsache!", freue ich mich darüber, den nervigen Weg des Korrekturlesens vom Tisch zu haben.

„Die Hauptsache ist, dass das Leben Spaß macht, Kaspar! Privat ist auch ein Teil des Lebens und da sollte es laufen. Ich halte mich mit dem Job über Wasser und verdränge die Sorgen des privaten Alltags!", sagt Christa nun deutlich traurig und überrascht mich schon zum dritten Mal in diesem Telefonat. Unsere Gespräche beschränken sich normalerweise auf unsere Zusammenarbeit und ihre unnahbare Art erscheint mir nun um ein Vielfaches angenehmer, als dieser sich ankündigende Seelenstriptease.
„Bei mir läuft es mit Klaus gerade nicht gut! Ich glaube er betrügt mich und ich überlege, mich von ihm zu trennen. Es hat halt nicht jeder so eine harmonische Beziehung wie du, Kaspar!"

„Wie kommst du drauf, dass meine Beziehung harmonisch ist? Probleme gibt es doch überall", gebe ich zu bedenken und habe das Gefühl in einer Gesprächsfalle zu sitzen, aus der zu entkommen mir in den nächsten Minuten nicht gelingen wird.

„Probleme gibt es überall, das stimmt vermutlich! Ihr habt Familie, tolle Kinder, ein wunderbares Miteinander. Anke unterstützt dich und ihr regelt den Alltag miteinander. Wir leben nebeneinander her, sprechen kaum noch miteinander und Klaus...", schluchzt sie, „...betrachtet mich mehr als Mitbewohnerin und nicht mehr als aufregende Frau."

Was habe ich losgetreten? Sie macht mir ein schlechtes Gewissen, weil ich meine augenscheinlich so tolle und intakte Beziehung mit Füßen trete und ich höre mir das desolate Beziehungsleben meiner, bis dato, unsympathischen Chefin an.

„Vielleicht solltest du mal mit ihm reden und ihm von deinen Gedanken erzählen. Sprechenden Menschen kann geholfen werden!", zitiere ich irgendeinen dämlichen Kalenderspruch und stelle, als ich diesen Satz ausgesprochen habe, fest, dass ich nun wirklich der falsche Ratgeber bin, wenn es sich um Beziehungsfragen dreht.

„Das stimmt!", flüstert Christa und klingt noch einmal um ein Vielfaches trauriger.

„Wenn ich was tun kann, sag es mir!", erwidere ich und habe nun das sichere Gefühl, mich mit einem Soapdialog sprachlich auf das Niveau von Charlotte begeben zu haben.

„Was willst du da tun? Da muss ich selber durch und sehen, wie es weitergeht!", höre ich Christa traurig und leise sagen.

„Was soll ich sagen?", frage ich ein wenig hilflos und schlucke den Gedanken, Christa auch von meinen

Problemen zu erzählen, erfolgreich herunter. Es wäre schön, sich auch mit meinem Berg aus unschönen Dingen an jemanden wenden zu können und offen auszutauschen. Sicher ist meine Chefin hier aber die falsche Ansprechpartnerin und die Wahrscheinlichkeit, dass eine Frau, die vermutet von ihrem Mann betrogen zu werden, Verständnis für meine Eskapaden haben könnte, geht gegen null.

„Ich arbeite mal weiter und versuche mich abzulenken", nähert sich Christa dem Ende des Gesprächs an und lässt mich mit unendlich vielen Gedanken über meine aktuelle Situation zurück.

„Gut, dann halt mal durch und lass den Kopf nicht hängen!", versuche ich mein Verständnis auszudrücken. Nach einem kurzen und traurigen „Tschüss!" legt sie auf.

Nachdenklich blicke ich auf mein Telefon und habe nun ein noch schlechteres Gewissen, außerdem das Gefühl mich dringend ablenken zu müssen.

So werde ich in keinem Fall an meinem Projekt arbeiten können, denn mein Kopf kreist um Anke, meine Kinder, Charlotte und die Zukunft dieser Konstellationen. Verliere ich Anke, dann vermutlich auch meine Kinder. Verlasse ich Charlotte, verliere ich meine Spielgefährtin und mir wird auch hier etwas fehlen. Was genau dies sein würde, kann ich nicht sagen. Von der Überlegung einmal abgesehen, wie Charlottes Reaktion auf mein Beenden des im Bett stattfindenden Miteinanders ausfallen würde. Eigentlich muss ich es beenden, zu meiner Familie stehen und darauf hoffen, dass mir mein Alter bei der Bewältigung meines Hormonhaushaltes unter die Arme greifen wird. Wie lange hat man denn Geschlechtsverkehr oder das Verlangen danach? Ich bin demnächst 50 Jahre alt und vermutlich wird mein Spaß daran noch einige Jahre anhalten. Abenteuerlich ist diese Art des Miteinanders außerhalb einer Beziehung in jedem Fall, zielführend in Richtung eines nachhaltig entspannten Alltags sicher nicht.

Ich beschließe mir eine Zigarette anzuzünden und finde auf der Packung den Hinweis, dass Rauchen meine Fruchtbarkeit gefährdet. In diesem Augenblick wünsche ich mir fast, dass die nun folgende Zigarette meine Potenz gefährden würde. Besser noch, wenn sie: „Rauchen vermindert ihren Sexualtrieb" auf die Packung geschrieben hätten.

„Mit dieser Wirkung wäre mir momentan am meisten geholfen!", überlege ich, trete auf die Terrasse und zünde mir eine Zigarette aus dieser schönen blauen Packung an. Ich atme tief ein und denke nach. Über alle Erlebnisse der letzten Jahre mit Anke, ihre Veränderungen zu einem Menschen, den ich so nie kannte, geschweige denn als Partnerin wollte. Aber auch ihre wunderbaren Eigenschaften als Freund und Mutter meiner bezaubernden Kinder kommen mir, einem innerlich vorbeilaufenden Film gleich, ins Gedächtnis.

Dann denke ich wieder an Charlotte, mit der eine Unterhaltung nervenaufreibend und lebensverkürzend ist, der gemeinsame Aufenthalt im Bett aber kaum

Wünsche offenlässt. Und dann fallen mir die möglichen Konsequenzen ein. Werde ich bei meinen Aktivitäten erwischt, verliere ich alles. Meine Familie, meinen Wohnort, vielleicht einen Teil der gemeinsamen Freunde. Meine Kinder werden leiden, meine Möglichkeiten, gemeinsame Zeit mit meinen Kindern zu verbringen, eingeschränkt sein und es wird ein Tauziehen um die Aufmerksamkeit und Zuneigung der Kinder entstehen.

Absprachen, wer wann mit den Kindern Zeit verbringen wird, wo die Kinder wohnen werden, wie der Alltag der beiden Mädchen gestaltet werden wird.

Anke geht mit den Kindern ins Kino, ich fahre sonntags in den Streichelzoo und gebe sie abends wieder ab, um dann alleine in meine eigene Wohnung zu fahren. Kein Lachen weckt mich, keine kalten Kinderfüße bohren sich nachts in meinen Nacken. Gemeinsame Autofahrten zu Freunden und Verwandten finden nicht mehr statt, keine Ausflüge werden mehr gemeinsam geplant. All dies entfällt und das Leben wird einsam werden.

Nicht, dass es mich stören würde, Ankes Mutter nicht mehr ertragen oder auf lästigen Schulfesten am Waffelstand auftauchen zu müssen. Dennoch bin ich mir sicher, einen großen Teil des gemeinsamen Lebens zu vermissen, sollte diese Gemeinsamkeit ein Ende haben. Kann ich das mit dem Alleinsein überhaupt? Bin ich in der Lage, mich alleine zu versorgen, wenn Ankes militante Art meiner Erziehung fehlt? Werde ich selbstständig daran denken, einen Staubsauger zu bedienen, Toilettenpapier zu kaufen oder mich außerhalb eines Lieferdienstes zu ernähren, wenn mir niemand mehr im Nacken sitzt und mich mit Hinweisen und unzähligen gelben Zetteln dazu treibt?

Ich weiß es nicht. Ich weiß nur, dass ich augenblicklich traurig und verzweifelt, nicht in der Lage bin, jetzt und genau jetzt den richtigen Weg einzuschlagen.
Ich nehme einen letzten Zug aus meiner Zigarette, nehme mir mein Handy vom Tisch, öffne das Telefonbuch und rufe Tobi an.

„Was geht, Alter? Bist du Single und mit der schwedischen Beachvolleyball-Nationalmannschaft der Frauen zum Trainingslager nach Mallorca unterwegs?" ruft Tobi hörbar gut gelaunt in sein Telefon. Im Hintergrund sind Stimmen zu hören und ich vermute ein Festival.

„Schau mal auf deinen Ausweis, du Spinner! Bist du für „Was geht, Alter?" nicht ein wenig zu alt?", ärgere ich Tobi, denn, wie auch ich, haben wir beide ein ernsthaftes Problem, uns unser Alter einzugestehen.

„Ich sehe deutlich jünger aus, als du! Das wissen wir doch beide und wenn du meine jugendliche Art und Sprache nicht verstehst, kann ich da nichts zu!", konstatiert Tobi selbstsicher.

„Okay, du hast gewonnen!", kürze ich jede Ausführung der in seinen Augen verblassten Jugendlichkeit ab.

„Erzähl´! Was ist los? Wie war dein Ausflug?"

„Beruflich top und erfolgreich! Mit Charlotte war es auch erträglich", ergänze ich, wohlwissend dieses Detail meiner Tour bisher nicht erwähnt zu haben.

„Du hast die Tussi mit ins Hotel geschleppt?", fragt er ungläubig.

„Ja, die hat sich eingeladen und dann dachte ich es könnte eine gute Idee sein, die Tage am Ende der Welt, außerhalb der Jobverpflichtungen zu nutzen", gebe ich wahrheitsgetreu zu.

„Und, wie war es? Cool?" Kommunikationsgenie Tobi hält sich wieder einmal kurz.

„Ja, war okay! Spaß im Bett, Spaß im Pool und keine Diskussionen über das Führen einer Beziehung. Alles richtig gemacht!", gebe ich vor, meinen Ausflug mit Charlotte geregelt und zufrieden hinter mich gebracht zu haben.

„War okay, klingt nicht berauschend! Was ist los? Schlechtes Gewissen?", will er erwartungsgemäß wissen.

„Total schlechtes Gewissen! Ich mache mir gerade Gedanken, wie ich weitermachen soll. Anke ist als Freund und Mutter top, Charlotte ist es im Bett. Mit Anke kannst du draußen herumlaufen und dich mit ihr unterhalten, mit Charlotte passt es im Bett. Auf Anke kann ich nicht verzichten, egal wie ätzend die manchmal ist und

Charlotte, vielleicht habe ich das schon erwähnt, passt gut ins Bett!", erkläre ich den Umfang meiner Gedanken.

„Nicht nur im Bett...", grinst Tobi hörbar ins Telefon.

„Ich weiß nicht, was ich machen soll!" frage ich, ohne es ausgesprochen zu haben, um Rat.

„Lass es doch so laufen! Du hast die WG mit Anke und den Kindern! Du vögelst die andere, wann immer es passt! Mach´s halt schlau und lass dich nicht erwischen!", bügelt Tobi jedwede Berechtigung eines schlechten Gewissens weg.

„Mir macht mein Gewissen zu schaffen!", gebe ich zu.

„Das kannst du haken! Jetzt hast du Anke einmal beschissen und wenn du die Alte abschießt, dann hältst du das ein paar Tage aus, zerrst die wieder in dein Bett oder suchst dir eine andere für die Kiste. Wenn man einmal betrogen hat, kann man eh nicht mehr anders!", glaubt Tobi seine Sicht der Dinge als gesetzt darstellen zu wollen.

„Das glaube ich nicht. Wenn ich jetzt mit Anke zusammenbleibe, meinen Abenteuerausflug mit der anderen beende, fließt Wasser den Rhein runter und ich habe das bald verdrängt, denke ich", sage ich, glaube aber meinen eigenen Worten nicht zu einhundert Prozent.

„Den Scheiß glaubst du doch selber nicht!", erkennt Tobi und ich gebe ihm gedanklich Recht. „Das Problem ist dann doch, dass du die Tante abschießt und du dir in ein paar Wochen, dann mit erheblichem Aufwand eine neue suchen musst. Mit der musst du dann klären, dass du keine Beziehung willst, du keine weiteren Kinder möchtest, dass dies alles geheim bleiben muss... Blödsinn!"

Tobi hat eine herrlich logische Art, Dinge so zu betrachten, dass auch jedem anderen klar werden muss, wie einleuchtend seine Ansichten und Vorgehensweisen sind.

„Und was mache ich mit meinem Gewissen?", versuche ich Tobi dazu zu bewegen, seine vorherigen Sätze zu überdenken.

„Mach´ dir´n Bier auf und schlag´ ein Ei drüber!", ist der finale Ansatz zu diesem Thema für ihn.

„Das ist leichter gesagt als getan, glaube ich! Ich bin gerade etwas verunsichert und weiß nicht, was ich machen soll", gebe ich zu bedenken.

„Du fragst, ich antworte! Gut, für ein Bier ist es vielleicht etwas früh - nicht dass dich das früher gestört hätte - aber in allem anderen habe ich vollkommen recht! Was weißt du denn, was Anke so alles veranstaltet, wenn du nicht in ihrer Nähe ist"

„Das ist doch Quatsch, das weißt du!", versuche ich ihm Ankes Wesen in Erinnerung zu rufen.

„Stimmt! Den Typen, der es mit der aktuell aushält, musst du mir zeigen!", sagt er, ohne dies wirklich ernst zu meinen.

„Fernbier?", frage ich einer alten Tradition folgend. Wenn wir bisher miteinander telefoniert haben, wurde oft ein gemeinsam getrunkenes Bier während des Telefonats vereinbart und dies von uns als Fernbier deklariert.

„Klar! Bin schon dran. Bin am Fühlinger See, hier ist irgendeine Veranstaltung und ich trinke den ganzen Morgen schon!", bestätigt er meine Vermutung, dass er irgendwo unter Menschen und unterwegs sein würde.
Ich gehe zum Kühlschrank, öffne ihn und nehme mit eine kleine Flasche Heineken aus dem, oft durch Anke fälschlicherweise mit Gemüse gefüllten, Bierfach.

„Prost, Nasenbär!", singe ich in das nun zwischen Ohr und Schulter eingeklemmte Telefon und öffne mit meinem Feuerzeug die Flasche.

„Prost, Pappnase!", reagiert Tobi begeistert und fährt fort: „Ich bin hier zwischen irgendwelchen Abimädels. Ursulinenschule. Das geht hier richtig ab. Komm´ vorbei, wir trinken einen!"

„Abimädels? Ursulinenschule? Tobi, die sind 18 oder 19!",
entfährt es mir ungläubig und mit aufgesetzt
vorwurfsvollem Ton.

„Ja, kann sein! Ist aber legal!", erklärt er seine
Anwesenheit in dieser Begleitung. „Außerdem hatten wir
das Thema mit meinem jungen Aussehen und meinem
jugendlichen Gemüt bereits!"

„Gut, du hast gewonnen! Dann gib da mal Gas und sag der
Lehrerin schöne Grüße von mir, sollte sie dir über den
Weg laufen!", versuche ich auch mir eine angemessene
mögliche Begleitung zu organisieren.

„Das mache ich! Du musst nur bedenken: Alt werden die
von alleine, das solltest du doch mittlerweile wissen. Sieh
doch einmal abends im Bett neben dich, wer da in
welchem Zustand neben dir liegt!", erklärt mir Tobi meine
aktuelle Situation und Grundlage seiner Erkenntnisse.

„Danke, du Arsch!", lache ich durch die Leitung.

„Mach's gut und melde dich jederzeit! Wenn ich nicht
drangehe, bin ich beschäftigt. Kannst dir ja ausmalen,
womit!", lässt er mir Spielraum für Überlegungen.

Das war ein gutes Telefonat, nimmt man die
Gewissensbeseitigung als geplantes Ziel des Gesprächs.
Mir geht es ein wenig besser, auch wenn mir klar ist, dass
Tobi nicht der beste Ratgeber in Beziehungsfragen oder

der Einordnung meines Umgangs mit Anke, aber auch mit Charlotte ist.

Ich beschließe, mich meinem Text zu widmen und diesen kurzfristig zu beenden. Das Ding vom Tisch zu haben ist der größere Antrieb, als das in Aussicht gestellte neue Projekt, mit dem Christa um die Ecke kommen würde. Wenn es denn einmal läuft, dann fließen die Worte fast von alleine in meinen Laptop und die Zeit bis zum Abholen der Kinder vergeht wesentlich schneller, als gedacht. Per Zufall stelle ich fest, dass ich mich nun auf den Weg machen sollte, um Sophie und Lara abzuholen. Als ich in den Wagen steige fällt mir ein, dass ich mich bei Charlotte melde könnte, denn auch ihr gegenüber sollte ich mich vielleicht ein wenig wertschätzender verhalten. Ich sollte ihr nicht das Gefühl geben, zu viel Raum in meinem Alltag einzunehmen, aber auch nicht dafür sorgen, ihr den Status des Betthasen alleine zuteil werden zu lassen. Diese Einsicht folgt aber ausschließlich meinem Interesse daran, sie durch Beachtung weiterhin als Ausübungsgefährtin meiner Sexualität zu behalten.

„Hey, wie geht es dir?", frage ich als Charlotte sich mit einem recht neutralen „Hallo!" meldet.

„Ganz gut! dir?" Ein toller Start in ein Gespräch, fährt es mir in den Kopf.

„Alles gut! Viel geschrieben, komme voran, die Agentur war mit der Veranstaltung zufrieden. Passt!", erkläre ich.

„Freut mich!", entgegnet Charlotte.

„Wann sehen wir uns denn wieder?", frage ich, mir den Inhalt unseres Aufeinandertreffens ausmalend.

„Liegt an dir! Habe wenig zu tun und kann mich nach Dir richten.", nuschelt sie teilnahmslos. So in etwa stelle ich mir das emotionsgeladene Gespräch zur Vereinbarung eines Inspektionstermins meines Kangoo vor, nicht aber die Verabredung zum gemeinsamen Spaß.

„Alles gut bei dir? Du klingst komisch.", gebe ich meinen Eindruck wieder.

„Ja, alles gut. Was machst du denn die nächsten Tage?", hört sich ihre Stimme nun etwas interessierter an.

„Keine Ahnung bisher! Ich kläre hier mal ab, was geplant ist und schreibe dir dann, wenn du magst!" Nach dieser Zusage eines Treffens, so jedenfalls mein Empfinden, wäre das Gespräch auch schon zu beenden, denke ich.

„Mach´ das! Ich würde gerne mal mit dir reden!", nimmt sie mir die Hoffnung auf eine gemeinsame und entspannte Zeit.

„Reden? Worüber?", setze ich ein wenig besorgt nach.

„Nicht am Telefon! Wenn wir uns treffen, reden wir!"

Wie ich dies hasse. Einer meiner ehemaligen Chefs betrieb die Kommunikation genau auf diesem Weg. Gerne am Freitagnachmittag erwähnte er am Telefon, dass er am Montag etwas mit mir zu klären habe und versaute mir damit regelmäßig meine Wochenenden. Auch auf mehrmaliges Nachfragen, war er zu keiner früheren Aussage oder einer Andeutung des Klärungsbedarfs zu bewegen, sondern beharrte darauf, dies am darauffolgenden Montag klären zu wollen. Früher habe er keine Zeit und es würde dann am Montag, vielleicht auch erst am Nachmittag, persönlich zu klären sein. Mit der Konsequenz, mir das Wochenende inklusive der Nächte versaut zu haben, wurde dann der Montagmorgen zur Tortour, um dann gegen Nachmittag in einer 10-minütigen Besprechung aus Belanglosigkeiten zu enden. Ätzend!

„Jetzt sag´ schon! Was habe ich getan? Habe ich wieder etwas falsch gemacht oder etwas Falsches gesagt?", bemühe ich mich um sofortige Aufklärung über den Inhalt des drohenden Gesprächs.

„Ich glaube, ich kann das so nicht mehr! Ich möchte das aber gerne persönlich mit dir besprechen und hier nicht am Telefon mit dir darüber reden!", überrascht mich Charlotte mit der drohenden Beendigung unserer Liaison.

„Gut, dann komme ich heute Mittag bei dir vorbei, wenn die Kinder beaufsichtigt sind", schlage ich einen Termin vor.

„Heute Mittag wird das nichts, da habe ich einen Termin. Wir können uns heute Abend um acht treffen", macht sie einen vollkommen aus der Welt gegriffenen Vorschlag, denn sie weiß genau, dass ich die Abende gemeinsam mit meiner Familie verbringe, insbesondere, da ich den Anfang dieser Woche nicht zu Hause, sondern gemeinsam mit ihr in Friedewald unterwegs war.

„Ich gucke und melde mich! Wahrscheinlich bin ich heute Abend mit meiner Familie zusammen und komme hier nicht weg!", kürze ich jede Verpflichtung ab, mir den Abend freischaufeln zu müssen.

„Ja, melde dich einfach!", sagt sie und legt auf.

Eben noch der festen Überzeugung durch Tobis Worte eine gewisse Beruhigung der gesamten Situation erlebt zu haben, kommt nun der nächste Schlag in meine Magengrube unerwartet und unschön.

Die Kinder habe ich eingeladen, anwesende und ihre Kinder abholende Mütter begrüßt, meinen Kindern mehr oder weniger aufmerksam zugehört, als sie ihre Geschichten des Tages zum Besten gaben und biege nun in die Straße unseres Zuhauses ein. Vor unserem Haus parkt bereits Ankes Wagen und mir war nicht bewusst, dass sie heute früher zu Hause sein würde.
Als ich die Türe öffne, strömt mir ein angenehmer Geruch von frisch gebackenem Kuchen entgegen und die Mädchen flitzen an mir vorbei, um laut plappernd ihre Mutter in der Küche zu überfallen. Einige Minuten stehe ich als Unbeteiligter in der Küche, schaue den beiden Kindern zu, wie sie sich kämpfend um die jeweilige Beachtung durch Anke bemühen und ihr begeistert

schildern, was in den Pausen auf den Höfen der Kinderbetreuungsorte geschehen ist. Wichtig ist aber außerdem mitzuteilen, wer heute wieder doof und gemein zu irgendeiner Mitschülerin oder der Kindergärtnerin war.

Als Anke alle erdenklichen und wichtigen Informationen erhalten und diese auch aus Kindersicht zufriedenstellend aufgenommen und kommentiert hat, lassen die Worte der Kinder, wie der Steinschlag nach einem Bergrutsch nach und beide beschließen, sich nun in die jeweiligen Kinderzimmer zurückzuziehen, um zu spielen. Ungewohnt einfach läuft das heute fährt mir durch den Kopf und so beschließe nun auch ein Gespräch mit der sichtlich gut gelaunten Anke einzusteigen.

„Hey, du bist schon da? Wie schön!", beginne ich gleichermaßen überrascht und begeistert meinen Einstieg.

„Ja, wir hatten heute Revision und mich konnte man da heute nicht gebrauchen, daher bin ich schon hier, baue Überstunden ab und starte früher ins Wochenende!", begründet Anke ihr frühes Erscheinen zu Hause.

„Ja perfekt! Dann flitze ich gleich zum Supermarkt, organisiere etwas zum Essen und wir kochen nachher gemeinsam. Was hältst du davon?", schlage ich vor, auch um meine Abwesenheit durch erhöhtes Engagement aufzuwerten und außerdem dem erhöhten Rentneraufkommen am morgigen Samstag beim Einkaufen zu entgehen.

„Eine gute Idee, wir müssen das aber verschieben", unterbricht sie meine Pläne, „Ich hocke mich nachher wieder ins Auto und fahre zu einer Arbeitskollegin. Deshalb habe ich auch den Kuchen gebacken, denn wir planen den Junggesellenabschied von einer Kollegin, die nächsten Monat heiraten wird. Heute haben einige früher frei gemacht und wir hatten die spontane Idee."

„Junggesellenabschied? So richtig peinlich mit Kondomverkauf aus dem Bauchladen und „Team Bride"-T-Shirt? Das war aber nicht deine Idee?", versuche ich angewidert die Ursache dieser Überlegung einer ihrer komischen Kolleginnen zuzuschieben.

„Wieso? Ist doch cool! Außerdem wollte ich schon lange wieder einmal nach Köln.", sagt Anke und nickt bestätigend.

„Nach Köln? Kannst du dich nicht an diese volltrunkenen Weiber erinnern, die auf den Ringen und sämtlichen Kneipen nervig ihren Scheiß zu verkaufen versucht haben? Du möchtest nun auch ein Teil derer sein, die die Einwohner dieser schönen Stadt nerven?", frage ich ungläubig.

„Du bist doof! Ich fand das nie nervig, nur lustig! Lass´ uns doch den Spaß!", mault sie.

„Wenn dies denn auch für alle anderen ein Spaß wäre. Egal, ist euer Ding! Wer muss denn heiraten?", frage ich grinsend.

„Es war so klar, dass du da wieder einmal kein Gespür hast! Wenn sich zwei Menschen wirklich lieben, kann man auch den Schritt in die Ehe gehen, um die Liebe zu bekräftigen. Auch vor Gott und so!", erklärt mir Anke.
Ungläubig schaue ich sie an. Einmal abgesehen davon, dass wir niemals den gemeinsamen Weg vor den Altar hätten antreten wollen, jedenfalls wenn man Ankes bisherigen Worten Glauben schenken darf, fällt auch das Thema Romantik definitiv nicht in Ankes Kompetenzbereich und wurde bisher nie von ihr in irgendeiner Weise erwähnt.

„Hätte ich von deinem Sinneswandel erfahren, hätte ich dich mit einer Rose zwischen den Zähnen und der Gitarre auf den Knien erwartet, um deinem neu erwachsenen romantischen Anspruch gerecht zu werden", hauche ich gekünstelt.

„Dass du kein Gespür hast, war klar! Kaspar! Ich hätte mir immer gewünscht, dass du ein wenig empathischer reagierst und du, außer deinen Belangen, auch einmal darüber nachdenkst, was anderen Menschen wichtig ist", schlägt es mir entgegen und ich kann eine gewisse Betroffenheit nicht verbergen.

„Hättest halt was sagen sollen. Ich hätte mir dann an gegebener Stelle Gedanken gemacht und meine romantische Ader für dich noch weiter ausgebaut!", versuche ich flapsig den Vorwurf der Unsensibilität wegzuwischen.

„Klar, Schuld sind die anderen! Ich weiß! Unser gesamtes Leben ist das schon so. Du hast Aufträge, die dir nicht gefallen: Die Agentur ist schuld! Die Kinder kommen zu spät in die Schule: Der Verkehr ist die Ursache und früher loszufahren wäre keine Option gewesen. Es ist immer das gleiche mit dir und deinen Problemen, die ausschließlich in der Verantwortung anderer liegen. Diese Liste könnte ich problemlos ausweiten und käme heute nicht zum Ende. Leb´ du in Deiner Welt und suhle Dich im Selbstmitleid des unverstandenen und armen Kerls!", schlägt Anke vor und widmet sich wieder ihrem Kuchen, der nun eine Verzierung erhalten soll.

„Musst du jetzt solch ein Fass aufmachen, weil ich die romantisch neu orientierte Anke etwas verwundert bemerke?", maule ich trotzig.

„Du hast es nicht verstanden, Kaspar! Ich merke, wie das „Uns" gegen die Wand fährt und das ist keine Momentaufnahme, sondern ein schleichender Prozess. Seit Jahren leben wir nebeneinander her und du glaubst, dass mir das nicht auffällt. Du kannst dir deine doofen Späße sparen und einmal selbstreflektiert nachdenken, was du in den letzten Jahren, insbesondere in den letzten Wochen, hier anstellst. Mach´ dir keine Sorgen, ich werde jetzt kein weiteres Fass aufmachen. Du bist 4mal 10 Jahre alt geworden und kannst dir mal Gedanken machen.

Natürlich nur, wenn dir, zwischen geheimen WhatsApp-Nachrichten und wichtigen Spaziergängen zu auffällig seltsamen Uhrzeiten, die Gelegenheit dazu bleibt", spricht Anke in Richtung des Kuchens.

Mist, hätte ich es doch einfach gelassen, mich in diese Situation zu manövrieren. Wie ich dies hätte verhindern können, erschließt sich mir noch nicht völlig, sicher ist nur, dass ich zukünftig vermeiden sollte, mich so an die Wand stellen zu lassen. Geschickt hat sie es angestellt, so von Stöckchen auf Hölzchen zu kommen und mir dann mit dem kompletten Baumstamm in den Nacken zu schlagen. Das alles wäre um ein Vielfaches einfacher zu ertragen, wenn sie nicht im Recht wäre und sich ihre Andeutungen und mitunter versteckten Vorwürfe in der völligen Haltlosigkeit befänden. Unglaublich. Sollte ich nun anfangen, mich zu rechtfertigen, meine geheimnisvolle Nachrichtenschreiberei zu verleugnen und schließlich behaupten, dass es letztlich ihr Wunsch war, dass ich mich mehr bewegen müsse? Nein, kein Öl aufs Feuer und deeskalierend wirken.

„Sieht lecker aus, dein Kuchen!", scheint mir der perfekte Themenwechsel zu sein.

„Ja, Kaspar!", entfährt ihr eine Mischung aus Lachen und Weinen. Jedenfalls klingt dies so für mich.

„Wann musst du denn los?", versuche ich gekonnt ihren Ton der vorangegangenen Aussage zu überhören.

„In zwei Stunden bist du mich los und ich komme sicher nicht vor 22:00h nach Hause, wenn das für dich in Ordnung ist", sagt sie nun wieder etwas gefasster.

„Soll ich dir noch bei den Vorbereitungen helfen?", frage ich, um jetzt jede feindselige Fortführung unseres Gesprächs zu verhindern.

„Nein, ich komme klar. Hör´ mal, Meister des Füllfederhalters", deutet sie an, dass ich am liebsten mit einem alten Mont Blanc-Füller meine Texte vorverfasse, was sie schon immer für affig und wichtigtuerisch hielt, „Ich lasse es damit auch gut sein, aber: Mir fällt nicht nur auf, was du sagst, sondern auch, was du alles nicht sagst! Und jetzt kannst du mit den Kindern spielen, deine Texte oder Nachrichten verfassen. Ich brauche meine Ruhe und melde mich dann später ab, wenn ich mich auf den Weg mache."

Zweifelsfrei beendet sie das Gespräch, unterstrichen damit, dass sie die kleine Bluetooth-Box einschaltet und ihre klassische Musik über die kleine Taste mit dem Plus auf dem Gerät, das an ein kurzes Abwasserrohr erinnert, lauter macht.

„Damit wäre dann diese Diskussion beendet und die Kuh für heute vom Eis!", beschließe ich ein wenig beruhigter. „Wenn sie heute Abend nach Hause kommt, wird sie vermutlich mit einigen Aperol und dem ein oder anderen Sekt so ruhiggestellt sein, dass außer einem Schnarchen keine Geräusche mehr aus ihrem Mund zu erwarten sind!", da lege ich mich jetzt fest.

Die Kinder spielen friedlich mit ihren Puppen und dies, sehr zu meinem Erstaunen, miteinander, was mir die Gelegenheit bietet, noch an meinen Schreibtisch zu gehen und dort ein wenig am Text zu schreiben. Natürlich in der Hoffnung, diesen wirklich in den nächsten Tagen beenden zu können. Und es funktioniert. Schneller als erwartet, stelle ich fest, dass ich nur noch eine Zusammenfassung mit dem Hinweis auf die mögliche Umsetzung in der eigenen Steuerkanzlei potenzieller Kunden zu schreiben habe und dann definitiv kein großartiger und emotionsgeladener, aber dennoch ein für den Kreis deren, die diese Textpassagen zu lesen haben werden, lesbare und logisch strukturierte Aneinanderreihung von Worten entstanden ist. Damit wäre ich dann deutlich innerhalb der vorgegebenen Zeit fertig mit Recherche, permanenten Textänderungen nach Updates und Umprogrammierungen. Eine schöne Aussicht!

Anke geht hinter meinem Stuhl vorbei und steigt die Treppe nach oben, um sich von den Kindern zu verabschieden.
Ich höre die immer gleichen Verabschiedungsfloskeln. Nicht fehlen darf der Hinweis, den Papa nicht zu ärgern und brav ins Bett zu gehen. Auch die Zusage, dass, wenn sie später wieder nach Hause käme, sie sich noch einmal kurz bei den Kindern melden würde, kann ich mir aus den mir verständlichen Fetzen zusammenreimen.

Als sie wieder im Erdgeschoss angekommen ist und die Mädchen, wie durch ein Wunder nicht hinter ihr hergelaufen, sondern weiter in ihrem Spiel vertieft in der oberen Etage verblieben sind, betritt sie das Zimmer, umarmt mich von hinten und nähert sich mit ihrem Mund meinem rechten Ohr:

„Schick die Kinder pünktlich ins Bett und lass sie nicht wieder ewig vor dem Fernseher hocken! Ich bin, wie gesagt, gegen 22:00h wieder da und melde mich, sollte es später werden."

„Ich wünsche dir viel Spaß bei der Planung! Wird bestimmt lustig für euch!", nehme ich einen Teil meines Spottes von vorhin wieder zurück.

„Danke, euch auch! Bist später!", verabschiedet sich Anke, nimmt ihren Kuchen in dieser, wie Ankes Mutter Silvia immer sagt, unglaublich praktischen Kunststoffdose am Bügel, der sich oberhalb einer halbdurchsichtigen Plastikabdeckung befindet. Silvia versorgt uns regelmäßig mit Kunststoffboxen, die sie sich bei Veranstaltungen aufschwatzen lässt, dann feststellt, diese nicht zu brauchen, um sie mit dem Hinweis darauf bei uns zu lagern, dass es unglaublich praktisch sei, für jeden Einsatz das passende Gefäß zu besitzen. Ich bin mir gerade nicht sicher, ob es jemals einen Einsatz dieser Kuchentransportmöglichkeit gegeben hat, bevor Anke ihren romantischen Einsatz nun wahrnimmt.

Als ich den Wagen starten und davonfahren höre, überlege ich meiner Unvernunft zu folgen, Pizza zu bestellen und die Mädels zu fragen, ob sie nicht Lust auf einen entspannten Abend vor dem Fernseher haben. Wohl wissend, dass mir diese Abendplanung spätestens nach dem Aufwachen der Kinder und deren Mitteilungsfreude, trotz vorheriger Verschwiegenheitsvereinbarung Mama gegenüber, für die nächsten Tage von Anke vorgeworfen werden würde.

„Mädels, was macht ihr?", rufe ich, meinen Plan heute nicht mehr kochend oder Brote schmierend aktiv werden zu wollen, in das Treppenhaus und ernte ein Durcheinander an Worten, deren Inhalt die Begeisterung für das gemeinsame Spiel und ihr Desinteresse an meiner Anwesenheit hierbei auszudrücken scheint.

„Was möchtet ihr denn essen?", versuche ich erneut Anteil am WG-Treiben im Obergeschoss zu erlangen.

„Papa, wir essen nachher ein paar Brote, wenn wir fertig sind!", ruft mir Sophie diesen Versuch des Austauschs beendend entgegen und wechselt direkt wieder in das belehrende Gespräch mit ihrer Schwester. Offensichtlich haben die Puppen aktuell gesundheitliche Probleme, deren Lösung nur durch den Einsatz der medizinischen Kenntnisse einer Minderjährigen und ihrer Puppe behoben werden können.

Ich beschließe, mich an das Vorbereiten der Brote zu machen und mindestens zwei Teller mit ebendiesen so zu füllen, dass auch für mich noch genügend übrigbleiben wird. So würde ich nur einmal mit der lästigen

Zubereitung der Abendmahlzeit beschäftigt sein. Käse geht immer, Salami ebenfalls, zur Ergänzung noch einen Teller mit einigen Fleischwurstbroten! Diese werden so aufeinandergestapelt, dass von appetitlichem Anrichten keine Rede mehr sein kann, sich aber der Aufwand der Spülmaschinenfüllung auf ein für mich erträgliches Maß reduziert. Ich beschließe, dass musikalische Untermalung meiner Tätigkeit eine gute Entscheidung sein würde und bemühe mich um Verbindung meines Handys mit Ankes Lautsprecher, der immer noch am Rand des Ceranfeldes in einem fröhlichen Grau zu finden ist.

Vier Versuche braucht es, bis mein Telefon den Lautsprecher gefunden hat und dieser, Avishai Cohen, wunderbar beruhigend und dem Anlass dieses kulinarischen Ausflugs angemessen, musikalisch begleitet.

Die Gedanken an das mir bevorstehende Gespräch mit Charlotte beschäftigt mich immer noch. „Warum schreibe ihr nicht einfach, dass die Kinder gegen 19:00h im Bett sein werden und ich danach gerne ein Gespräch mit ihr führen könne! Damit wäre dieses dann hinter mir und nachdem wir gemeinsam ein paar Tage relativ friedlich miteinander verbracht haben, könne dies so schlimm nicht werden", überlege ich, mich selbst beruhigend.

Ich rege mich über das Schmatzen der Kinder nicht auf, genieße aber Laras Lob, die besten Brote geschmiert zu haben, die sie jemals in ihrem Leben gegessen hat.

„Lob kann so unendlich guttun und ein Gefühl der Zufriedenheit in einem Menschen auslösen!", wie mir angenehm auffällt.

Den Eltern bekannten Satz: „Schlafanzüge, Zähneputzen und dann ab ins Bett", kann auch ich mir nicht verkneifen und stelle zufrieden fest, dass meine Autorität immer noch in beeindruckender Weise im Kreise meiner Töchter bekannt zu sein scheint. Der Widerstand, den Abend ohne Fernseher überleben zu müssen, ist nach nur einem Blick mit hochgezogenen Augenbrauen gebrochen.
Bibi Blocksberg ist aus einem der Kinderzimmer kurz mit einem „hexhex" zu vernehmen und damit ist dann auch klar, dass beide Mädchen innerhalb der nächsten 10 Minuten in den Schlaf gefunden haben werden.

Ich nehme mein Handy in die Hand, wähle WhatApp aus und suche den Chat mit Charlotte im archivierten Bereich. Die Nachricht „Kinder im Bett und ich bin gesprächsbereit..." scheint mir völlig ausreichend und wird innerhalb von Sekunden mit zwei blauen Haken quittiert.

„Wo können wir uns treffen?", folgt als Antwort.

„Anke ist bis 22:00h unterwegs, ich habe allerdings die Kinder zu beaufsichtigen. Schlafen schon!", erkläre ich meine Immobilität.

„Dann komme ich zu dir. Können uns hinterm Haus treffen und reden. Bin leise!", schlägt Charlotte vor, deren

Nachricht allerdings von meiner Seite aus eine klare Regelfestlegung bedarf.

„Hinterm Haus? Nachbarn sind gerade weg. Müssen leise sein. Kinder sollten nicht wach werden", tippe ich auf den Bildschirm meines Handys und stelle, von mir selbst entnervt, fest, dass der Schreibstil meiner Nachrichten durchaus bessere Zeiten erlebt hat.

„Ok! 15 Minutenzeigt auch Charlotte beim Verfassen ihrer Whats-App-Nachrichten keine gesteigerte Hingabe.

Ich beschließe, auch damit ich das Eintreffen von Charlotte mitbekomme, auf der Terrasse eine meiner Blauen Gauloises aus meinem Versteck im Büro mit nach draußen zu nehmen und diese, genüsslich zu einem Glas Rotwein, zu mir zu nehmen.
Ich klemme mir ein Weinglas zwischen Zeige- und Mittelfinger meiner rechten Hand, und schnappe mir dann mit der Handinnenfläche die bereits angebrochene Weinflasche von der Küchenplatte hinter dem Kochfeld. Zufrieden bemerke ich, dass ich, da mir das Kochen für heute erspart blieb, nur drei Teller, zwei Tassen und ein Messer in die Spülmaschine zu räumen habe, sodass Anke nichts am Zustand der Küche auszusetzen haben dürfte, wenn sie später nach Hause kommt.
Auf der Terrasse angekommen, stelle ich Rotwein und mein Weinglas auf den kleinen Tisch aus dunklen Holzleisten, gehe zurück an meinen Schreibtisch und nehme mir eine Zigarette aus der blauen Schachtel mit nach draußen.

Das bunte Feuerzeug startet mit dem ersten Versuch und genüsslich nehme ich einen angenehm tiefen und entspannenden Zug.

„Pst...", höre ich aus der Richtung des Spielturms und sehe, wie sich die dahinter liegende Hecke leicht bewegt. Meine Zigarette schnipse ich auf das Dach des Hauses, denn diese landet sicher und für lange Zeit unsichtbar in der Regenrinne. Das noch halbvolle Weinglas stelle ich auf dem Tisch ab.
Ich bewege mich zum Spielturm, dessen im unteren Bereich befindlicher Sandkasten zur Hecke hin mit einer Bretterwand verschlossen ist. So kann mir sicher sein, nicht vom Haus aus gesehen zu werden.
Vor mir steht Charlotte, die sich gerade zu sammeln scheint. Ein ungutes Gefühl fährt mir durch die Magengegend und eine gewisse Aufregung macht sich in mir breit.

„Hallo Charlotte! Schön, Dich zu sehen! Alles gut?", eröffne ich das Gespräch und merke, bereits beim Aussprechen der Worte, dass sie mir weder glaubt, dass es schön für mich sein könne, sie hinter einem Spielturm im Halbdunkel ausreichend sehen zu können, noch, dass ich in Ansätzen die Vermutung haben könne, es sei alles gut.

„Es ist nichts gut, Kaspar! Ich habe mich verliebt und will das so nicht mehr!", wirft sie mir entgegen und lässt keinen Zweifel an ihrer Aussage, „Ich bin mir zu schade, für dich als Bettgeschichte herzuhalten!"

„Ok. Dann lassen wir das! Telefonisch hätte das auch ausgesprochen werden können!", maule ich ein wenig beleidigt und tatsächlich überrascht von der Klarheit ihrer Worte.

„Das stimmt, Du hast Recht. Aber ein letztes Mal treffen und ein letztes Mal küssen, wollte ich Dich noch!", sagt sie überzeugt davon, dass dies auch für mich eine gute Idee sein müsse.

„Verstehe ich nicht, Charlotte! Wenn es vorbei ist, ist es vorbei! Dann brauchen wir es uns auch nicht unnötig schwer zu machen", bemühe ich mich um erwachsene Reaktion und stelle fest, dass sie durch plötzliches auf mich Zukommen und festen Griff an meine Handgelenke, ihren Vorschlag nun umzusetzen versucht. Sie umarmt meinen Hals, zieht sich zu mir heran und meinen Kopf nach unten an ihr Gesicht. Einen kurzen Moment versuche ich mich gegen ihre Handlungen zu wehren, öffne dann aber ebenfalls meine Lippen und erwidere den angenehmen und warmen Kuss. Immer wilder beginnen wir uns zu küssen und ich überlege, wo wir gefahrlos diesen Beginn des Miteinanders fortführen könnten, als sie plötzlich ihre Umarmung löst, einen Schritt nach hinten geht und wieder nach meinen Händen greift.

„Das war es dann! Mach´ es gut! Es war nicht alles schlecht zwischen uns! Ich möchte nicht, dass du dich bei mir meldest und dich nie wieder sehen!", spricht sie unglaublich abgeklärt und endgültig halblaut, nicht aber böse, vielleicht ein wenig enttäuscht in meine Richtung. Sie wendet sich ab und verschwindet in die hinter ihr liegende Hecke. Nur ein Rascheln verrät, dass sie noch in direkter Nähe zu sein scheint, das Nachlassen dieses Geräusches zeigt aber eindeutig ihre zunehmende Entfernung von mir an.

Was bitte war das denn? Eben noch voller Erregung während unseres Kusses, steigt in mir gerade Leere und eine gewisse Trauer auf. Ich bin leer und meine Gedanken lassen sich gerade nicht ordnen.

Allein bleibe ich hinter dem Spielturm zurück und stelle fest, gerade noch einsamer zu sein, als es mir in den letzten Tagen vorgekommen ist. Nicht nur Charlotte bin ich los, auch Anke hat sich in den letzten Wochen und Monaten immer mehr von mir entfernt. Als intakte oder funktionierende Beziehung jedenfalls, würden weder Anke, noch ich unser Zusammenleben zum aktuellen Zeitpunkt bezeichnen wollen und sind einer Trennung näher, als einem Reset und einem Neuanfang unseres bisher eheähnlichen Verhältnisses.

„Papa, ich kann nicht schlafen! Wo bist du?", höre ich Sophie aus der geöffneten Terrassentüre geflüstert rufen.

„Ich bin hier!", sage ich, dankbar um die somit gerade stattgefundene Ablenkung.

„Was machst du denn da? Warum bist du am Turm?", fragt Sophie verunsichert.

„Ich dachte, da wären Tiere. Da wollte ich nachschauen, ob ich sie sehen kann!", lüge ich.

„Das ist ja schön! So wunderschön, wenn wir ganz viele Tiere in unserem Garten haben. Was für ein Tier war das denn?", freut sich Sophie überschwänglich und ich wundere mich, warum die Anwesenheit eines oder mehrerer Tiere in unserem Garten eine derartige Begeisterung in ihr auslöst, „Das muss ich Lara und Mama erzählen!"

„Das kannst du gerne morgen machen! Versuch jetzt noch einmal zu schlafen. Du kannst ja von den Tieren träumen", schlage ich vor, ohne die überraschte Freude über eventuelle Mitbewohner unseres Gartens weiter zu hinterfragen.

„Das mache ich! Und in der Schule erzähle ich es auch!", singt sie freudig, dreht sich um und verschwindet über die Treppe in ihr Zimmer.
„Komisch!", denke ich, „Anke wird die Kinder mit ihrer Öko-Penetranz vermutlich angesteckt haben, neben Bienenwiese und Insektenhotels, nun auch noch Amseln und Blaukehlchen eine eigene Behausung bauen zu wollen."
Ich nehme mir einen Schluck aus meinem Rotweinglas und fülle das Glas erneut, weit über die übliche Füllhöhe eines Weinglases hinaus, auf.
Eine weitere Zigarette gönne ich mir, gehe dann mit Weinglas und Flasche zurück ins Haus und beginne, die Küche in Ordnung zu bringen. Weiteren Streit mit Anke,

über die eventuell nicht oder nur unzureichend gereinigte und aufgeräumte Küche, möchte ich mir aktuell nicht antun. Ich hoffe auf friedlichen Verlauf des Abends.

Als Anke eintrifft, bin ich auf der Couch eingeschlafen und leicht angetrunken. Eine weitere Flasche Rotwein war der Begleiter des einsamen Abends und die Kinder haben durchgehend geschlafen. Anke begrüßt mich mit einem nüchternen „Hallo" und der Frage, ob ich mit ins Bett kommen oder im Wohnzimmer schlafen wolle. Verschlafen stehe ich mit einem leichten Ziehen im Nacken ungelenk vom Sofa auf und folge Anke über die Treppe nach oben. Während sie die obligatorische Runde durch die Kinderzimmer dreht, putze ich mir im Badezimmer meine Zähne und stelle beim Ausspucken des Schaumes ins Waschbecken fest, dass der Rotwein blaue Spuren in meinem Mund hinterlassen haben muss, die ich nun erfolgreich beseitigt haben dürfte. Auch Anke kommt ins Bad, nimmt sich ihre Zahnbürste aus dem kleinen bunten Becher vom Rand des Waschbeckens, zieht sich ihre Hose herunter und hockt sich selbstverständlich auf die Toilette. Nachdem auch die Kinder unbeeindruckt von anderen Personen im Badezimmer ihre Toilettenbesuche abhalten, sind auch wir dazu übergegangen, alleine aus Zeitgründen, jedenfalls die geruchlosen Geschäfte, ohne Hemmungen auch in Begleitung anderer Familienmitglieder unseres Haushalts zu erledigen.
Ich spüle mir den Mund aus und beseitige den Schaum aus dem Waschbecken, indem ich mit meiner Hand den Wasserstrahl durch das Waschbecken zirkulieren lasse.

Ich bin mir sicher, einen zufriedenen Gesichtsausdruck hinter meinem Rücken feststellen zu können, entledige mich meiner Hose sowie meinen Socken und laufe, wie üblich mit Boxershorts und T-Shirt bekleidet ins Schlafzimmer. Das Licht des Badezimmers erlischt und ich kann Anke barfuß ins Schlafzimmer tapsen und, einen kurzen Augenblick später, unter die Decke kriechen hören. Sie rutscht mit ihrem Rücken an mich heran, und ich biete ihr meinen Arm als Unterlage ihres Kopfes an, was sie gerne annimmt. In den letzten Wochen haben wir selten so nah beieinander gelegen und gegenseitig keine körperliche Nähe gesucht oder zugelassen. Ein Gefühl von Nähe und Zufriedenheit überkommt mich, habe ich doch einen Menschen, der meine Nähe zu genießen scheint, direkt neben mir im Bett liegen. Charlotte ist nur kurz noch einmal Inhalt meiner Gedanken, als ich Anke zu mir heranziehe und meine Nase in ihren Nacken lege. Ich beschließe, dass dieser Ausflug in meine Untreue nur ein Abschnitt gewesen sei und dieser, da nun endgültig beendet, keine Bedeutung mehr hat. Ich werde meine Liebe zu Anke wieder zu aktivieren versuchen und die Beziehung zu dem werden lassen, was sie einmal war: Aufregend, zärtlich und unbeschwert. Mit diesen Gedanken schlafe ich ein und genieße Zuneigung und Verbundenheit.

8

„Kaspar, wir müssen spätestens in 20 Minuten los! Guten Morgen!!! Wir möchten gleich los, wenn du noch duschen möchtest, dann solltest du jetzt aufstehen!", schlägt es mir unsanft entgegen und mein Kopf gibt mir das klare Signal, dass es am vergangenen Abend gerne etwas weniger Alkohol hätte gewesen sein können.

„Ich komme. Ich gehe mal duschen!", nuschele ich müde und verkatert, so laut es mir möglich ist, noch auf dem Kissen liegend. Ich erhebe mich, schnellstmöglich und werde von einem imaginären Magneten stark zurück aufs Kissen gezogen.
„Wo müssen wir eigentlich hin?", frage ich halblaut, genervt und immer noch mit Wolldecke zwischen den Zähnen über die Treppe nach unten ins Erdgeschoss.

„Der NABU ist doch heute zu einer Veranstaltung in der Schule. Das habe ich dir gesagt!", ruft Anke nach oben und ihr Ton gewinnt deutlich an Genervtheit.

„Es ist Samstag! Da ist keine Schule!", gebe ich zu bedenken und ignoriere damit den Hinweis darauf, dass ich eigentlich wissen müsse, was heute stattfinden wird.

„Die Schulleitung hat die Veranstaltung zusammen mit dem NABU geplant und die Kinder freuen sich darauf", ruft sie mir die Treppe hinauf zu und zu den Kindern ruft sie in deutlich freundlicherem Ton: „Baut ihr bitte die

Kameras noch ab und packt sie in die schwarzen Taschen, die dazu gehören?"

Welche Kameras? Die letzte Zeit scheinen mir einige Aktivitäten in diesem Hause entgangen zu sein. Egal. Ich brauche jetzt Wasser auf meinem Kopf und dann dringend eine Aspirin, bevor wir das Haus verlassen können. Als ich mich aus der Dusche gequält und aus dem Alibert-Schrank, den uns Ankes Mutter geschenkt hat, eine Tablette durch einen Schluck lauwarmen Wassers aus dem Wasserhahn heruntergeschluckt habe, ziehe ich mir meine Klamotten aus dem Kleiderschrank im Schlafzimmer und mir diese an. Noch während ich mir Gedanken mache, wo ich gestern meine Schuhe hinterlassen habe, tapse ich auf Socken die Treppe herunter und schaue in die erwartungsvollen Gesichter meiner Töchter, die sich schnellstmöglich auf den Weg zur Schule und der Öko-Gedöns-Veranstaltung machen wollen.

„Wo ist denn mein Jute-Sakko?", frage ich in die mich beschleunigen wollenden Blicke meiner Töchter.

„Spare es dir, Kaspar! Wir wollen los!", drängt Anke genervt und streichelt den Kindern beruhigend über ihre Köpfe.

„Was ist ein Jute-Sakko, Papa?" will Lara wissen.

„Da musst du deine Mama fragen. Ich kann dir das auch nicht so genau erklären. Aber irgendwie soll man mit Jute die Welt retten können!", ergänze ich meine Provokation.

„Toll! Das ist ja toll! So wie bei einem Superheld?", ist nun auch Sophie begeistert davon, dass ich mit einem Kleidungsstück Heldentaten zu verbringen in der Lage sein könne.

„Papa versucht nur wieder unser Engagement ins Lächerliche zu ziehen. Jute ist ein Naturstoff, aus dem man ökologisch sinnvolle Dinge machen kann. Auch Kleidung. Euer Vater besitzt aber nichts, was in Ansätzen die Welt retten oder, noch viel schlimmer, dieser nicht schaden könnte", schiebt sie mir gekonnt die Ablehnung meiner Töchter zu.

„Toll Papa! Ich habe das gleich gewusst!", versucht Sophie ihre Naivität als nicht vorhanden darzustellen.

„Ich und Sophie und Mama retten jedenfalls die Welt!", stellt Lara überzeugt fest und ergänzt: „Du hast Glück, dass alle dann auf der geretteten Welt leben können! du auch!"

„Nett von uns!", stellt Anke zufrieden fest und schickt die Kinder, beladen mit schwarzen Taschen, zum Kangoo. „Natürlich tarnt sich Anke mit meinem ökologisch weitaus vertretbareren Auto, als ihrem durstigen Dienstwagen, wenn wir zum Treffen der „Weltretter" und „Baumumarmer" fahren!", fährt es mir durch den Kopf.

„Dann hat Papa unseretwegen auch noch einen Platz auf der Welt", erklärt sie den Kindern hinterherrufend und zänkisch in meine Richtung schauend.

Mit den Worten „Du fährst!", erkläre ich unmissverständlich, dass es an ihr ist, den Wagen zur Schule zu lenken, auch wenn ich bereits jetzt weiß, Ankes Parkversuche nur peinlich berührt ertragen zu können. Als wir die Schule erreichen, finden wir tatsächlich eine Parklücke vor, die es selbst Anke erlaubt in weniger als 15 Zügen in dieser mit unserem Kangoo einen Platz zu finden. Zufrieden, obschon auch ein Gelenkbus der Trierer Stadtwerke in dieser Lücke ausreichend Platz gefunden hätte, schaut sie, Anerkennung fordernd, in meine Augen und gibt mir überschwänglich und voller Vorfreude auf diese gemeinsame Veranstaltung, einen Kuss auf den Mund.

Gemeinsamkeit ist das, was Anke bereits vor einigen Wochen wünschte und ich denke, dass meine Zusage an dieser Veranstaltung diesen Wunsch als Ursache hatte. Niemand wird mir glauben, freiwillig auf dem Schulhof und unisono mit den Gedanken des NABU, anwesend zu sein. Wenn es aber zur Folge hat, Anke zufrieden zu stellen und Harmonie im Haus genießen zu können, werde ich die nächsten Stunden schweigend durchhalten und im Geiste Jute-Kleidung tragen.

Bereits beim Betreten des Schulhofs kann man die Stimmung, die auf diesem Hof zu spüren ist, nicht verdrängen. Weite Hosen, selbstgebatikte Oberteile und unzählige, ungewaschene Füße in offenen Sandalen befehlen mir, für mich gut hörbar, den sofortigen Rückzug anzutreten, woran ich aber, durch die mich zu benehmen mahnenden Blicke von Anke, gehindert werde.

„Grüßt euch, ihr Mäuse!", näselt uns ein, in fröhlichem braun gekleideter, Mittfünfziger entgegen.

„Jürgen, der heißt Jürgen!", fährt es mir durch den Kopf und ich beschließe, meinen Tag durch erraten der Namen der Ökos, unterhaltsam zu gestalten.

„Hey, Martin! Schön, dich zu sehen!", freut sich Anke, als sie ihn umarmt.

„Gut, Martin wäre mein zweiter Tipp gewesen!", stelle ich zufrieden fest und überlege, ob er vielleicht mit einem schicken Doppelnamen seiner ökologisch korrekten Art weiteren Ausdruck verliehen haben könnte.

„Du musst Kaspar sein!", sagt Martin und streckt mir seine Hand entgegen. Am Handgelenk befinden sich unzählige bunte, mitunter speckig glänzende, Bändchen, wie man sie bei Konzerten als Zugangsberechtigung erhält.
„Normale Menschen entfernen diese nach dem Konzert!", überlege ich.
Kindern sieht man dieses stolze Tragen als Zeichen der Zugehörigkeit zu einer Fangruppe auch eine oder zwei Wochen nach dem Konzertbesuch nach, nicht aber einem über fünfzigjährigen Langbartträger in Birkenstockschlappen und Pluderhose.

„Hallo!", ist das, was ich maximal mit Martin zu sprechen bereit bin, denn er ist mir suspekt und unsympathisch. „Dies darf er in meinen Augen ruhig spüren", finde ich.

„Habt ihr denn die Kameras mitgebracht, sodass der Thomas und die Mareike die Inhalte herunterladen können?", fragt Martin, sich nun albern mit den aufeinanderliegenden Händen zwischen seinen Knien, zu den Kindern nach vorne beugend.

„Klar!", rufen Lara und Sophie gleichzeitig und übergeben stolz die vier schuhkartongroßen Köfferchen an Martin. Um nicht wieder negativ aufzufallen, da ich ja angeblich nie zuhöre, traue ich mich nicht zu fragen, welche Kameras und was es mit diesen auf sich hat, sondern suhle mich auch ein wenig in dem uns entgegenschlagenden Lob durch Martin.

„Das habt ihr toll gemacht! Vielen Dank! Dann sind wir doch alle mal gespannt, was die Maulwürfe und Wühlmäuse so zu berichten haben!", näselt Martin und wird mit begeistertem und vorfreudigem Gekicher der Kinder belohnt.

„Ja, so sind wir Martin! Brauchst dich nicht zu bedanken!", erkläre ich großmütig meinen Anteil an dieser Leistung vorgebend und werde von Anke mit eine Fauststoß in meine Rippen für meine Trittbrettfahrerei bestraft. Martin nuschelt zu den Kindern, sie mögen ihm zu Mareike folgen und die Köfferchen selbst abgeben. Uns weist er darauf hin, dass wir schon einmal einen Tee am Stand zu uns nehmen könnten, man käme dann gemeinsam zu uns, denn es ginge ja auch gleich los.

Über 100 Menschen bevölkern den Schulhof und tummeln sich zwischen aufgestellten Insektenhotels und unzähligen Hinweistafeln. Auf den Tafeln sind Tiere zu sehen, denen offenbar eine gewisse Gefährdung durch Heckenauswahl in Gärten, aber auch der Landwirtschaft drohen. Außerdem werden offenbar kranke Tiere gezeigt, die anschaulich auf dem Behandlungstisch des ebenfalls anwesenden und bekannten Tierarztes liegen und von einer engagiert dreinschauenden Arzthelferin fixiert werden.

Der obligatorische Kuchenstand ist natürlich vorhanden! Daneben, ein Stand der Wasserwerke, die auch Teil des Umweltschutzes sein wollen, hier kostenfrei Wasser verteilen und der Teestand, an dem, auch optisch erkennbar, überzeugte Teekonsumenten unaussprechliche Sorten des dominant blumig duftenden Tees verkaufen.

Wie selbstverständlich fehlen Bierstand und Schwenkgrill, denn mit Alkohol und Fleisch möchte man in diesen Kreisen offenbar nichts zu tun haben, wenn auch ein zu Verfügung stehendes Bierchen, der Veranstaltung, in meinen Augen, eine gewisse Existenzberechtigung gegeben hätte.
Jedenfalls sind dies meine Gedanken, als sich Martin, zusammen mit einem weiteren Sandalenträger, darum

bemüht, einen Monitor in den freien Bereich zwischen Schultreppe und Waffelstand zu schieben.

„Wahrscheinlich werden es Dinkelwaffeln sein, die die beiden rotgelockten und wohlgenährten, Sackkleid tragenden reiferen Mädchen um die 60 dort an die Ökos zu bringen versuchen", denke ich innerlich grinsend.

Selten in meinem Leben habe ich mich deplatzierter Gefühlt als hier. Mein Gesichtsausdruck scheint meine Geringschätzung der Veranstaltung und deren Besucher aber so überzeugend ausdrücken zu können, dass glücklicherweise niemandem in den Sinn kommt, mich anzusprechen.

Nachdem der große Fernseher auf Rollen, vermutlich aus Beständen der Schule stammend, seinen finalen Platz gefunden hat, das Stromkabel in eine Verlängerungskabeltrommel und ein weiteres Kabel an einem klobig wirkenden Laptop befestigt worden ist, bemüht sich Martin mit lautem Zischen durch seine Zähne, um Ruhe.

Wie mit der Linksdrehung eines Lautstärkereglers am Autoradio, verstummen die Gespräche. Einzig das Brodeln des Wasserkochers am Teestand, ist noch zu hören, wird aber einen Augenblick später mit einem Klacken beendet.

„Hallo Freunde der Tiere!", begrüßt Martin die Anwesenden und wird für diesen, für die Ökogemeinde offensichtlich grandiosen Opener mit frenetischem Applaus und Pfeifen belohnt.

„Ich freue mich, euch hier zu begrüßen und bin gemeinsam mit euch allen gespannt, was wir heute zu sehen bekommen. Auf dem Tisch von Alex und Ricarda liegen Zettel und Bleistifte aus, damit wir uns gemeinsam an die Auswertung der Bilder machen können und Fehler beim Zählen vermieden werden können. Bedient euch noch einmal an unseren Ständen! In wenigen Minuten legen wir los und kommen zur Bestandsaufnahme in unseren Gärten und Wäldern!"

Wieder tobt die Menge und ich frage mich nun etwas verwundert, welche Bestandsaufnahme und wessen Gärten hier gemeint sein könnten. Gerade, als ich Anke fragen möchte, was es hiermit auf sich hat, fällt Anke ein junger Mann um den Hals, der sich als Frank und Absolvent eines freiwilligen ökologischen Jahres beim NABU-Trier vorstellt.

Der Fernseher wird eingeschaltet und erneut fordert ein Massenzischen aus den Mündern der gespannt blickenden Sandalenträger zur Ruhe auf.

„Wir beginnen mit dem einst so sterilen Garten von Frauke, die ein Paradies für die Natur geschaffen hat. Wir sind alle gespannt, ob sich die Natur deinen Garten zurückerobern konnte, liebe Frauke!" Applaus folgt seiner Ankündigung!

Auf dem Fernseher erscheint ein Foto eines grünen, gepflegten Rasens, umrandet von einer ca. 2 Meter hohen Hecke und einem kleinen Teich in einer Ecke. Über das Bild legt sich der Schriftzug: Vorher! Nun verschwimmt das Bild und aus gleicher Perspektive ist zu sehen, dass sich zwar der kleine Teich an selber Stelle befindet, die Hecke aber zugunsten einer Aufschüttung, bestehend aus trockenen Stöcken und Hölzern, gewichen ist. Der Rasen ist kniehoch gewachsen und bunte Blumen unterbrechen das Grün der Wiese. Wichtig der Hinweis: Nachher! Applaus der Anwesenden drückt Begeisterung aus, denn genauso scheint man sich in diesen Kreisen einen schönen Garten vorzustellen.

„Wir haben ja bei jedem von euch jeweils vier Kameras positioniert, die bei Bewegung ein Foto geschossen haben, sodass wir auf den Bildern eigentlich immer etwas erkennen können sollten. Jeder ist jetzt eingeladen, zu zählen. Alle Tiere sind natürlich wichtig! Bei unserer Auswertung geht es aber dieses Mal nur um die Tiere, die wir auf der Liste aufgeführt haben. Also, ich mache mal ein Beispiel: Sehen wir auf einem Bild einen Maulwurf, machen wir hinter dem Wort Maulwurf einen Strich. Gesellt sich eine Wühlmaus zu uns, dann machen wir einen Strich hinter dem Wort Wühlmaus auf eurer Liste, und so weiter! Ich denke, das ist jedem jetzt klar", erklärt Martin gekonnt und geübt, sehr anschaulich und für meine Begriffe zu genau, was hier jeder Einzelne nun zu tun hat.

Mit persönlich wäre es viel wichtiger gewesen zu erfahren, wie man Maulwurf von Wühlmaus unterscheiden kann, bin aber aufgrund meines doch sehr eingeschränkten Interesses an dieser Veranstaltung, auch mit der Erklärung, wie man einen Strich zu machen habe, einverstanden.

Der Bildschirm ist schwarz und nebeneinander erscheinen vier Bilder, die von einer Nachtsichtkamera zu stammen scheinen. Auf dem oberen linken Bild ist ein Fuchs zu sehen, den ich zweifelsfrei von Maulwurf oder Wühlmaus zu unterscheiden in der Lage bin. Ein bewunderndes „Oh!" ist bei der Erklärung zu hören, man habe es bei dem Ausschnitt auf dem unteren linken Bild mit der Pfote eines Dachses zu tun und im Hintergrund sei der Fuchs aus einer anderen Perspektive gut zu erkennen.

Langsam beginne ich den Zweck dieser Veranstaltung zu begreifen und frage mich erschrocken, wo denn in unserem Garten die Montage dieser Kameras stattgefunden haben soll.

Einige Minute später ist die Präsentation des Tierbestandes von Fraukes Garten und deren Zählung abgeschlossen, Martin verspricht einen weiteren Höhepunkt, nämlich das Auswerten des Tierbestandes im Garten der beiden jüngsten Umweltfreundinnen Sophie und Lara.

Das Vorherbild entfällt, denn unser Garten ist schon länger so ungepflegt und bewuchert, wie der von Fraukes „Nachher" - Bild.

Naturnah, nennt es Martin in seiner, deutlich freundlicher formulierten, Beschreibung.

„Vorherbilder konnte Anke vermutlich schlicht nicht zur Verfügung stellen!", denke ich und rufe mir die Bilder unseres einst so gepflegten Rasens in Erinnerung. Mir ist der Zustand des Gartens vollkommen egal. Ob hier nun Unkräuter sprießen oder ein Golfplatzrasen vorhanden ist, interessiert mich nur dann, wenn aus einer Veränderung oder Erhaltung des Zustandes, Arbeit für mich entsteht.

Die ideale Voraussetzung also, hier auf einen beeindruckenden Tierbestand zu kommen und mit großartigen Aufnahmen rechnen zu können, so die Ankündigung von Martin.

Während ich meinen Pulsschlag hören kann und mein linkes Ohr mit lautem Piepsen meine Anspannung zu unterstreichen weiß, erkenne ich auf dreien der vier Bilder nicht nur Maulwurf oder Wühlmaus, sondern auch die Konstruktion des Spielturms. Einmal aus der Hecke heraus auf die Rückseite der Bretterwand, hinter der Charlotte und ich uns gestern noch aufgehalten hatten. Außerdem, deutlich erkennbar, die Perspektive von vorne, von rechts und links auf ebendiesen Bereich. Wie ein Schlag in den Nacken spüre ich, wie mir der Schweiß über die Stirn läuft und dass das Wetter hieran keinen Anlass hat. Gleichzeitig schauert mir eine Gänsehaut über Arme und Rücken, als ein lautes „Oh!" meinen auf den Boden gesunkenen Blick langsam wieder auf den Bildschirm fallen lässt.

„Ein Wühlmauspärchen! Was ein tolles und harmonisches Bild, wie die beiden miteinander umgehen!", schwärmt Matin und bittet per Gesten, an den am Laptop sitzenden Menschen, um das Aufrufen der nächsten Aufnahmen.

Übergangslos erscheint die identische Aufteilung in vier Kamerapositionen.

„Ja, da kann man nicht allzu viel erkennen!", gibt Martin zu. „Vielleicht handelt es sich um eine Katze!", lautet das für alles enttäuschende Urteil des Vortänzers der Veranstaltung.

„Vielleicht haben wir auf dem nächsten Bild ein wenig mehr Glück!", kurbelt Martin die ernüchterte Stimmung wieder an. Das Bild wechselt und die am unteren Rand eingeblendete Uhrzeit zeigt 19:23h mit dem gestrigen Datum.

Deutlich zu erkennen ist die Wand des Spielturms, Charlotte, die mich davor umarmend auf den Zehenspitzen stehend gegen die Holzwand drückt und meine Hände auf ihrem Gesäß. Die Gesichter sind zweifelsohne zu nah aneinander, als dass es eine andere Erklärung als einen Kuss hätte geben können.

Auch auf zwei weiteren Ausschnitten ist deutlich zu erkennen, dass hier weder Wühlmaus, noch Maulwurf miteinander zu tun haben, sondern zwei Menschen.

Wegen der geschickt positionierten Kameras, bin ich trotz Dunkelheit und einer für mein Dafürhalten viel zu guten Auflösung, hervorragend zu erkennen und sofort richten sich alle Blicke auf mich.

Mein Piepsen im Ohr wird stärker! Ich kann Geräusche und Worte erkennen, diese aber nicht verstehen.

Anke nimmt beide Kinder, die eben noch voller Vorfreude und Spannung vor dem Bildschirm standen und jetzt mit aufgerissenen Mündern in mein Gesicht blicken, an die Hand und verlässt schnellen Schrittes den Schulhof.

Ich bin wie einbetoniert und kann mich kaum bewegen. Außerdem fehlt mir jede Idee, was ich als angemessene

Reaktion, Anke und den Kindern gegenüber wählen könnte.

Ein „Es ist nicht so, wie es aussieht!" beleidigt den Intellekt von Anke und den der Kinder.

Denn es ist ja das, wonach es aussieht, wenn auch der weitere Verlauf der Aufnahmen nicht etwa die vermutete Fortführung gezeigt hätte, sondern ein alleiniges und überraschtes Zurückbleiben meiner Person.

„Sag mal, hast du sie nicht mehr alle?", brüllt mir Martin sichtlich geschockt entgegen und bemüht sich um seine Rückendeckung aller Anwesenden.

„Glücklicherweise wird diesem Menschenschlag eine gewisse Friedfertigkeit unterstellt und mit gemeinsamer Lynchjustiz werde ich während dieser Veranstaltung nicht zu rechnen haben!", fährt es mir durch den Kopf, während ich joggend den Schulhof verlasse und meine Familie zu erreichen versuche.

Ich komme auf der Straße vor der Schule an, als Anke bereits mit quietschenden Reifen den Parkplatz verlässt und sich das Auto schnell entfernt.

Ich nehme mein Handy in die Hand und wählen Ankes Nummer. Nach einigen Freizeichen, ändert sich das Tuten in ein schnelleres Besetztzeichen. Ein weiterer Anrufversuch, landet direkt bei der Frauenstimme, die mich darauf hinweist, dass der Teilnehmer vorübergehend nicht zu erreichen sei.

„Vorübergehend wäre schön!", denke ich.

Jetzt ist genau das eingetreten, was ich immer vermeiden wollte. Insbesondere den Kindern hätte ich dieses Erlebnis ersparen müssen. Allen hätte ich dies ersparen müssen!

Ich ärgere mich tatsächlich, dass das Ende meines Seitensprungs dafür sorgt, aufgeflogen zu sein und schäme mich im gleichen Atemzug für diesen Gedanken.

Was bin ich für ein Arschloch, dies meiner Familie angetan zu haben?
Wie kann man sich so benehmen, daran ändert auch das über die letzten Jahre eingeschlafene Verhältnis zu Anke nichts! Ich habe meine Familie verloren und tue mir unendlich leid!
Steht es mir überhaupt zu, Selbstmitleid zu empfinden oder habe ich nicht einmal hierzu noch ein Recht?
Ich laufe mit gesenktem Kopf in die Richtung meines, bis vor einer halben Stunde noch sicher vermuteten, Zuhauses, ohne eine Idee zu haben, was mich dort erwarten wird.

Was soll ich sagen und wo soll ich hin? Tobi anrufen! Ich muss jetzt mit jemandem sprechen, der vielleicht eine Idee hat, was ich tun kann!
Nach einem kurzen Klingeln hebt Tobi ab.

„Wie schaut's? Alles im Lack?", tönt es mir in der mir momentan unerträglichen Fröhlichkeit entgegen.

„Große Scheiße, Tobi! Anke weiß Bescheid! Die Kinder auch! Die haben es gesehen!", stolpere ich hektisch und trockenem Mund in meinen Hörer.

„Mal langsam! Was haben die gesehen?", fragt Tobi sicher, dass es sich bei der Eröffnung meines Telefonanrufs um Dramatisierung gehandelt haben muss.

„Ich war auf einer Veranstaltung mit Anke und den Kindern! Die haben da Aufnahmen der Wildkamera in unserem Garten gezeigt und auf den Aufnahmen war zu sehen, wie ich Charlotte küsse und...", schluchze ich ins Telefon und setzte mit meinen Ausführungen viel zu viel Wissen auf Tobis Seite voraus, wie seine Reaktion zeigt.

„Wildkamera in eurem Garten? Und die Aufnahmen schaut man sich auf einer Veranstaltung an? Hast du getrunken!", wundert sich Tobi nachvollziehbarerweise.

„Öko-Aktivisten haben den Kindern Wildkameras gegeben, um irgendwelches Viehzeugs in den Gärten der grünen Spinner zu filmen und auszuwerten. Wir haben uns alle an der Schule getroffen und dann sollte jeder die Tiere zählen, die auf den Aufnahmen zu sehen sind. Maulwürfe und Füchse! Viecher halt! Auf unseren Aufnahmen war ich mit Charlotte zu sehen, wie wir uns geküsst haben. Danach hat Charlotte das mit uns beendet und wollte ein letztes Mal knutschen. Tobi!!! Den Kuss haben 100 Menschen auf diesem Schulhof gesehen! Die Kinder haben das gesehen!", jammere ich in mein Handy.

Durch zweifaches Tuten kündigt sich ein anklopfender Anruf an und ich teile kurz mit: „Klopft an bei mir, melde mich gleich!"
Ich drücke auf die Taste, die den aktuellen Anruf beendet und den neuen Anruf annimmt, ohne auf den Anrufer zu achten, bin aber der festen Überzeugung, dass ich Anke am Telefon haben werde.

„So Kaspar, Silvia hier!", begrüßt mich Ankes Mutter gewohnt einsilbig, aber deutlich aggressiver am Telefon. „Du kannst dir vorstellen, warum ich dich anrufe! Du hast bis heute Abend Zeit, deine Klamotten zu packen! Was du nicht mitnehmen kannst, wird bis Ende der kommenden Woche in der Garage gelagert und du kannst nach Absprache mit mir, deine Sachen abholen. Was danach nicht weg ist, wird weggeworfen und du bekommst die Rechnung für die Entsorgung! Anke und die Kinder sind bis 18:00h bei mir, danach fahren die in ihr Zuhause und du wirst dann nicht mehr da sein. Haben wir uns verstanden?"

„Silvia, das ist eine Sache zwischen Anke und mir! Ich möchte mich in Ruhe mit Anke unterhalten! Dass der Fehler bei mir liegt steht außer Frage..."erwidere ich schwer atmend und werde von Silvia unterbrochen.

„Ich rufe dich nicht an, weil ich mich gerne einmische, sondern, weil mich Anke darum gebeten hat, dir dies genau so mitzuteilen. Du hast Deine Entscheidung getroffen, nun leb´ mit den Konsequenzen! Dass du ein Idiot bist, war mir klar! Dass du aber solch ein blödes Arschloch bist, hätte ich nicht gedacht. Du kannst davon ausgehen, dass wir Anke unterstützen werden und du alles Weitere mit mir zu klären haben wirst. Du hast Sendepause! Du lässt Anke und die Kinder in Ruhe! Haben wir uns verstanden!", poltert Silvia in ihren Hörer und ist wegen ihrer Lautstärke und der Geschwindigkeit ihres Sprechens kaum zu verstehen.

„Ich habe dich verstanden, Silvia. Verstehe mich auch: Ich möchte meine Kinder sprechen und auch mit Anke sprechen, wie...", versuche ich erneut mein Anliegen mitzuteilen, mit Anke ins Gespräch zu kommen.

„Dich verstehen? Dich verstehen???", brüllt sie ins Telefon, „Wer soll denn bitte solch ein Verhalten verstehen? Ich ganz sicher nicht! Und auch sonst kein normaler Mensch, den ich kenne, wird das verstehen können.
Ich bin mir sicher, dass Silvia, außer ihrem Briefträger und dem Bofrost-Lieferanten keine weiteren normalen Menschen kennt, halte aber einen Hinweis auf meinen diesbezüglichen Unglauben für aktuell unangebracht.

„Ich habe verstanden! Ich würde dann gerne in den nächsten Tagen mit den Kindern sprechen, wenn möglich!", bitte ich.

„Wir werden sehen. Ich melde mich bei dir! Und versuche nicht Anke anzurufen. Sie hat die Nase voll von dir! Gott sei Dank hat sie dich erkannt!", brüllt sie ein letztes Mal ins Telefon, bevor sie auflegt. Ich kann mir ihren zufriedenen Gesichtsausdruck gut vorstellen, mit dem sie nun vor ihrem – vermutlich vollkommen überfordertem - Mann Otto hockt, der sich nicht sicher ist, wie er mit dem Ganzen verfahren soll. Vielleicht rufe ich Otto in den nächsten Tagen einmal an und versuche über ihn an Anke heranzukommen. Bisher hatten wir immer ein gutes Verhältnis, was sich aber natürlich, nach meinem aktuellen Auftritt, durchaus geändert haben könnte.

„Na du Filmstar?", begrüßt mich Tobi, bedenkt man meine aktuellen Probleme, ein wenig zu überschwänglich.

„Hör auf! Ich muss in die Bude meine Klamotten packen und bis 18:00h meine Bude verlassen haben! Ansage Silvia!", erkläre ich den weiteren Verkauf meines Tages.

„Cool! Pack´ zusammen und komm her!", freut er sich.

„Was soll ich denn bei dir Tobi? Meine Familie ist hier und ich möchte gerne in deren Nähe sein!", gebe ich zu bedenken.

„Deine Familie hat gerade deinen peinlichen Fernsehauftritt gesehen und mit Sicherheit gerne Ruhe vor dir! Also: Hock´ dich in deine Karre und komm´ her!

Oma kocht für uns und wir trinken einen!", lautet der, wie immer, erwachsene Vorschlag von Tobi.

„OK! Ich fahre jetzt nach Hause und organisiere meine Klamotten, dann flitze ich los. Nach Hause laufen, 20 Minuten, zusammenpacken wieder 20 Minuten und dann zwei Stunden zu dir!", teile ich den zeitlichen Ablauf grob mit.

„Bis gleich! Lass den Kopf nicht hängen! Klärt sich alles!", sagt der, der noch keine Beziehung länger als zwei Wochen ohne Seitensprung, inklusive Auffallen des Ganzen, zustande gebracht hat.

Ich lege auf und während ich den Fußmarsch nach Hause antrete, gehen mir unzählige Gedanken an das zukünftige Miteinander mit Anke und den Kindern durch den Kopf. Ich hoffe darauf, dass meine Kinder diesen Schock wegstecken, vielleicht sogar, dass sie diese Bilder aus dem Kopf bekommen werden.

Vor dem Haus steht der Kangoo in seiner viel zu fröhlichen gelben Farbe. Ich schließe die Haustüre auf und betrete den Flur. Alles sieht aus wie immer und so, als sei das Ganze nie passiert.
„Schade, dass man das Leben nicht zurückspulen und verändern kann!", denke ich und überlege, ob ich bis vor das letzte, auf Kameras festgehaltene, Aufeinandertreffen mit Charlotte oder vor das erste Zusammentreffen im Wald zurückspulen und welche Entscheidung ich mit dem Wissen von heute treffen würde.

Meinen momentanen Gedanken folgend, hätte ich das alles mit Charlotte niemals angefangen und mich damit der Gefahr ausgesetzt, meine Familie zu verlieren.

„Betrachtet man aber den Spaß, den wir miteinander hatten, lohnt sich ein kalkulierbares Risiko vielleicht doch? Nein! Das Alles war gemein, hinterhältig und ekelhaft von mir!", wirft mein Kopf ungeordnet, verschiede Überlegungen in einem wirren Sammelsurium, ineinander.

Alleine mir diese Gedanken zu machen, erscheint mir mehr als verwerflich.

Zumindest eine Sache hat mir die Affäre mit Charlotte gebracht, nämlich das Gefühl begehrt und als Mann wahrgenommen zu werden. Keine Vorleistungen oder Vorbereitungen auf ein entspanntes Miteinander treffen zu müssen, sondern einfach übereinander herfallen zu können.
Dass auch diese Art des Zusammenseins keine lange Halbwertzeit besitzt und nicht nebenher funktionieren kann, haben die letzten Tage gezeigt.

Ich überlege, wie ich mich fühlen würde, wenn mich Anke betrogen und im Bett durch jemand anderen ausgetauscht hätte: „Was würden diese Gefühle und diese Wut mit mir veranstalten? Was würde überwiegen? Trauer oder Wut? Wie würde ich mich verhalten, wenn ich betrogen worden wäre und wie, wenn Anke mir sagen würde, dass dies nur ein kurzer Ausrutscher gewesen sei und dieser beendet wäre?"

Ich habe tausende Gedanken in meinem Kopf, kann diese aktuell nicht ordnen und mir kein geordnetes Bild der nächsten Stunden, Tage oder Wochen machen.

Alles um mich herum ist verschwommen, alles unklar und nicht kalkulierbar.

Ich packe alle Dinge, die ich in den nächsten Tagen zu benötigen glaube, direkt in den Kofferraum des Kangoo, denn ohne Anke habe ich keine Ahnung, wo sich Taschen und Koffer befinden könnten, geschweige denn, welche dieser Taschen ich mitnehmen darf.

Zitternd nehme ich die weiße Tasse mit dem kleinen Elefanten der Sendung mit der Maus aus dem Regal in der Küche und beschließe, diese Tasse als Erinnerung an das gemeinsame Fernsehritual meiner Kinder und mir mitzunehmen.
Sehr wahrscheinlich werden wir die nächsten Sonntage nicht gemeinsam im Wohnzimmer sitzen und darauf hoffen, dass „Shaun das Schaf" und nicht der doofe „Käpt'n Blaubär" als Abschluss der „Sendung mit der Maus" ausgestrahlt wird.

Meine Augen füllen sich mit Tränen und laufen mir über die Wange. Ich kann spüren, wie mein T-Shirt meine Tränen auffängt und der Kragen des Kleidungsstücks feucht wird, als meine Tränen meinen Hals herunterrinnen.

Meinen Laptop und das Ladegerät werfe ich auf die Rückbank des Kangoo und beschließe, nicht ohne ein paar Flaschen Wein bei Tobi aufzutauchen. Als ich die Klappe des Autos schließe, fällt mein Blick zurück auf unsere Haustüre und ich bemerke, wie mir immer noch Tränen aus den Augen laufen und über mein Kinn tropfen.

Ich gehe zurück ins Haus, nehme mir ein Blatt Papier aus dem Drucker und schreibe:

„Liebe Lara,
Liebe Sophie,
Liebe Anke,

es tut mir alles unendlich leid.
Ich habe euch alle lieb und denke an euch!

Kuss

Papa / Kaspar"

„Mehr Worte haben auf diesem Zettel nichts zu suchen!", beschließe ich und lege diesen auf den Küchentisch, sicher, dass dieser dort gefunden werden wird.
Dann schließe ich die Türe hinter mir, steige in den Kangoo und fahre auf die zur Autobahn führenden Straße.

An der Tankstelle halte ich kurz an, um mir vier Dosen Bier und eine Packung Zigaretten zu kaufen. Zum einen beschließe ich, mir die Fahrt mit einigen Bier ein wenig angenehmer und kürzer zu gestalten, zum anderen wird dieses Auto nun vom Nichtraucherwagen zum Raucherauto, denn ich denke nicht, dass ich hierdurch eine Verschlechterung der aktuellen Situation herbeiführen könnte.

Auf der Autobahn ist kein Verkehr und das Auto rollte entspannt auf der rechten Spur dahin. Noch nicht ganz am Ende der Eifel trinke ich mein letztes Bier aus und beschließe, die letzten 24 km zu Tobi ohne weiteren Einkauf überstehen zu können.

Tobi steht in gewohnt lässiger Haltung vor der ehemaligen Gaststätte, in der er immer noch zusammen mit seiner Oma wohnt. Womit auch immer Tobi eine solch gütige und angenehme Großmutter verdient hat, ist mir rätselhaft und es schwingt neben der Tatsache, dass ich Tobi diese „Begroßmutterung" gönne, ein gewisser Neid mit, wenn ich über das entspannte gemeinsame Leben der beiden nachdenke.

Tobi hat Personal für Küche, Waschküche und Sauberkeit, Oma hat Unterhaltung, Aufgabe und Unterstützung. Letzteres in überschaubarem Rahmen, wie sie immer sagt.

„Wat is loss Jung? Scheiße jebaut oder watt?", schlägt es mir aus dem ehemaligen Gastraum von Oma lautstark entgegen.

„Ja, so kann man sagen! Beschönigen lohnt nicht!", gebe ich unumwunden zu.

„"Do mäß Sache, Jung! Äver schön, dat de mal widder do bess! Ich maache üsch jet zo esse!", „kölscht" Oma uns entgegen und verspricht damit eine wunderbare Sättigung und köstliches Essen.

Widerspruch ist bei Oma, die ich tatsächlich nur unter dem Name Oma kenne, wie bei jeder Großmutter, völlig zwecklos. Eines ist jetzt schon sicher: Egal, in welchem Zustand ich heute ins Bett steigen werde. Satt werde ich sein, das legt Oma mit ihrer Ankündigung etwas zu kochen fest.

Mit Tobi und einer Flasche Ramazotti sitze ich an der Theke, jammere, versinke sekündlich tiefer im Selbstmitleid, suche Auswege, weise Schuld zu und rege mich über die Menschen auf, die jedweden Datenschutz vernachlässigend, in wildfremden Gärten, Kameras von Kindern installieren lassen, um vordergründig unnötiges Ungeziefer zählen zu wollen, eigentlich aber unschuldige, arme Männer dabei erwischen möchten, wie sie einen bedeutungslosen Fehler machen.

Anke hat Schuld, weil sie mir nicht die Bestätigung als Mann gegeben hat, sondern mich nur als Putzfrau und Chauffeur der Kinder missbraucht hat!

Ankes Mutter hat natürlich eine Mitschuld, weil sie mich nie hat leiden mögen und mir ebenfalls das Gefühl gegeben hat, als Mann keinen Wert zu haben.

Charlotte hat mich unbedingt ein letztes Mal küssen müssen und trägt die Hauptschuld an meinem Desaster. Hätten wir nur miteinander gesprochen, hätte ich behaupten können, dass die - mir völlig fremde - Frau nur ihre Katze in unserem Garten gesucht hätte.

In einem Monolog aus Selbstmitleid und Verzweiflung, weiß ich so ziemlich jeden Menschen für meine aktuelle Situation verantwortlich zu machen, außer mit selber.
Immer wieder gestehe ich mir zwar eine gewisse Mitschuld ein, weiß aber durchaus, auf zwar dämliche mit aber mit zunehmendem Promillepegel logischere, Schuldzuweisungen zurückzugreifen.

„Hörens Jung! Häss do se eijentlich noch all?", unterbricht nun Oma meine Ausführungen, die ich offenbar so laut und ausführlich von mir gegeben habe, dass auch in der Küche der Ablauf und die Ausführungen meines Schwachsinns in ausreichendem Umfang hat ankommen können.

„Wie meinst du das, Oma?", frage ich überrascht, von ihr nicht mit völligem Verständnis und Trost überschüttet zu werden.

„Do häs en Fisternöllchen mit ´ner anderen Frau und Schuld daran han die andere Lück?", mault Oma in feinstem Rheinisch aus der Küche.

Mir fallen keine Worte ein, die ich ernsthaft und zu meinen Gunsten nun anbringen könnte. Mit nur einem Satz wirft mich diese alte und sonst so gütige Frau aus dem Konzept der Schuldverteilung an die übrigen Beteiligten meiner Fehlentscheidungen und klärt zweifelsfrei, wer hier alleinig Verantwortung zu tragen hat.

Während Oma aus der Küche nun direkt in meine Augen blickt, beschließt Tobi, sich um das Öffnen zweier Kölschflaschen zu kümmern, um der, auch für ihn offensichtlich unangenehmen, Situation zu entkommen.

Ich kann mich nicht daran erinnern, einmal in der Nähe von Tobi aus Trauer oder Verzweiflung geweint zu haben. Wenn Tränen flossen, dann wegen Witzen, die auch nur wir gut fanden oder Situationen, aus denen nur wir beide herauszulesen wussten, was daran witzig ist.
So jedenfalls quittierte unser Umfeld unser albernes und infantiles lautes Lachen mit Träneneinsatz.

„Ich gehe mal in den Keller und guck´ mal, wieviel Bier wir noch da haben. Sonst fahre ich noch schnell zum Büdchen, damit wir nicht trockenlaufen", versucht sich Tobi ungeschickt, der für ihn offenbar immer unerträglich werdenden Situation zu entziehen.

Oma kommt nun aus der Küche, steht direkt neben meinem Barhocker und schaut mich nun wieder in der gewohnt milden und liebenswürdigen Art an, breitet ihre Arme aus und zieht mich zu sich heran. Ich lege meinen Kopf auf ihre Schulter und bin unendlich dankbar, diesen Menschen gerade in diesem Moment in meiner Nähe zu haben.

„Do kenns´ dat mit der Supp und dem jekooch weede?", flüstert Oma beruhigend in mein Ohr und ergänzt bemüht hochdeutsch, „Die Suppe wird nicht so heiß gegessen, wie sie gekocht wird!"

Ob mir jetzt Sprichworte helfen, sei dahingestellt. Sicher ist aber, dass diese Aussage einer lebenserfahrenen Frau eine gewisse Beruhigung auf mich hat und ich ihr glauben möchte, dass alles wieder gut, mindestens aber erträglich werden wird.

„Ich jeh´in de Küch´und maach üch jet zo esse!", beschließt Oma und lässt mich alleine vor der Theke zurück.

Ich beschließe, dass das Ausräumen meines Autos eine gute Idee sein würde, denn mit fortschreitendem Betrinken würde mir dies später sicher nicht leichter fallen.

In der ehemaligen Gaststätte gibt es nicht viele Zimmer. Oma hatte aber bereits bei meinem Eintreffen einen Schlüssel mit dem typischen goldenen Anhänger auf dem

Tresen hinterlegt. Die Zahl 6 ist auf dem Anhänger zu lesen.

„Eines der Zimmer, das über ein eigenes Badezimmer verfügt", hatte Oma mir mit einem spürbaren Stolz gesagt. Leicht schmunzelnd fällt mir, beim Blick auf die gravierte 6 auf dem Schlüsselanhänger auf, dass Sechs oder eben Sex nicht immer etwas Folgenschweres sein muss, wenn sie/er über ein eigenes Badezimmer verfügt.

Ich verlasse den Gastraum über die mit bronzefarbenen Griffen verzierte und mit gelbem Glas gefüllte Eingangstüre und öffne die Heckklappe des Autos, das mir nun gar nicht mehr so hässlich vorkommt, sondern mir eine gewisse Heimat vermittelt, die mir hier gerade so fehlt.

Einen Teil meiner Kleidung klemme ich mir unter die Arme, drehe mich, öffne, zwei Paar Socken und mindestens eine Unterhose verlierend, umständlich und ungeschickt die Tür der ehemaligen Gaststätte.

Rechts neben der Theke laufe ich durch den Gang in Richtung der Zimmer und stelle begeistert fest, dass die Tür mit der angeschraubten goldenen Sechs, bereits geöffnet, dazu einlädt, ohne weitere Verluste meiner Kleidung, das Zimmer betreten zu können.
Alles ist alt, aber alles gemütlich, gepflegt und sehr sauber. Hierauf hatte Oma, auch als die Gaststätte noch aktiv betrieben wurde, größten Wert gelegt und den ortsansässigen Handwerksbetrieben reiche Umsätze

beschert, wenn die Zimmer jährlich eine Renovierung erfuhren.

Dementsprechend sahen sich seinerzeit alle im Dorf befindlichen Handerker gezwungen, den Großteil des Umsatzes durch zeitintensive Anwesenheit an der Theke, in die nächsten Aufträge zu investieren.

Ich werfe meine Klamotten auf die rechte Seite des massiven Eichenbettes.

Eigentlich schlafe ich rechts in dem gemeinsamen Bett mit Anke, nehme aber heute bewusst oder unbewusst ihre Seite, um die Nacht auf dieser zu verbringen. Drei weitere Gänge zum Auto sind nötig, bis ich alle im Auto befindlichen Dinge in meine Bleibe der nächsten Tage geräumt und diese ungeordnet auf dem Bett verteilt habe.

Ich gehe zum Auto, um dieses zu verschließen und bemerke die weiße Elefantentasse auf dem Beifahrersitz. Ich öffne die Beifahrertür, nehme die Tasse in die linke Hand, werfe die Türe mit der rechten Hand zu und drücke auf dem Schlüssel die Taste mit dem Schlosssymbol, um das Auto zu verschließen. Als das Auto mit Blinken zu erklären versucht, nun verschlossen zu sein, kann ich, wegen der mir erneut in den Augen stehenden Tränen nur schemenhaft erkennen, das direkt vor mir ein gelbes Auto orange blinkt. Dieses dauerhafte Heulen beginnt mich zu ärgern und ich beschließe, dass hiermit nun Schluss sein müsse. Endgültig! Jedenfalls in der Öffentlichkeit! Sofort!

Zusammen mit meiner Tasse betrete ich den Gastraum und lasse mich auf eine Bank in der Ecke gegenüber der Theke fallen, von wo aus ich einen hervorragenden Blick durch die offene Türe der Küche habe und Oma dabei zusehen kann, wie sie zufrieden in einem der drei Töpfe herumrührt, mit einem silberfarbenen Löffel in einen der Töpfe fährt, diesen nach kurzem Pusten in den Mund steckt und zufrieden mit dem Kopf nickt. Bei ihr scheint alles zu ihrer Zufriedenheit laufen, stelle ich, ihr diesen Umstand gönnend, fest.

Ich kann nicht sagen, wie lange ich hier nun sitze und Oma zuschaue, habe keine Idee wie lange Tobi unterwegs war, angeblich um Bier zu holen und weiß nicht welche Gedanken mich in dieser Zeit begleitet haben.

Irgendwann sitzen beide neben mir, auf dem Tisch stehen zwei dampfende Porzellanschalen auf hölzernen Untersetzern.

„Dein Gulasch ist der Beste!", schwärmt Tobi mit vollem Mund und wird von Oma, erneut mit einem großen Löffel aus einer der Schüsseln, für diese Aussage belohnt.

„Do muss´ jet esse, Jung!", weist mich Oma darauf hin, dass ich meinen großzügig befüllten Teller noch nicht angerührt habe.

Der Aussage einer Großmutter widerspricht man nicht, das ist landläufig bekannt und Widersstzen führt erfahrungsgemäß zu sofortigem Ärger mit der grauen Eminenz.

Also beschließe ich, diesem als Vorschlag getarntem Befehl zu folgen, leere diesen und zwei unaufgefordert gefüllte Teller und verabschiede mich, nach von Tobi erzwungenen zwei Kölsch und zwei Kabänes, auf mein Zimmer.

Ich liege noch lange wach, habe nicht die Energie, mich mit dem alten Röhrenfernseher von meinem Selbstmitleid abzulenken und schlafe irgendwann erschöpft und traurig ein.

Als ich am nächsten Morgen aufwache, ist es noch nicht wirklich hell. Ich beschließe zu duschen und mir in der Küche des ehemaligen Gastraums einen Kaffee zu machen, damit die erste Zigarette, die ich ebenfalls zu rauchen beschließe, die richtige Begleitung erfährt.

An alles hat Oma gedacht: Eine Zahnbürste, Zahnpaste, Duschgel und einen großen Stapel Handtücher hat sie auf der Ablage neben dem lindgrünen Waschbecken mit den goldenen Armaturen aufgebaut und mich so perfekt für den Start in den Tag gerüstet.

Als ich aus der Dusche steige, kommt langsam die Sonne hinter dem Bauernhof auf der gegenüberliegenden Seite der Straße zum Vorschein.
Als ich mich abgetrocknet und angezogen auf den Weg die Treppe hinunter zum Gastraum mache, höre ich Musik aus der Küche und bin begeistert, Katharina zu erkennen, die schon zu aktiven Zeiten der Gaststätte in der Kneipe und der Küche ausgeholfen hat. Heute kommt sie zweimal

in der Woche zum Putzen vorbei, weil auch sie, so wie Oma auch, Untätigkeit nicht leiden mag.

„Guten Morgen Katharina! Schön dich zu sehen! Wie geht es dir?", frage ich froh sie zu sehen, aber auch erleichtert nicht alleine sein zu müssen.

„Kaspar, schön, dass Du mal wieder da bist! Als ich gehört habe, dass Du kommst, habe ich mich sehr gefreut! Ich frage nicht, wie es Dir geht! Tobi hat mir alles erzählt!", nimmt sie mir meine Befürchtungen, alles noch einmal erzählen oder auf ihre Fragen antworten zu müssen.

Tobi kann nicht verschwiegen sein, umso verwunderlicher ist es, dass er Anke nicht bereits bei unserem ersten Telefonat meines Fremdgehens, bei ihr angerufen und dies ausgeplaudert hat. Wenn man möchte, dass es alle erfahren, sollte man es ihm im Vertrauen erzählen. Für die Verbreitung aller Nachrichten sorgt er dann schon. So nervig oder unangenehm diese Eigenschaft sein kann, so dankbar bin ich gerade jetzt für seine Plauderlaune Katharina gegenüber, denn sie erspart mir unangenehme Ausführungen.

„Setz´ dich, ich muss nur noch schnell die Küche weiterputzen. Willst du ´nen Kaffee?", bietet mir Katharina fürsorglich Versorgung an.

„Kaffee wäre toll!", sage ich dankbar und ehrlich begeistert.

Einen kurzen Augenblick später kommt Katharina mit einer Thermoskanne in der Hand aus der Küche, stellt mir diese auf den Tisch und geht zur Theke.

„Guck mal was ich hier für eine goldige Tasse auf der Theke gefunden habe!", sagt sie und stellt mir meine weiße Tasse mit dem kleinen Elefanten auf den Tisch. „Der muntert dich sicher auf!"
Ich scheine gestern beim Heraustragen meiner Klamotten aus dem Kangoo diese Tasse auf der Theke abgestellt zu haben und bin wirklich erleichtert, dass Katharina sie gefunden hat.

„Das ist die Tasse meiner Kinder, Katharina. Ich habe sie mitgenommen, als ich meine Sachen aus dem Haus geräumt habe. Ein kleines Stück Familie, wollte ich mir mitnehmen", sage ich dankbar und lächele Katharina, schon wieder mit feuchten Augen, an.

Katharina legt ihre, von Altersflecken überzogene Hand auf meine, sieht mir in die Augen und lächelt mich tröstend an. Auch ihre Augen signalisieren Mitgefühl und scheinen sich mit Tränen zu füllen.
 Es braucht keine weiteren Worte und keine weiteren Gesten, um mir das Gefühl zu geben, Trost erhalten, nicht aber Verständnis für mein Verhalten erwarten zu können.

Tobi versteht alles und findet alles tendenziell gut und erstrebenswert, ohne an Gewissen oder Verantwortung zu denken.

Oma und Katharina hingegen, lassen mich ihr Missfallen bezüglich meines Verhaltens spüren, aber aus Zuneigung, Trost in ihren Worten und ihrem Verhalten finden.

Eine weitere Träne läuft mir über die Wange, als ich mich mit meiner Tasse in mein Zuhause mit der Nummer 6 zurückziehe.

Epilog

Da sitze ich einsam an einem altbackenen Tisch, auf dieser typischen 70er Jahre Kneipenbank, vor mir meine Tasse auf der mich der Elefant der Sendung mit der Maus mit strahlenden Augen ansieht und gute Laune zu verbreiten versucht.
Katharina verlässt den Gastraum, um weiter in der Küche ihren Aufgaben nachzukommen.
Spülmaschine, Helene Fischer, Katharina summt.

Ein Jahr ist es her, dass ich hier in diesem kleinen Ort in der Eifel Zuflucht gefunden habe. Die Wohngemeinschaft, die eigentlich Oma mit Tobi gegründet und beide für gut befunden hatten, wurde um eine weitere Person erweitert. Mich!

Drei Wochen wohnte ich bei Oma und Tobi, stets mit dem Gedanken daran, in der jeweils kommenden Woche nach zu Trier fahren und mich hier um eine Wohnung bemühen zu wollen. Alles in dieser Stadt war auf einmal fremd und feindselig.

Silvia übernahm die Kommunikation mit mir, Anke habe ich seit meinem Auszug nie wieder gesprochen, meine Anrufe wurden nie entgegengenommen.

Auch Nachrichten konnte ich ihr nicht mehr schicken, denn ich wurde auf allen Kanälen blockiert. Meine Töchter durfte ich, nach Terminabsprache mit Silvia, bei ihr abholen und gemeinsame Nachmittage, einmal sogar einen gemeinsamen Urlaub in Bayern verbringen.

Zwischenzeitlich hasste mich Sophie, die meiste Zeit mag sie mich einfach nicht mehr leiden, nachdem ich ihre Fragen nach dem Warum meines Verhaltens, nie habe beantworten können.
Lara behandelt mich wie immer, fragt aber auch in kürzer werdenden Abständen, warum ich denn Mama nicht mehr leiden könne.
Über meinen Auftritt auf dem Bildschirm des NABU haben wir nie wieder gesprochen und meine Hoffnung, dass dieser vielleicht in Vergessenheit geraten sein könnte, wurde regelmäßig von Silvia zerstört, wenn ich Termine zum Treffen mit den Kindern zu vereinbaren versuchte und sie ihr Entsetzen über mein Verhalten wieder und wieder zum Besten gab.
Christa hat akzeptiert, dass ich in größerer Entfernung als bisher für die Agentur arbeite und keine Anwesenheit im Büro mehr zur Verfügung stellen möchte.
Nachdem meine Ausführungen zum Scangerät der Steuerberater großen Anklang gefunden hatte und mir hier mein Honorar überwiesen wurde, gab es ein umfangreiches Update des Gerätes und mir wurde das Verfassen der neuesten Version zugeteilt, an der ich nun auch bereits wieder über ein halbes Jahr lang halbherzig herumschreibe.
Charlotte existiert in meinem Leben nicht mehr. Ihre Kontaktdaten habe ich aus meinem Telefon gelöscht und mich nie wieder mit einem Gedanken an sie befasst.

Der Kangoo hatte einen Totalschaden, als der Landwirt gegenüber, mit seiner Ballenpresse etwas zu überzeugt rückwärts aus seiner Einfahrt auf die Straße und in die Seite meines Autos gefahren ist. Als Ersatz und im Rahmen meine finanziellen Möglichkeiten habe ich mir erneut einen Kangoo gekauft, dieses Mal einen grünen und mit faltbarem Dach. Hässlich, aber praktisch und damit vermutlich passend zu mir.

Obwohl Oma mehrfach spottend darauf hinwies, dass Damenbesuch bei ihr ausdrücklich erlaubt sei, hatte ich seit meinem Einzug nie wieder ausführlicheren Kontakt zu einer Frau und glaube vielleicht zwischendurch doch einmal eine Packung blaue Gauloises mit dem Warnhinweis gekauft zu haben, dass Rauchen meinen Sexualtrieb gefährden könne.

Nach Wochen des Traurigseins und der Einsicht, dass weder Alkohol, noch Verdrängung mir hier den Ausweg aufzeichnen könne, habe ich mir einen Therapeuten gesucht, der mich reden lässt.

Warum auch immer mir dies hilft, kann ich nicht erklären, genieße aber die häufigere Abwesenheit meines „armen Tieres" und Zeiten der Unbeschwertheit.